PAULETTE ET ROGER

Né en 1948 à Villemonble, en Seine-Saint-Denis, Daniel Picouly commence à enseigner en 1973. Après avoir publié son premier roman *La Lumière des fous* en 1991 aux éditions du Rocher, il écrit pour la Série noire (*Nec*, 1993, *Les Larmes du chef*, 1994); il connaît un grand succès avec *Le Champ de personne* (1995, Grand Prix des lectrices de *Elle*), et *Fort de l'eau* (1997), *L'Enfant léopard* (Prix Renaudot 1999) est publié chez Grasset. Il est également l'auteur d'albums, aux éditions Hoëbeke : *Vivement Noël* (1996) et *Le 13ᵉ But* (1998), et de livres pour la jeunesse : *Cauchemar pirate*, (1996), *Le Lutteur de sumo* (1997), *La coupe du monde n'aura pas lieu* (1998) chez Castor poche, *On lit trop dans ce pays* aux éditions Rue du Monde (2000) et d'une bande dessinée *Retour de flammes*, illustrée par José Munoz, chez Castermann (2003).

Paru dans Le Livre de Poche :

L'ENFANT LÉOPARD

DANIEL PICOULY

Paulette et Roger

ROMAN

GRASSET

Ce que je dis est vrai.
Ce que je ne dis pas l'est aussi.
Ce que j'invente l'est bien plus encore.

À Jacky, Guy, Monique, Michel,
Jeanine, Roland, Gérard, Josette,
Evelyne, Serge, Maryse, Martine.

À Amédée.

1

Ordre de mission

Comment le héros, est parachuté, cinq ans avant sa naissance, dans une histoire inconnue où il rencontre le général de Gaulle qui lui pose une étrange question.

5 novembre 1943

On me pousse à travers la carlingue. Le parachute me défonce les omoplates. Je m'agrippe aux cornières. On me fait lâcher prise. On me traîne. La porte de l'avion est grande ouverte. C'est béant et bête. Lâchez-moi. Je ne veux pas sauter. C'est du suicide, cette mission. Je renonce. Quelle idée ! Se faire parachuter, un 5 novembre 1943, sur l'histoire d'amour de ses parents. En pleine guerre. En pleine France occupée. Je n'y arriverai jamais. Pas à mon âge.

Pas cinq ans avant d'être né.

Go !

Un violent coup de pied dans les reins m'éjecte en plein vol. Le froid et la nuit se jettent sur moi.

Une véritable embuscade. Je suis griffé au visage, frappé à l'estomac, aspiré dans le vide. La peur me saisit par l'entrejambe et me retourne comme une chaussette de cafetière. Le marc refoule dans la gorge, envahit la bouche, déchausse les dents. Ma trouille a un goût de chicorée acide. « Chicorée Leroux, la reine du goût. » S'écraser au sol en récitant un slogan. Quelle fin ridicule !

Arrête de pleurnicher. Freine ta chute. Ecarte les bras. Fais-toi la mort douce. Tu tombes de 20 000 pieds. Profites-en. Prends ton temps. Une chute libre, ça se savoure. Une chute libre de quoi ? Le mot « chute » et le mot « libre » ne devraient jamais sauter ensemble. C'est toujours le même qui s'en sort.

Pourtant, je tombe.

L'instructeur de saut m'avait prévenu. « Tu verras, p'tit, quand ton parachute ne s'ouvre pas, le temps paraît long jusqu'au sol. Si tu peux compter jusqu'à 3, c'est que tu es mort. Sinon, c'est pire. La flak, la D.C.A. allemande, si tu préfères, t'accueille avec du 37 mm, le bouquet de violettes de l'époque. Des trous dans le cœur, grands comme des assiettes en porcelaine. »

Je serre contre mon ventre ce qui me fait office de parachute de secours : une valise en bois. Celle du grenier des parents. A l'intérieur, il y a un trésor. Les archives de la famille, mieux rangées qu'un casier d'imprimeur. Photos, lettres, médailles, porte-bonheur, cartes routières, une boussole. Tout ce qui peut m'aider dans ma mission. Et aussi un chronomètre. J'adore appuyer sur le bouton. Top ! Arrêter l'aiguille. Regarder le temps planté comme un papillon. Il ne repart que si je le veux. C'est moi qui lui fais battre les ailes.

Top! deux secondes de chute.

Ma tête bouillonne. L'instructeur de saut m'avait prévenu. «Attention au voile mauve, p'tit! Un genre d'euphorie, proche du délire qui te prend quand tu tombes.» Moi, mon genre d'euphorie, c'est la trouille. A chaque fois qu'elle me prend l'entrejambe, il faut que je raconte pour m'en débarrasser. Que j'invente. Que j'énumère, que je récite. La peur, il faut que je lui fasse tourner la tête. Que je la soûle. Le bruit de moteur au-dessus de moi s'éloigne. Je trouve qu'on m'abandonne bien vite.

Top! deux secondes trente.

Cette chute n'en finit pas.

Pourvu que la jeune femme, sûrement belle et en corsage blanc, qui a plié mon parachute, ne soit pas amoureuse d'un pilote en mission. «Tu sais, p'tit, le chagrin d'amour a descendu plus de gars que la flak.»

Top! Trois secondes de chute.

C'est fini. D'après le manuel, je suis mort.

J'ai honte. Dès ma première mission, je pars en torche. Qu'est-ce que les parents vont penser de moi? Déjà, un jour que je jouais au «Grand Cirque», sur le toit du garage, et que j'étais Pierre Clostermann, héros français de la R.A.F. qui promène ses deux petites sœurs dans son Spitfire, attaqué par la chasse allemande, c'est Maryse et Martine qui ont sauté les premières de l'avion en flammes.

Je me demande si je suis très courageux.

Top! Ça n'a plus d'importance.

On m'attrape à pleines sangles et on me jette en l'air comme si j'avais abattu un as de la Luftwaffe. Je suis au paradis des pilotes de chasse. Mort de partout. Avec des ailes blanches, du silence, un trou en porcelaine dans le ventre et une sacrée envie de vomir. Pas de quoi faire un ange.

Flong! Le parachute s'ouvre comme un bonnet de baptême. Merci à celle qui l'a plié. Elle a peut-être glissé un mot pour moi dans la toile. « Tu es fou. Faut pas le garder. C'est comme ça qu'un jeune gars s'est fait fusiller à la butte du champ de tir de Nevers. Les boches avaient trouvé le mot sur lui. »

M'am? C'est toi, m'am? C'est ta voix que j'entends dans ma tête? « Qui veux-tu que ce soit? » Alors je suis sauvé. Si j'ai ma maman Peter Pan, qui vole dans les airs et dans le temps, il ne peut rien m'arriver. « Pourtant, j'ai pas l'impression que ton parachute va où tu veux. »

Comment savoir? Il fait une nuit de défense passive, avec une lune noyée qui moucharde vaguement le paysage. Aucun balisage lumineux réglementaire au sol. Côté accueil, je suis déçu. Pas de flak, d'éclairs bleutés, de balles traçantes, de bouquet de violettes. Personne ne m'attend. Et si je m'étais perdu? Brouillard, erreur de navigation, je tombe dans la mer du Nord ou la Manche.

Imaginez!

*

Je suis recueilli par des pêcheurs de l'île de

Sein, je retourne à Londres. Les quais de la Tamise. St. Stephen's House, 4e étage, je passe la porte vitrée et son numéro 130, premier bureau à gauche. Toc! Toc! Bonjour, Courcel. Vous pouvez m'annoncer au général de Gaulle. « Bien sûr. » La pièce pue le tabac. Le monde a l'air bien petit sur le mur. Mon général, il faut absolument que je sois largué le 5 novembre 1943 sur la ville de Vauzelles. « Vous voulez dire Varennes-Vauzelles. » Oui, mon général, mais tout le monde dit Vauzelles. C'est là que vit ma mère, seule avec mes frères et sœurs. « Elle est veuve? » Pas exactement, mon général. Elle a été veuve, mais maintenant, elle est mariée avec mon père. « Combien d'enfants? » Pour l'instant seulement dix, mon général. « Seulement! » Je veux dire, qu'en tout, on sera treize, mon général. « Mes félicitations à votre maman. Et vous? » Moi, je suis le onzième. Je naîtrai en 1948. « Je vois. Mais pourquoi dites-vous que votre mère est seule, à Vauzelles? Où est votre père? » En prison, mon général. Pas loin, à Nevers. Arrêté par les Allemands. Une histoire de sabotage.

Une jeune femme entre. Un long cou élégant. Elle dépose une feuille de papier devant le général. « Merci, Elisabeth. » Et ressort, avec un sourire que je garde pour moi. « Je lis ici que votre père est d'origine martiniquaise. Une île qui tarde à nous rejoindre, d'ailleurs. » En fait, il est de Tarbes, mon général. « La patrie de Foch! Parfait. Et votre maman? » Morvandiote, mon général. « Alors, c'est pour ça, que vous avez ce teint... » Café au lait, mon général. « Je cherchais le terme.

Bien. Objectif de la mission ? » Rien, mon général. « Comment ça, rien ? » Je veux juste savoir comment étaient mes parents, avant moi. « C'est ça que vous appelez rien ? Vous avez bien dit que vous étiez de 48 ? » Oui, mon général. « Pourtant, physiquement, vous faites douze-treize ans. » Je sais, mon général. Ça a l'air de le laisser songeur. Il reste le tampon suspendu au-dessus de mon ordre de mission. « Pourquoi avoir choisi le 5 novembre 1943, pour cette mission ? » Vous savez, mon général, c'est ce genre de date qu'on rabâche tellement dans les histoires de famille qu'on finit par plus savoir vraiment. « Je vois. » Le général me fixe, le tampon de plus en plus évasif. « Vous avez dit 1948, pour votre naissance. C'est intéressant. Très intéressant. » Je le vois venir. Il me monte une suée.

— C'était comment, après ?

« Mon général, vous ne pouvez pas me demander ça. » Le tampon se dissout au bout de ses doigts. « Jeune homme, je ne vois pas la différence avec votre propre requête. » Le général a raison. « Si vous préférez, vous pouvez intégrer les Cadets de la France Libre. » Une équipe de football ? « Pas précisément. Nous allons y former des aspirants. » Une école militaire ! Moi, enfant de troupe ? « Alors, jeune homme ? » Si je refuse, c'en est fini de ma mission. Fini, du p'pa et de la m'am. Fini, de toutes les questions que j'ai à leur poser. Je regarde le général et le tampon. J'emploierais bien le mot « chantage », mais il est des circonstances où il vaut mieux oublier son vocabulaire.

— Bon, d'accord, mon général. Mais ça devra rester un secret entre nous.

— Cela va de soi, jeune homme. Courcel, fermez la porte, je vous prie.

Je récite au général ma fiche « Après ».

— Intéressant. Très intéressant. Je savais bien que ce numéro 130 sur la porte allait nous porter chance. Ce n'est jamais qu'un 13 qui se prolonge. N'est-ce pas, jeune homme ?

— Ma mère serait d'accord avec vous, mon général.

Un énorme coup de tampon souriant tombe sur mon ordre de mission.

*

J'ai l'impression qu'il frappe la toile de mon parachute. Elle claque au-dessus de ma tête. Manquerait plus que l'enveloppe se déchire. Il faut absolument que je débite quelque chose, n'importe quoi, pour racommoder cette trouille qui commence à filer. Les départements ! C'est pratique les départements. *Le Morvan est composé de l'Indre, l'Allier, la Nièvre.* Ça devrait les faire venir dans le paysage. Qu'on me donne un bout de Loire, une boucle, un reflet et je place sur le fond de carte les trois villes de la région où la tribu a planté sa tente : Vauzelles-Garchizy-Fourchambault. Le triangle familial. C'est là qu'il faut que je tombe. En plein milieu, comme aux billes.

Pourtant, j'aimerais qu'un vent complice me détourne sur Nevers. La prison du p'pa. Chauffeur, 5 *bis,* boulevard Victor-Hugo ! « T'es malade ! Ça, c'est l'adresse de la Gestapo. Roger, lui, était enfermé à l'Ecole normale de jeunes filles. »

Tu imagines, m'am, j'atterris au milieu de la cour, devant le directeur. « Bonjour ! Je viens embrasser mon père. Ne vous dérangez pas. » Je me demande ce que le p'pa fait à cette heure, dans sa cellule. Est-ce que la m'am a pu lui passer des nouvelles dans le couvercle de sa gamelle ? « Faut plus, Paulette, ça devient trop dangereux. »

Près du vasistas, le p'pa écrit une chanson sur son cahier d'écolier. Il met un peu moins de pleins dans ses déliés pour économiser l'encre. Eh p'pa ! regarde dehors dans le ciel, l'ombre gringalette qui gigote au-dessus des deux châteaux d'eau. C'est moi. Ton fils.

Les châteaux d'eau !

Qu'est-ce qu'ils font là ? Ce n'était pas dessiné comme ça sur mon plan. Mort noyé. Ma pire trouille. Je vais pourrir dans ce réservoir. Me dissoudre. Passer dans les tuyaux. Etre tiré au robinet, bouillir dans une casserole, finir versé sur du café moulu. Ah, non ! pas « La chicorée Leroux, reine du goût » ! J'évite de percuter le sommet. Tout juste. Un coup de vent m'échange deux châteaux d'eau contre un bouquet d'arbres. J'y perds. A cette vitesse, je vais m'y empaler. Coup de reins désespéré. J'évite faîte et cime.

Terre !

La pesanteur finit toujours par avoir raison. Le cerisier encore plus. C'est une essence têtue. Seul au milieu d'un pré, il attend les grives. Mais les grives et les merles, c'est comme Grouchy et Blü-

cher à Waterloo : on se demande toujours qui arrivera le premier. Cette fois-ci, ce sera moi. Un
souffle bienveillant m'y dépose comme dans un
nid de cigogne. C'est un garçon ! La valise
explose en cotillons. Le vent disperse le contenu à
poignées. Toute l'histoire de la famille s'envole.
On dirait un lâcher de souvenirs.

J'en pleurerais de rage.

Le parachute retombe mollement sur moi et
m'emmaillote dans ses langes. Chut. Bébé dort.
Un véritable boa constrictor, cette toile. En Nylon
ou en soie ? Difficile à dire quand on étouffe. Je
pousse un cri. Une patrouille allemande va me
repérer. Un cigogneau qui vagit dans un cerisier,
ce ne doit pas être fréquent dans la Nièvre à cette
époque. Mais je suis prêt à les recevoir. « Tais-toi,
donc. Ne plaisante pas avec ça. T'imagines quoi ?
Que les boches vont t'arrêter tranquillement, te
battre un peu. Une petite correction à ta taille. Une
raclée Dinky-toys, avec juste un saignement de
nez pour la galerie. » M'am, c'est toi qui m'as dit
que quand ils avaient arrêté le p'pa, les Allemands
l'avaient seulement battu un peu. C'est quoi,
« battu un peu » ? Ils lui ont fait de l'électricité, de
la baignoire, arraché les ongles, enfoncé les côtes,
mis la tête dans un sac ?

Je suffoque. Une autre trouille monte. L'Etouf-
fante. Celle qui surgit à chaque fois que j'ai la tête
emprisonnée à l'étroit. Mes trouilles, je leur donne
des noms pour les apprivoiser un peu. Ça ne
marche pas toujours. Je me débats comme un
poussin englué dans sa coquille. Enfin, je parviens
à me dégager du parachute. Assez pour respirer

une odeur d'herbe fauchée qui monte du pré. Elle me calme. « Une odeur d'herbe fauchée en novembre ! A mon avis, t'es pas plus fait pour la campagne que pour la guerre. »

La m'am a raison. L'époque est trop risquée pour moi. Je vais attendre dans mon cerisier que les saisons passent. Les feuilles, les fleurs, les fruits. Que tout ça se termine. Que la m'am vienne me chercher avec un goûter. Perché sur une branche, je la verrai d'en haut. Il n'y a que comme ça qu'on remarque les deux peignes en corne dans ses cheveux. « A table ! » Je tomberai dans sa main comme un cœur-de-pigeon. Avec ses doigts, elle refera le cran dans ma tignasse. Et elle me racontera tout de la guerre. Dans le désordre, comme à son habitude. Tiens, les cloches de la Libération sonnent déjà.

Je m'éveille en sursaut. Un pivert vient d'embaucher dans le bois. C'est le tout petit matin. Avec brume, rosée et ankylose. Pendant la nuit, le cerisier a changé d'avis. Il est devenu chêne. Adieu cœurs-de-pigeon, bigarreaux et guignes. Tant pis pour la maraude.

Les suspentes dégoulinent en lianes. Hop ! descente de corde à l'équerre. D'en bas la toile ressemble à un calicot de grand magasin pour la semaine du Blanc.

Le manuel dit qu'il faut faire disparaître le parachute, mais je ne parviens pas à le dégager des branches. Tant pis. Je renonce. Le plus urgent est de retrouver le contenu de la valise. C'est toute ma famille qui a été semée sur ce pré. Je patrouille à l'indienne. Pas le moindre signe de piste. J'ai tout perdu. Les albums de famille, les papiers, les souvenirs. Tout. Comment je vais faire ?

Je sursaute. Une pétarade file derrière la haie. Une moto. Peut-être un side-car Zündapp ou B.M.W. Des Allemands ! Je plonge dans des ronces. J'écoute. Ça tourne plutôt français. Un bruit de chez nous, genre Gnome-et-Rhône ou Terrot. Pas facile à dire, la tête enfoncée dans les épines. Surtout qu'un regard sombre me fixe. Mon estomac décroche et mes boyaux partent en vrille. A force d'enfiler les trouilles, il ne va rien me rester à l'intérieur. L'homme a un œil crevé et la joue déchirée. Moi qui voulais rencontrer du monde. « Si tu es descendu en territoire ennemi, p'tit, évade-toi ! Si tu es pris, tais-toi ! » Mon instructeur de saut peut être tranquille. Je suis bien incapable de parler. Face à moi, l'homme au regard sombre ne cille même pas. J'essaie de l'amadouer. J'avance la main. Elle tremble de tous ses doigts. Un peu de courage. Tu parles d'un Mohican ! D'un coup sec, j'arrache l'œil des ronces. Je ne me croyais pas si féroce.

Je pousserais bien un cri de guerrier, mais ce n'est qu'une photographie que j'ai décrochée de la haie. Elle est rongée de boue. Je dégage la terre avec des doigts en pinceau d'archéologue. Je veux vérifier que j'ai bien reconnu ce regard crevé.

La pétarade revient. Cette fois je suis repéré. C'est cette satanée toile de parachute. Je fourre la photo dans la poche arrière de mon short. C'est tout ce que j'aurai sauvé de la valise. Calme-toi. Il faut réfléchir. Le bruit de la moto semble tourner en rond. Ce n'est peut-être pas toi qu'on cherche.

Si au moins j'avais ma boussole. Ça me donnerait l'impression d'aller quelque part. « Surtout, p'tit, suis les clôtures, pas les chemins. » Je me faufile hors du pré par un trou dans le barbelé. La grosse larme de crocodile du parachute pleurniche dans les branches du chêne. N'essaie pas de m'attendrir. Je te laisse. L'herbe est d'un vert fatigué. Je me demande ce qui peut bien pousser quand on sème en vrac des souvenirs.

Comment faire sans ma valise ? J'ai l'impression d'avoir perdu toute ma famille dans un accident. C'est fichu pour ma mission. Je n'ai plus qu'à rester là, et attendre d'être rongé par la douleur. Un chien aboie. Je détale. Ma peine et mon chagrin sont laissés sur place. Je cours, je rampe, j'enfile, haies, clôtures et fossés, au hasard. Je suis perdu. Je ne reconnais rien de ce paysage. Il donne l'impression que la campagne a mangé la ville. Certainement à cause des restrictions. On n'y entend même pas d'oiseaux. Dommage, depuis une punition pour « roucoulement intempestif » en classe, je connais par cœur la liste des chants. L'alouette grisolle, tirelire, turlute, la bécasse croule. Mais j'ai l'impression qu'on a aussi mangé les mots par ici.

Manger.

Mon ventre a l'oreille fine. Il se demande combien la m'am a d'enfants à nourrir en ce moment. Neuf ou dix ? En quoi ça le regarde ? Si le général de Gaulle a tenu sa promesse, on est le 5 novembre 1943. Sachant que la m'am est tombée veuve en 1938 avec neuf enfants, qu'elle a marié le p'pa en 41, que Serge est né en 42, et

qu'elle a perdu Jeanine en 34, nous aurons donc :
$9 + 1 - 1 = 9$ enfants à nourrir.

« J'aime pas quand tu racontes notre famille comme un exercice de calcul. » C'est pour faire comprendre aux autres, m'am. « Tu crois qu'on peut comprendre une soustraction ? » Pardon, m'am. J'avais préparé des résumés, mais j'ai tout perdu. Tu sais, des résumés jaunes, comme ceux en fin de leçon, sur mes livres de classe. Les résumés que tu me fais réciter. « Tu parles. Tu les sais jamais. » J'aime pas les savoir, m'am. J'aime te les réciter.

Un chemin de terre me bascule de l'autre côté d'une butte. La campagne n'en finit pas. Il faut que je vérifie la date d'aujourd'hui. Vous vexez pas, mon général, j'ai confiance en vous, mais il vaut mieux être certain. Tout le reste en dépend.

Un bruit sec me frappe la poitrine. Il m'arrête net.

Un échange de balles.

Pas très loin. Etrange, mon cœur ne s'affole pas. Rien ne me fuit. Pas une suée. Et si j'étais devenu courageux par inadvertance ? Je m'approche du bruit, protégé par une haie de troènes et un grillage. Je rampe et me faufile jusqu'à entrevoir une sorte de champ de terre rouge. Le bruit des balles est plus clair. « Pardon ! » Une voix polie d'homme. J'écarte le feuillage. « Faute ! » Un projectile frappe le grillage à hauteur de visage. Je suis fauché d'un tir en plein front... par une balle de tennis.

Jolie mort. Je vois déjà la plaque commémora-

tive. Mon nom en lettres d'or, avec gravé en guise
de dates : (15-40).

Une main ramasse la balle qui vient de manquer
me tuer. La main a des doigts poilus et sent l'eau
de Cologne. Je ne comprends pas. On joue au tennis, et on se parfume, en pleine guerre ! Et à Vauzelles, une cité ouvrière ! J'ai dû me tromper
d'époque et d'endroit. On m'a parachuté de travers. D'ailleurs, cette balle n'était pas faute, mais
pleine ligne. Le poilu est un tricheur. De mon abri
de troène, j'écoute la rencontre. Il y a aussi une
voix de femme à fine maille qui les appelle.
« Mon Jacques ! » « Mon Paul ! » Le poilu finit
par voler une dernière balle. Entre des feuilles, je
les vois s'éloigner à bicyclette. La femme en amazone sur le cadre du perdant, pour bien montrer
qu'elle n'est pas le trophée du match.

Je me demande ce que vient faire ce court de
tennis, ici. Il n'y en avait pas dans la valise en
bois. Je contourne le grillage et j'entre par un por-
tillon métallique. Je cherche quelque chose, mais
quoi ? C'est un court banal, avec un filet avachi,
une chaise d'arbitre décharnée et, dans un coin,
un rouleau d'entretien de forme étrange. « Ne
t'approche pas de ça. Va-t'en. » M'am, je veux
simplement voir comment c'est fait. « Je ne te le
répéterai pas deux fois. Sors d'ici. » Pourquoi, tu
le connais ce tennis ? Tu venais y jouer avec le
p'pa ? Vous nous l'avez toujours caché. Bien sûr,
le tennis, ça ne fait pas très ouvrier, dans le
tableau. Comment tu veux que je raconte ça ? « Tu
vas prendre une calotte, si tu ne t'éloignes pas de
ce rouleau. » J'ai compris, m'am. Il te rappelle le

temps où le p'pa s'échinait à entretenir ce terrain pour que les riches des châteaux de Vauzelles puissent s'y amuser. Ce rouleau, c'est le rouleau de l'humiliation. C'est ça, m'am? « Idiot, regarde donc, ce n'est pas un rouleau. » C'est quoi, alors?

« Une bombe! »

Je plonge sous le grillage. Je dévale le talus sur les fesses, le dos, et tout ce qui peut s'écorcher à vif. M'am, pourquoi tu ne m'as jamais raconté cette histoire? « Je pouvais pas imaginer que t'irais te fourrer là. » Et maintenant, qu'est-ce que je fais? En contrebas, la route n'a pas l'air de savoir plus que moi où elle va. Une sorte de départementale qui s'ennuie. Je la prends. On se tiendra compagnie.

Une bombe en rouleau! J'en tremble encore. Mais grâce à elle je sais que je suis bien à Vauzelles. Merci à l'équipage de l'avion. Joli largage. Je regrette encore plus ma carte Michelin. Centre-Morvan. 1/72 000. J'y avais tout repéré, avec croix, numéros et légendes. Je regarde s'il ne reste pas une trace de crayon rouge sur le goudron de la route. On ne sait jamais. D-267. Ce numéro de borne me dit quelque chose. Ça brûle! T'emballe pas. Je parie que tu as oublié l'adresse des parents à Vauzelles. Ne me soufflez pas. Je le sais. Rue... non! avenue... Je ne la retrouve pas! Si au moins, j'avais une image de cette maison dans la mémoire. Mais je ne l'ai même jamais vue.

Une sale manie, dans cette famille, de ne pas vouloir photographier les maisons où on habite.

C'est pourtant simple de se faire des souvenirs. On est dimanche. Quelqu'un dit : « Tout le monde

sur le trottoir, on fait une photo. » Clic-clac ! En
voilà pour des générations. « T'as vu les robes à
cette époque. » « Et les coiffures ! » « Qui c'est
lui, au deuxième rang ? » Mais non, pas une seule
photographie de là où on a vécu. « Tu sais, elles
étaient pas très jojo, nos maisons, alors on allait se
faire tirer le portrait sur le trottoir d'en face. »
M'am, on connaît l'histoire. Résultat : plus de
traces des endroits où on a habité. Au lieu de ça,
des pages entières de l'album avec l'étiquette :
« Devant la maison des voisins ». Aujourd'hui,
quand je regarde chez les autres, c'est pour savoir
si je n'ai pas habité en face.

« Vauzelles est la commune la plus étendue du
département. » Ça me revient comme un mal de
pieds. J'aurais dû me faire parachuter avec une
minimoto de commando. Une Royal Enfield. Ça
aurait épaté la m'am. Mais est-ce qu'elle me
verra, au moins ? Est-ce qu'elle m'entendra ? Pas
seulement la m'am, mais tous les autres ? Je suis
tombé en 1943. Normalement, je n'ai rien à faire à
cette époque. Je ne suis pas né. Mon tour ne viendra que dans cinq ans. Peut-être que je suis transparent. Ou seulement visible par certains. Et si ma
famille ne me voyait pas ?

Je me pose cette question depuis que je me suis
rendu compte que quelqu'un me suivait.

Un homme. Un homme maigre qui porte un
pardessus à chevrons. C'est à cause de lui que j'ai
traîné sur le court de tennis. Je voulais vérifier.
Qu'est-ce qu'il me veut ? Ce type seul me fait
peur. Je préférerais encore rencontrer des soldats
allemands.

« Si tu croises des boches, tu joues les andouilles. » Tonton Florent, le petit frère du p'pa, est champion à ce jeu-là. Il fait le Banania mieux qu'un paquet de chocolat en poudre. En plus, il parle couramment le « bouana-boche ». « Missié, moin nicht feuchten. » Il nous fait rire quand il joue le nègre en plâtre, sur ses jambes arquées. Mais le p'pa n'aime pas. « On n'apprend pas aux gosses à faire le larbin. »

Je vais vite savoir si j'ai retenu les leçons de tonton. Sur la route, un camion bâché kaki vient de déboucher du virage. Il avance à ma rencontre. Je peux encore me sauver par les champs. Ce sera une rafale dans le dos. Une plaque de marbre en pleine campagne. Très mal placée pour la postérité.

A une trentaine de mètres de moi, le camion s'arrête sur le bas-côté. Des soldats en sautent, le fusil à la main. Je m'encourage. Ne t'arrête pas, surtout. Continue de marcher. Le pas de l'andouille. C'est ça. Pourquoi, on les appelle les vert-de-gris ? Il n'est pas vert-de-gris, leur uniforme. T'occupe pas de la couleur. Reste naturel. Fais l'andouille qui sifflote. Mais non, pas « En passant par la Lorraine ». Les soldats se sont alignés face au fossé, derrière le camion. Je n'ai pas vu la marque. Il n'y a personne au volant. J'arrive à la hauteur. Vas-y. Saute dedans. Démarre. La première en haut à gauche. Prise de guerre. C'est le moment. Ils sont occupés. Regarde ce qu'ils font. Je ne vois pas mais j'entends. Des cataractes glougloutent sur le remblai. Le camion sent les pieds. Fais l'andouille ! Je me redresse comme un

clairon de fanfare et je plaque une main pudique
en œillère. Le gradé à la manœuvre me repère,
hésite et rigole. Les soldats me singent. On dirait
le salut aux latrines d'une compagnie de Manne-
ken-Pis. Un ordre claque. L'alignement se rajuste
la braguette.

Derrière le grillage, un mouton regarde cette
étrange batterie de poules dont chacune, dans le
même mouvement, gobe son ver de terre.

Les soldats remontent. Le camion part. Mes
jambes s'arrêtent. J'ai honte. Une honte comme une
canadienne mouillée. Elle pèse aux épaules. Tu as
vu ce que tu as fait? Pire qu'un bouana. Un vrai
collabo. Le maquis va te tondre. Te coller un motif :
Rigole avec l'ennemi. Au poteau, l'andouille.
Douze balles dans la peau. Une par frère et sœur.
Tu avais l'occasion de récupérer un camion, de
l'essence et des armes, à des soldats plantés la der-
zézette à la main. Tu te rends compte de l'histoire à
raconter, plus tard !

Qu'est-ce qu'il va dire le p'pa quand il appren-
dra ça ? Et toi, m'am, si on me tondait sur la place
de Vauzelles, est-ce que tu me passerais encore la
main sur la tête ?

Je cherche un endroit où accrocher mes yeux
qui se noient sur place.

Une maison !

Du croisement, je viens d'en voir une. Pas une,
mais des. Avec un joli pluriel aligné en bord de
route. Il y a même des arbres pour faire avenue. Je
ne me souviens toujours pas du nom de celle que
je cherche. Etrange, cette mémoire qui se souvient
mieux des marques de motos que du nom de ma

rue. « Qu'est-ce que tu racontes ? Tu n'y as jamais
vécu. » Pas d'importance, m'am. Je ne m'y retrou-
verais pas plus. Tout se ressemble, ici. Regarde.
Une maison, une porte, un mur. Un mur, une
porte, une maison. On dirait une ville construite
comme une chanson de colo. « Ça use ! Ça use ! »
Sauf que cette fois, c'est moi qui visite mes
parents.

J'ai mal aux pieds. Je n'aurais pas dû penser à
la colo. Où est-ce que l'instructeur de saut a
trouvé ces souliers ? Du carton racorni. Ils me
cisaillent les orteils et les talons. Je voudrais
m'avachir, les retirer et boire dans une gourde en
fer qui sent le renfermé. « Pas trop glacée, l'eau.
Ne va pas m'attraper un chaud et froid et te coller
les poumons, comme Roger. » Trop tard, m'am.
Je ne peux plus respirer. Je suffoque.

Une femme vient d'apparaître dans la rue.

Je la regarde. Mon visage dégouline de sueur.
J'hésite encore. La femme est de dos. Elle attend
quelqu'un. Mon cœur reconnaît cette femme avant
moi. Mon cœur, mon ventre, mes genoux, ma
peau tout entière. Je fais l'appel. Ils sont tous
d'accord. Cette femme sur le pas de sa porte, c'est
ma mère. C'est toi.

La m'am.

2

La dame aux bas gris

*Comment le héros, fait connaissance avec la
ville de Vauzelles, croit rencontrer sa mère
qui ne le reconnaît pas et bat Adolf Hitler sur
100 mètres.*

5 novembre 1943

La femme sur le pas de sa porte est ma mère,
mais elle ne le sait pas encore. Je ne vais lui arriver que dans quatre ans, tant de mois et tant de
jours. On n'est pas pressés, tous les deux. Je la
regarde posée dans l'alignement de la rue. Une
maison, une porte, un mur. Un mur, une porte, une
maison. C'est bien Vauzelles. « Tu sais, dans la
Cité-Jardin, si tu avais bu un coup, c'était vite fait
de frapper chez le voisin. Une nuit, un gars trouve
un type dans son lit. Ni une, ni deux, il lui met une
tourlousine et le sort de chez lui. Il va pour
l'occire avec la hache à fendre. Le type a déjà le
kiki sur le billot, que le gars avise des clapiers.

"Ben, d'où qui viennent ces lapins-là?" Il s'était trompé de maison. Oh, la partie de rigolade! »

C'est ce que je préfère dans les histoires de la m'am. « Oh, la partie de rigolade! » C'est comme « Ils se marièrent et eurent beaucoup d'enfants ». Ça veut dire : « Ouste! restez pas dans mes jambes, l'histoire est finie, j'ai du travail. »

Quand la m'am raconte la Cité-Jardin pendant l'Occupation. « Une vraie cité cheminote. Les premiers résistants du département. » Je vois les maisons, alignées le long d'une voie ferrée. Avec d'énormes locomotives à vapeur, qu'on astique le jour et qu'on sabote la nuit. Des locos complices qui sifflent des Tû-tû! Tû-tû-tû! guillerets en forme de messages codés. Ce-soir! En-tre-pôt! « Ils n'ont jamais rien compris, les boches. Et personne n'a causé. Ici, tout le monde se connaît. On travaille tous aux Ateliers. C'est comme un village, pour les bons moments et pour les coups durs. » Peut-être, m'am, mais un village où il y a un mouchard. « Ne recommence pas avec cette histoire. J'ai des légumes à cueillir. »

Je viens avec toi au potager, m'am. Lui aussi, je le vois comme si je l'avais bêché. Bien au carré derrière les maisons. Pas une mauvaise herbe. Des rangs et des rangs de plants de tomate. « De la tomate de camouflage. Il fallait bien ça, pour cacher les trois tonnes de cuivre enterrées dans le jardin. Les plaques de chaudière des locomotives sabotées. On les bichonnait, nos tomates. Et drôlement bonnes avec ça. Le cuivre leur donnait un petit goût d'abricot. J'ai jamais retrouvé ça après guerre. » Quand la m'am parle de ses tomates de camouflage, je les imagine en treillis léopard comme d'énormes groseilles à maquereau qui me laissent un goût acide sur les dents.

Je pense au mouchard. Il est caché derrière une de ces fenêtres. Pas loin. Il guette derrière le rideau. « Tais-toi, tu vas nous faire repérer. » M'am, c'est le voisin qui vous a dénoncés aux Allemands, pas moi. Sa maison, c'est laquelle ? Je te promets, même de nuit, je ne me tromperai pas. Je n'assassinerai pas un voisin. « Tu n'assassineras personne. Laisse ces légumes et aide-moi plutôt à étendre la lessive. » Je ne te demande pas son nom, m'am. Dis-moi juste où il habite. On va chez lui avec les frères, pour une petite visite. Toc-toc. De bonnes tomates du jardin, ça vous intéresse, voisin ? Le 7,65 du p'pa bien huilé au fond du panier. Tonton Florent qui tourne dans la rue avec la Terrot. Pan ! Dans la nuque. Personne n'entendra rien. Un bruit de pot d'échappement. Pas plus. « Tu te rends pas compte de ce que tu dis. Tu sais où ça mène de tuer un homme ? » C'est pas un homme, c'est un mouchard. Des pelles américaines. On l'enterre dans la cave. Sous le tas de charbon. Et voilà. On se lave les mains. Pas de trace et on remporte notre panier. « Si tu crois qu'à cette époque on avait du charbon à gaspiller. Encore moins du savon. » Tu veux dire, m'am, que ce type a été sauvé par les restrictions. Qu'il fallait donner un ticket de rationnement pour abattre un mouchard. « Tais-toi, tu ne sais pas de quoi tu parles. Il a été bien puni. Sa femme l'a quitté. Passe-moi les épingles à linge. »

J'aide la m'am pour les draps. Je pense à tous

les endroits par lesquels je vais suspendre ce type.
« Il a été bien puni. Sa femme l'a quitté. » Comment la m'am peut-elle être si miséricordieuse ?
D'où je connais ce mot, moi ? C'est tout de même
à cause de ce type que le p'pa est en prison. Est-ce
qu'elle pense à lui, tout seul dans sa cellule ? « Tu
veux une calotte pour parler comme ça ? Me
demander si je pense à ton père ? Je connais pas
une minute que le Bon Dieu fait, où je pense pas
à lui. » La m'am étend une chemise blanche. On
dirait celle d'un condamné. Elle y pense. « Tu
sais, Roger, c'était moins une qu'ils le fusillent. »

Justement, une balle dans la nuque pour le voisin c'est encore trop rapide. Je lui ouvre un nouveau crédit dans le ventre. Que ça dure. Qu'il se
revoie en train d'écrire sa lettre à la Feldkommandantur. Qu'il regarde sa blessure vivre plus longtemps que lui. Le sang, la chair, les tripes. Ce sera
dans le cellier, au milieu des bouteilles vides.

Pendant qu'il se répand sur le linoléum, je lui
lis à l'oreille la chanson que le p'pa a écrite en prison et je lui enfonce sa lettre au fond de la gorge.
Il faut qu'il meure comme une carpe. « Mets bien
la pince à linge au poignet. »

Je respire l'odeur de lessive. Les draps qui
sèchent dans la cour ont toujours ce léger claquement de voile qui pardonne.

Pas moi.

J'observe la m'am sur le pas de sa porte. Elle
semble attendre quelqu'un. La pointe de son pied
s'impatiente. Ça ne peut pas être le p'pa. A cette
heure, à l'Ecole normale de jeunes filles, on sort
les prisonniers de leurs cellules pour la toilette.

Est-ce qu'ils sont français ou allemands, les gardiens ? Le p'pa a une serviette nid-d'abeilles blanche sur l'épaule. Il a toujours préféré le nid-d'abeilles. « Ça réveille mieux. »

L'avenue est vide. Le gilet de laine noire de la m'am est seulement jeté sur ses épaules. Elle tient le col et les pans serrés. Le même geste frileux que quand elle va guetter le facteur près de la boîte, à la levée du matin. La plus fraîche. Ce sera une lettre d'un frère, des Allocations familiales ou du propriétaire. Moi aussi, je veux savoir si on va être expulsés. « Rentre, tu es pieds nus. » La m'am, elle, ça la réchauffe, les menaces. « S'il croit qu'on va se laisser flanquer dehors. Même les boches n'ont pas réussi. »

La m'am porte des chaussures que je ne connais pas. Des cothurnes à semelles épaisses qui se mettent soudain en mouvement comme pour répondre à un appel. Je la suis du trottoir d'en face en me glissant derrière les arbres. La m'am marche vite. Ses bas gris lui font le pas léger. Surtout aux chevilles. On croirait qu'elle traverse un torrent. Des petits ricochets de funambule. Elle pourrait tenir une ombrelle, mais porte simplement une robe à plastron blanc. La voilà sur l'autre berge. Je reste planté, les pieds nus dans le caniveau. Elle va certainement se retourner. Sourire. Celui que je préfère avec, en fossettes, les deux clous dorés de ses boucles d'oreilles. C'était pour une fête des Mères. Avec mes petites sœurs, on n'avait pas eu assez de sous, pour celles aux perles bleues.

La m'am tourne le coin de la rue avec juste le

pan de sa robe qui vole. Elle ne fait pas que disparaître. Elle laisse un souffle. J'ai le cœur qui chute
dans ma poitrine. Une pierre. C'est le gouffre de
Padirac et les grottes d'Arcy-sur-Cure, avec des
stalactites et des stalagmites glacées qui me per-
forent les côtes. « La stalagmite monte, la stalac-
tite tombe. » Je vais vomir dans l'égout. « Le chapeau de la cime est tombé dans l'abîme. » Arrête
avec tes serinettes d'orthographe. Secoue-toi! Tu
vas perdre ta mère. Trente-sept secondes de vie
commune, c'est peu pour remplir une valise à souvenirs. Pas né et déjà orphelin. Ça a toujours été
mon faible, la concordance des temps.

Au fait, la m'am a quel âge, si on est à Vauzelles un 5 novembre 43? Trente ans! Elle est née
le 13 mars 1913. M'am, c'est normal que tu aies
eu treize enfants avec une date de naissance
pareille. Si tu étais née en 1914, est-ce qu'on
aurait été un de plus à table? « Moi, pour les
gosses, je serais bien née jusqu'en 1920, comme
ton père. Mais lui ne m'aurait pas voulu si
jeune. » Je ne comprends rien à ton arithmétique,
m'am. Elle rit. Ça la rajeunit, les phrases sibyl-
lines. Tiens, Sibylline, ce serait un joli prénom
pour une petite quatorzième.

Aujourd'hui, la m'am a trente ans. Pour la première fois, j'ai une mère comme à la sortie de
l'école. Comme les autres. Je voudrais qu'il soit
4 heures et demie. Que ça sonne. Qu'on sorte à la
volée. « Les enfants, on reste en rang! » Qu'elle
soit là sur les marches. « J'ai ton goûter. » Oh,
m'am tu es venue en Simca 5. La voiture de la
femme élégante. « Dis donc, elle est drôlement

belle ta mère. » J'aime bien quand mon copain Bonbec tombe amoureux de la m'am. Il a le caramel plus généreux à la récréation.

Oui, elle est drôlement belle ma mère. Belle et rapide. Elle a encore disparu. Entrée dans une mercerie, A la tricoteuse. J'ai le temps de retirer ces souliers qui me broient les pieds. Je sais que je vais attendre. Je connais la m'am. Elle est en train de raconter tout un tas d'histoires à la mercière et aux clientes. « Oh la partie de rigolade ! » J'ai horreur de ça. A chaque fois, j'ai envie d'entrer dans le magasin et de reprendre tout ce qu'elle a dit. Rendez-moi ça ! Les histoires de la m'am ne devraient être que pour nous.

Je regarde autour de moi. Je suis déçu. D'accord, j'ai été parachuté à la bonne époque, dans la bonne ville. Mais je m'attendais à plus d'Occupation. Des boches partout. « On dit "les Allemands". Ils pourraient t'entendre. Tu te ferais embarquer aussi sec. » M'am, c'est toi qui le dis, « boche ». « Oui, mais moi, ce n'est pas pareil, l'ai été occupée. »

Avoue, m'am, que ça ne ressemble pas à la guerre. A part une affiche déchirée. *C'est l'heure de la Relève.* Pas de soldats, de patrouille, de bottes qui sonnent sur le pavé, de talons qui claquent, d'officiers qui hurlent, de chars Tigre, de roulement de chenilles, de guérites, de sacs de sable, de mitrailleuses, même légères, de panneaux en allemand, *Feldgendarmerie, Propaganda Staffel, Feldpost,* de chants en colonne. « Ça, on dira ce qu'on veut, mais ils chantaient drôlement bien, les boches. »

M'am, je commence à comprendre pourquoi tu as toujours parlé d'eux comme ça. A Vauzelles, il n'y en avait pas. « Faut pas dire ça. D'accord, ils étaient plutôt au château que dans la Cité. Mais ce serait pas bien pour tous les gars qui se sont fait tuer. Rien qu'en février 43, trente-huit gars des Ateliers. Des voisins, des copains de travail de ton père. » Pourquoi il n'a pas été pris, le p'pa ? « Tu vas pas lui reprocher de pas s'être fait fusiller. » J'aurais bien aimé être fils de héros. « T'aurais été fils de rien du tout. Tu serais pas né. »

La m'am ressort de la boutique. J'ai envie de crier. M'am, j'ai changé d'avis ! Je suis né ! Au lieu de jouer au sémaphore, je devrais courir derrière elle. Mais quelque chose me retient dans cette avenue. C'est du côté des volets aux fenêtres des maisons et des arbres plantés sur les trottoirs. Je suis incapable de dire si ce sont des tilleuls ou des platanes. Il me manque une bonne punition. Motif : charme au lieu de faire son bouleau. Péno : copier 100 fois *Le jour des cœurs, le soir se ferme sur le creux du leur.*

J'ai noté quelque part ce bris de poème mystérieux du p'pa. Mais où ? Pourquoi revient-il, ici ? Je me souviens avoir entendu la m'am le réciter comme pour elle, devant « la photo amoureuse » comme on l'appelle. Une des rares où le p'pa et la m'am se laissent aller à être ensemble, comme si on n'était pas là. « Je t'avais dit de la ranger, Paulette. » « Quoi, Roger, on fait rien de mal. »

C'est vrai, sur la photo amoureuse, la tête de la m'am est à peine inclinée sur l'épaule du p'pa. A peine. Derrière eux, une moto avec un gros phare indiscret. Cette photo avait vite disparu de l'album familial. A mon avis, la moto en savait trop.

Une autre fois encore, j'ai entendu ce bris de poème. Un jour de bord de Marne, à Nogent. La m'am montre au p'pa des initiales gravées sur un arbre. « Tu crois que les nôtres y sont encore, à Vauzelles ? » Le p'pa a ce regard noir qui veut dire : « On ne parle pas de ces choses-là, devant les gosses. » La m'am a ce sourire qui répond : « Allez, fais pas ton dur. » Les parents, dès qu'on comprend leur langue, c'est fou ce qu'ils se disent en silence.

Je ne sais pas comment le p'pa fait pour résister à ce sourire de la m'am. D'ailleurs, il ne résiste pas. « Tu te souviens, Roger, tu m'avais écrit dans une lettre *Le jour des cœurs, le soir se ferme sur le creux du leur*. J'y pensais chaque matin en ouvrant mes volets. »

Ce genre de phrase de la m'am, plus ses yeux bleus coquins, plus l'effleurement de son index sur la main du p'pa, plus et plus, me donnent envie d'être la hache vengeresse de Du Guesclin et d'abattre tous les arbres gravés de la forêt de Nogent. « Ma parole, tu es jaloux de ton père. »

Pas de danger. Surtout quand j'imagine le p'pa, la nuit, ridicule, avec son canif en inox, sa pile électrique anémiée et la trouille de se faire prendre. Il s'applique sur l'écorce, mais sa main tremble. Il grave « P-R » pour dire « Paulette et Roger ». « Tu ne trouves pas que ça fait un peu cucul la praline ? » Ne me demande pas mon avis, p'pa. Je suis la hache jalouse et vengeresse de Du Guesclin.

Au passage de la m'am, une femme ouvre ses volets percés de cœurs. Merci, madame ! Grâce à vous, je viens de comprendre la phrase mystérieuse du p'pa.

Souvenons-nous : Roger, amoureux de Paulette, va nuitamment graver leurs initiales sur un arbre, planté en face de la fenêtre de son aimée, pour qu'elle puisse les voir le matin en ouvrant ses volets.

Le jour des cœurs (celui des volets) *le soir se ferme sur le creux du leur.* (Leur quoi ?) Leur cœur, bien sûr. C'est ça ! En plus des initiales, le p'pa a gravé un cœur. Un cœur ! Tu as raison, p'pa. C'est vraiment cucul la praline.

« Tu devrais pas te moquer. Tu verras, quand ça t'arrivera. »

La m'am est déjà haut dans l'avenue. J'aurais aimé retrouver ce cœur, mais je risque de la perdre. Affalés sur le trottoir, mes souliers bouillis me regardent avec des yeux de corniaud abandonné. Je n'ai pas le courage de les enfiler. Mes tendons saignent. Je noue les lacets et je les passe autour de mon cou. La m'am est loin. Mais je vais la rattraper. 1, Parce que je sais où elle va. 2, Parce que je suis Jesse Owens, l'homme le plus rapide du monde. Un Jesse Owens aux pieds nus.

J'arrive, m'am !

*

Le coup de feu part dans ma tête. 12 août 1936, finale du 100 mètres aux jeux de Berlin. Il faut que je batte Lutz Long pour ne pas serrer la main de Adolf Hitler. Il est au troisième couloir. Pas Hitler, Lutz Long. Monte les genoux ! Pense à la m'am. Elle est dans les gradins avec un bouquet rouge à la main. J'accélère la foulée. Les souliers cognent contre ma poitrine. J'ai l'impression de porter un nain sur les épaules. Une course à handicap. Pas très fair-play, monsieur Hitler. Allez, accélère. Tu dois arriver en vainqueur à la plaque d'égout de la rue des Mûriers. C'est là que la m'am a rendez-vous. C'est sûr. A l'endroit exact où le p'pa est tombé amoureux de la m'am.

Ce 21 octobre 1929, il a 8 ans, 11 mois et 26 jours. Record du monde masculin de coup de foudre. Il tient toujours.

Les derniers mètres de course. Lutz Long n'est plus dans son couloir. L'Allemand a évacué. La ligne d'arrivée se jette sur moi. Je coupe le fil. « Tu as encore détricoté ton chandail neuf. » Mais non, m'am, c'est le brin de laine du vainqueur. Le brin glorieux. Tu devrais le garder dans ta boîte à souvenirs.

Adolf Hitler quitte la tribune furieux. Il ôte un gant et se cravache la ligne de chance. La foule gronde. Je m'offre un tour d'honneur. C'est vrai, m'am, que la délégation française a défilé en faisant le salut nazi ? Il faut que je retrouve la plaque d'égout du coup de foudre. De la tribune, la m'am me jette un bouquet de coquelicots. Il y a une véritable clameur dans ses yeux. Elle fait le tour du stade et me tresse une couronne. Je ne parviens pas à m'arrêter de courir. Je suis emporté par l'élan. Mon pied dérape sur la cendrée. Je pars en glissade. La masse du podium vient à moi. Je percute la plus haute marche. Mes lauriers dégringolent. Des trompettes de péplum éclatent dans ma tête. Ils vont lâcher les dieux. On hisse les couleurs au grand mât. Un voile noir passe devant mes yeux. Ce doit être l'émotion. Champion olympique, ce n'est pas rien. Quel temps j'ai fait ? Ils vont jouer « La Marseillaise ». Et si je brandissais un poing ganté ? En 1936, je serais le premier résistant de la Nièvre. « Ne plaisante pas avec ça. Il y en a eu un vrai. Louis Fouchère. Un ouvrier des Ateliers. A la C.G.T. comme ton père. Ils l'ont fusillé début 42, avec Michaud et Giraud. » Excuse-moi, m'am.

Une jeune fille habillée en déesse grecque s'approche de moi, des souliers cuivrés étincelants sur un plateau en inox. C'est trop. Je m'évanouis pour abréger la cérémonie protocolaire.

*

« Pauvre gamin. Il a dû se faire mal. La tête la première dans le tas de sable. Quel soleil ! Il aurait pu se tuer. Tu parles. Il détalait drôlement. Un vrai garenne. Tu crois que les frisés étaient après lui ? Il porte peut-être un message. Paraîtrait qu'on a trouvé un parachute au Four de Vaux. Moi, on m'a dit que c'était à l'Aiguillon. »

Les nouvelles ne chôment pas ici. Je sens qu'on me fouille. Eh, touchez pas à ma médaille d'or ! Doucement, je n'ai pas de poches par là. On en profite pour me tâter le couroucou.

« C'est qui ce mouflet ? Quelqu'un le connaît ? Encore un gosse perdu pendant l'Exode. Au

Secours national, ils savent plus quoi en faire. Serait pas du quartier du Maroc ? On le connaî- trait. Il a plutôt l'air d'un Tzigane. Laissez-le res- pirer. Vous voyez bien qu'il est dans le sirop. »

Je garde les yeux fermés. C'est de moi qu'on parle. J'ai quel âge ? Pas né, d'accord. Mais j'ai bien un âge. Une apparence. Si je les écoute, *mou- flet, gosse, Maroc, Tzigane,* je dois être un Jesse Owens de douze-treize ans. Le général avait rai- son. Et le plus jeune champion olympique de tous les temps. Il apprécierait.

« Allez, réveille-toi, maintenant. » On me tapote de partout. La voix toute proche roule les « r » comme dans Morvandiote. Je reconnais cette peau. Cette odeur et surtout cette paume sur mon front. Personne ne sait comme la m'am avoir la main fraîche ou brûlante selon le cauchemar de la nuit. Je n'ai jamais besoin de lui raconter. Sa main sait d'avance.

Je ne veux pas me réveiller. Il faut qu'elle me croie mort. Qu'elle s'inquiète. Qu'elle me serre un peu plus fort. Presque à me faire mal. Ce serait bien pour mon plan. Depuis ce soleil dans le tas de sable, c'est vrai, je peux l'avouer, j'ai un plan. Je peux l'avouer mais pas le dire. C'est quelque chose de particulier. Je ne sais pas si c'est bien ou mal. Si ça se fait. Bon, je le dis. Personne n'entend. Je voudrais... toucher... enfin, juste frô- ler... sa poitrine. En profiter, tant que la m'am n'est pas encore ma mère. Dans quatre ans tant de mois et tant de jours, je ne pourrai plus. D'abord parce que ça ne se fait pas avec sa mère et que, de toute façon, elle sera trop occupée. « Passe donc la

paille de fer, au lieu de rester dans mes jambes. »
Alors, pour une fois que je l'ai à moi tout seul.

C'est le moment. J'y vais. J'appuie ma tête
contre sa poitrine. J'essaie de ne pas me souvenir
qu'un jour on lui ôtera ce sein. Ou peut-être
l'autre. Lequel c'était ? Foutue conjugaison. Plus-
que-parfait du futur, ça existe cette saleté ? Avec
hôpital, interne, morphine, protocole et cancer.
Une tête d'œillet rose dans l'eau d'un verre à
dents.

Moi je veux du plus-que-tout-de-suite. Du
doux, du tiède, du parfumé. Mon menton glisse
dans les replis de son corsage, comme le nez
indiscret d'un fer à repasser. Je n'arrive pas à
démêler ses battements de cœur des miens. A toi,
à moi. A moi, à toi. Comme deux boxeurs qui ne
veulent pas démordre. Paraît que tu détendais le
p'pa à la belote avant ses combats. Je n'ai jamais
joué avec toi. Le p'pa dit que tu es une acharnée.
Est-ce que tu triches ?

Moi, oui.

J'avance la joue sur l'étoffe avec des petits
à-coups attendrissants pour mimer le rêve agité de
l'enfant fiévreux. Elle me caresse les cheveux. Sa
main ne sent pas l'eau de Javel, comme d'habitude. Sûrement les restrictions. Je soupire pour
soulever le col de son corsage. Une bouffée pro-
fonde me revient. Un boomerang sucré, avec cette
pointe âcre qui me montre du doigt. Est-ce que
c'est ça, être chaviré ? Un petit naufrage sur place.
De l'esquimautage. La tête à l'envers. La noyade
par le short. Il s'en passe à l'intérieur. Et cet
humide, il est à moi ? Qu'est-ce qu'il m'arrive ? Je

sens monter du bas-ventre une procession. Portés en majesté par les Rois Mages, il me vient la braise, l'amidon et la pattemouille. Tu n'as pas honte ! Avec ta propre mère ! Tu veux le nom exact pour cet « état de gonflement de certains tissus organiques » ? Non merci. Même avec une médaille d'or autour du cou, je prendrais une calotte. En public et en pleine rue. Après ça, inutile d'essayer de revoir la m'am. Je peux remonter dans mon Dakota et virer au cap de secours.

Tant pis, calotté pour calotté, je tente une dernière avancée. Le tout-proche perce par une échancrure entre deux minuscules boutons nacrés. Est-ce que la m'am m'a donné le sein ? Peut-être que je vais le reconnaître. Un copain m'a raconté qu'il avait dit à sa mère qu'il fumait le cigare parce qu'elle l'avait habitué aux gros tétons. Il avait pris une de ces dégelées. Moi, je ne dis rien. C'est mieux de ne pas être né. Tout ce qu'on commet n'existe pas. Même ce mouvement du bout des doigts. Oui, même celui-là. Un peu plus avant.

Aïe ! Ça y est. La voilà ma calotte. Je t'avais prévenu. La joue me brûle. Je saigne. Je suis déshonoré.

« Le pauvre ! » La m'am me console. Elle peut. Je viens de m'empaler la joue sur une de ses épingles à nourrice. Cette manie d'en fourrer partout sur elle. « Ça peut toujours dépanner. » Résultat, la m'am a une poitrine de fakir. Une vraie boîte à ouvrage. Pas facile de l'approcher de près. « Il saigne, le pauvre. » Je sens les doigts humides de la m'am qui frottent ma joue. Elle y pose un baiser. « Allez, mon petit, c'est fini. »

J'ouvre les yeux sur trois profils jaunes. Trois pièces de monnaie. Elles sont montées en broche, agrafées au revers de la m'am. « Encore des que les boches n'auront pas ! » Je me souviens de sa phrase. « Ils récupéraient tout pour le fondre. Trois pièces, c'était une balle de moins pour un de nos gars. » C'est donc à ça que je me suis empalé.

Il y a un peu de sang sur la bouche de la m'am. On dirait qu'elle a mis du rouge à ses lèvres pour notre première rencontre. Sauf qu'elle ne me reconnaît pas. Ses yeux restent d'un bleu pour tout le monde. Comme les rideaux de la cuisine, quand on les regarde de dehors. D'accord, je ne suis pas encore né. Mais l'instinct maternel, alors ?

— Allez Simone, il faut qu'on aille embaucher. Tu ne vas pas l'adopter, ce gosse. Deux, ça nous suffit.

Un type à contre-jour parle à la m'am. Simone ! La m'am a un pseudonyme à cette époque ? Ce doit être un nom de guerre à cause de ces fausses cartes de pain que le maquis lui fait passer en douce. « Le matin, je les trouvais toutes fraîches imprimées sur le rebord de la fenêtre. Y'avait plus qu'à les faire sécher dans la buanderie. »

— Ça ira, petit ?

Je fais signe que oui, bien sûr. Tant qu'à être abandonné, autant être volontaire.

— Grouille, Simone. Le singe va pas nous rater. Tu veux me faire envoyer au S.T.O. ?

Le visage de la m'am vire d'un coup. Je disparais de son regard. Elle est inquiète, mais plus pour moi. Au moment où je la retrouve, la m'am en regarde un autre. Ce n'est pas juste. Pour elle, j'ai sauté d'un Dakota en flammes, liquidé la flak allemande, fait prisonnier un détachement de S.S., battu Adolf Hitler sur 100 mètres. Qu'est-ce qu'elle veut de plus ? Des larmes ?

Non. La m'am n'aime pas qu'on pleure. Surtout qu'on pleure comme une Madeleine. Ça pleure comment, une madeleine ? Un matin j'en avais trempé une dans mon café au lait. Pour voir. Je l'avais fait goutter au-dessus du bol. Elle ne pleurait pas mieux qu'une tartine. « Occupez-vous du gamin. » La m'am se dresse et me relève dans le même mouvement. Quelle poigne ! J'ai l'impression de sentir sa main sur l'anse du sac à commissions. « Laisse, m'am, je vais t'aider. » Elle revient du marché. Je fais le coq. Vingt ans. Des médailles d'athlétisme. Des vraies. Qu'est-ce que la m'am a mis dans son sac ? Du plomb. J'ai l'épaule arrachée. C'est gentil de m'avoir acheté des chaussures de scaphandrier. « Ben dis donc, il est pas trop costaud mon fils. On va croire que je ne te nourris pas. Allez, chacun une anse. »

A deux mains, je cache sous mon short le reste encombrant de la Procession des Rois Mages. J'ai honte.

La m'am part au bras de l'homme resté à contre-jour. Et moi ? Elle m'abandonne ici, sans jambes, sans force. Pas question. La m'am n'a même pas encore passé sa main dans mes cheveux. J'ai envie de hurler. Eh, je suis ton fils, tout de même !

Je les regarde s'éloigner. Pourquoi est-ce que je

ne cours pas derrière eux ? Parce qu'ils ne peuvent pas être mes parents. Lui est plus petit qu'elle. Jamais la ˙m'am n'aurait accepté ça. « Dans un couple, c'est comme pour la valse. C'est l'homme qui mène et il lui faut une demi-tête de mieux. » Un bout de phrase tourne dans mon crâne. *Deux ça nous suffit.* La m'am n'a jamais eu deux enfants. Elle a commencé à neuf. Directement. Où sont passés les autres ? En plus, ils revendent des enfants. Le couple d'usurpateurs s'en va. Il fait de plus en plus faux. L'homme et la femme se tiennent par la main. Dans la rue ! Ça, le p'pa et la m'am ne l'auraient jamais fait.

Seul sur le trottoir, je remets de l'ordre dans ma tenue. Pas facile. Je suis couvert de sable, la joue en sang et je n'ai plus de mère. Vexé. Je peux bien parler de l'instinct maternel. Et l'instinct de fils, alors. Se tromper de mère ! Pourtant, j'étais certain. L'odeur, la poitrine, et surtout les épingles. « Toi, heureusement que tu as pas à aller me rechercher aux objets trouvés. T'en ramènerais une autre. Ce serait pas la première fois. » M'am, ce n'est pas gentil. Pourquoi tu me fais raconter ça ?

A une fête de fin d'année à l'école, en revenant de l'estrade avec mon Prix de l'élève le plus méritant de CM 1, je ne sais pas pourquoi, la chaleur, l'émotion, l'élastique de ma cravate. Bref, je me suis trompé de mère. Peut-être à cause de ce tailleur bleu marine réservé aux grandes occasions. Peut-être parce que je n'avais pas l'habitude de voir la m'am assise, et sans son torchon à carreaux. Peut-être.

« Moi non plus, j'avais pas l'habitude que t'aies un prix. Pourtant, je me suis pas trompée de fils. »

Je sens quelqu'un, dans mon dos. Sur le trottoir d'en face, un homme me regarde. Je le sais. Il est mal rasé, peut-être vieux, avec un dossier à sangle sous le bras. Je l'ai déjà vu. C'est l'homme au pardessus à chevrons. Celui qui me suit depuis le début. Il est immobile et me détaille sans se cacher. Je sens qu'il veut me parler. Mais il ne faut pas que je le laisse m'accoster. « N'aie pas peur, mon garçon. Je veux juste t'expliquer. » Si je l'écoute, je sais que je vais le suivre. Partir ailleurs. Quand la m'am n'est plus là, j'ai envie d'être enlevé dans une roulotte de romanichels. Car je sais qu'elle me cherchera jusqu'à ce qu'elle me retrouve. Et si c'est au bout du monde, m'am ? « J'irai. » Et si c'est plus loin ? « J'irai aussi. »

Le regard de l'homme au pardessus est doux et fatigué, mais ce dossier sous son bras m'inquiète. Il l'a trop souvent ouvert et refermé. La sangle est usée. Effilochée. Sauve-toi. Ne te laisse pas approcher. Retourne là où tu as rencontré la dame aux bas gris. Tu t'es trompé de mère, mais pas de Cité. C'est par là. La maison de la m'am n'est pas loin. Tout près même. J'en suis certain. « N'aie pas peur, mon garçon. » La voix de l'homme qui s'effiloche essaie de me retenir. Mais personne ne retient Jesse Owens, le héros à la médaille d'or et aux souliers bouillis. Je cours sans me retourner sur le regard de l'homme.

Une maison, un mur, une porte. Tout se ressemble de plus en plus. J'en pleurerais de rage. J'ai fouiné chaque rue, une fois, dix fois. Guetté le moindre indice d'anecdote familiale. Le vélo accroché dans l'arbre, le tonneau d'où Guy a failli tuer la m'am à la carabine, la cloche installée par le voisin quand la m'am était veuve et enceinte. « Quand vous sentez que ça vient, Paulette, vous sonnez, et j'arrive. »

Je saute comme un kangourou pour repérer les fausses cartes de pain sur les rebords de fenêtres. Rien. Pas matinal, le maquis. Pourquoi je ne me souviens pas de l'adresse des parents ? Je la giflerais cette mémoire, avec ses trous comme dans le ventre d'un mouchard.

Tout à coup, je m'arrête net. Je viens d'être cravaté en pleine course par une odeur. Devant une fenêtre. Au n° 11. Une fenêtre avec des volets à cœurs. Une fenêtre de cuisine fermée à l'espagnolette. Rien pour la distinguer des autres. Pas de rideaux vichy, de peinture parme qui déborde sur les vitres. « Je vous avais demandé de le faire. » Pas de miettes pour les oiseaux sur l'appui, pas de médaille de la Sainte Vierge enchâssée dans le mastic des vitres. Pourtant je suis certain que c'est là. Je sais, tout à l'heure aussi je l'étais. Mais pour la dame aux bas gris, j'avais envie d'être certain. Là, je le suis. Pour vérifier, je pourrais me retourner et retrouver le cœur et les initiales gravés par le p'pa. C'est inutile. Je respire. Je hume. C'est bien la m'am. Ça ne peut être qu'elle. Ça sent le brûlé.

Ça sent *son* brûlé.

3

La Retardataire

Comment le héros, retrouve sa maison, grâce
à une odeur de brûlé et ménage à ses parents
640 rendez-vous de 500 kilos.

5 novembre 1943

« Le brûlé de la m'am c'est plus qu'une odeur.
Plus qu'un parfum, plus qu'une senteur. C'est une
épice. Son épice à elle. Rien qu'à elle. On ne
trouve pas meilleur. Enfoncés, le clou de girofle,
le gingembre, ou la muscade. Son brûlé ne vient
pas d'Orient comme les épices de dictionnaire, il
vient de tout près. De ses doigts, de ses mèches de
cheveux qui pendent, de son torchon à carreaux.
De tout ce qu'elle touche. Du brûlé, la m'am en
glisse partout. Dans le poulet du dimanche, les
asperges en vinaigrette du p'pa, le clafoutis, le
fromage blanc en faisselle. Tous ses ustensiles de
cuisine en sont imprégnés. Toute la maison. Ce
n'est même plus la peine de faire brûler pour que
ça sente le brûlé. Dans la famille, c'est notre par-

fum de tous les jours, avec l'eau de Cologne Saint-Michel, la crème Nivea et le café au lait du matin. Chez les autres, ça sent bon, mais ça ne sent pas le brûlé.

« Tout le monde pense que la m'am fait brûler à force de courir derrière nous. Treize enfants, c'est plus qu'une pendule. On a toujours une heure d'avance dans cette famille. Faim avant son ventre. Soif en buvant. Pourtant, il en sort des plats de la cuisine. Mais jamais assez. "J'ai pas dix bras, moi. Je peux pas être au four et au boudin." La m'am fait aussi brûler les expressions. Ça leur donne du goût. Dans mon dictionnaire à moi, il y a les pages blanches, les pages roses et les pages brûlées de la m'am.

« Ce brûlé, c'est une sorte de baguette magique. Il peut transformer la mamelle qu'on mange en gigot qu'on ne mange pas et le goujon pêché par le p'pa en saumon de la Baltique. Le brûlé, ça remplit les assiettes rien qu'à le respirer.

« Un jour qu'elle nous lavait dans le baquet de zinc avec mes deux petites sœurs, la m'am a dit en frottant : "Si j'avais pu je vous aurais fait un peu plus cuire dans mon ventre et donné un petit goût de brûlé. Ça peut toujours aider dans la vie." La m'am a toute une liste de "choses qui peuvent toujours aider dans la vie". Le goût de brûlé en est une, avec la politesse, valser à l'endroit, à l'envers, un C.A.P., la santé, et une belle écriture. Elle récite la liste quand elle nous frotte. C'était le caté dans le baquet. "Toi, t'es un peu plus cuit que les autres, mais j'ai pas réussi à te faire brûler. Approche que je sente." C'est mauvais signe quand la m'am veut vérifier mon goût de brûlé. Elle me renifle comme un gros pain chaud de 4 livres, mais je sais qu'elle cherche un parfum caché du genre : mégot, fond de bouteille ou poudre de riz. "Tu as encore touché à ma houppette."

« Pendant l'inspection de la m'am, je me retiens de sentir quoi que ce soit. Je ne respire plus, je ferme tous les orifices de mon corps. Tous les pores de ma peau. Je suis un sous-marin en plongée. J'arrête mon cœur. Pas même un bruit d'hélice. Je ravale ma salive et ma sueur. Silence radio. Juste un coup de périscope avant l'asphyxie. La m'am est là. Je guette son p'tit clin d'œil bleu, signe de fin d'alerte. "Ça va, tu peux y aller." La m'am me trace une croix sur le front comme sur le pain. Je me renifle. C'est vrai que je sens le pain pas-trop-cuit-s'il-vous-plaît-madame. La politesse, ça peut toujours aider dans la vie. »

26 fois le mot « brûlé » dans votre devoir. Ce n'est plus une rédaction. C'est un incendie !

Le maître a écrit sa remarque en rouge à côté du sujet : « Racontez un parfum ».

J'essaie de grimper à la fenêtre de cette maison de la Cité-Jardin au nº 11. Il faut que je vérifie si la m'am est bien derrière cette odeur. Je saute et j'agrippe le garde-corps. « Y'en avait pas, à la Cité-Jardin. » Bon, d'accord, m'am. Je saute et je prends appui sur l'appui de fenêtre. Ça m'oblige à faire une répétition plus un rétablissement. Je ne les réussis jamais, m'am. Tu m'as fait les poignets trop fragiles. Tant pis, je l'assure quand même et comme je peux ce fichu appui d'appui. Je me

hisse. J'y suis. « Tu vois, c'est pas si compliqué. »
S'il te plaît, m'am, maintenant tu me laisses.
J'aimerais bien être seul pour te rencontrer.

Je colle mon front au carreau. Je sens les
miettes de pain rassis sous mes doigts. Pas de restriction pour les oiseaux. Si je glisse, et que je me
fracasse, la m'am consultera son *Médecin des
Pauvres 2 000 recettes utiles*. Elle réfléchira et
conclura, comme d'habitude : « Un thé Peyronnet,
c'est radical ! » Je ne vais pas tenir longtemps
dans cette position. A la première patrouille, ils
m'attrapent par le fond du short et c'est le départ
pour l'Allemagne.

A l'intérieur, il fait sombre. Mes yeux s'y
accommodent. Je distingue une silhouette assise
à une table. C'est une femme. Elle est seule. Ça
pourrait être la m'am, mais je préfère ne rien dire.
On ne peut pas retrouver et perdre sa mère tous les
quarts d'heure. « T'as un vrai cœur d'artichaut,
toi. » Pour moi, m'am, un cœur d'artichaut, c'est
un cœur couvert de poils qui ne sent rien. « Ça
c'est un cœur de pierre. » Et alors, une pierre ça
peut éclater, en plein de morceaux. « Si tu con-
fonds le coup de foudre et le coup de gel, t'es pas
près de tomber amoureux. »

La m'am écrit peut-être la liste des courses ou
une de ces cartes postales toutes prêtes où il suffit
de « biffer les mentions inutiles ». Ça m'aurait
bien aidé, des dictées du même genre.

Arrête !

« Arrête de tourner autour du pot pour faire
droit ! » comme dit le p'pa en plus cru. Depuis
cette histoire de brûlé, tu ne fais que ça. Tu

digresses, tu louvoies. Tout ça pour ne pas avouer que tu as peur. Peur de t'être trompé encore une fois. Peur que cette femme assise ne soit pas la m'am. Ta mission s'arrêterait là. Avoue-le au moins.

C'est vrai, j'ai peur.

Pourquoi est-ce qu'elle n'est pas tournée vers la lumière du jour pour écrire ? Elle s'applique. Je sais qu'elle a du mal à tenir ses phrases droites sur son cahier de commissions. « Il me faudrait un moule comme pour les biscuits. » Moi, j'aime bien que la m'am n'écrive pas droit. Ses mots d'excuse ressemblent à ces poèmes qui dessinent des fleurs et des fontaines. Des calingrammes dit-le-dico. La m'am, elle, écrit des calingrammes.

Non, il n'y a pas de faute à ce mot, monsieur. « C'est quoi ce que ta mère a écrit, là ? » « Fièvre », monsieur. J'avais des douleurs. J'en avais beaucoup. C'est pour ça que c'est souligné. Mon maître d'école fait semblant de me croire, pour ne pas me dire que la m'am écrit mal. « Dysgraphie », aurait diagnostiqué le médecin scolaire. En réalité, c'est « lièvre » le mot souligné. Celui que le p'pa a tellement plombé à la chasse qu'il nous a rendus malades. Du saturnisme paraît-il. On faisait la queue pour vomir dans la cour. Un voisin a dit que c'était plutôt la myxomatose. Il voulait qu'on nous mette en quarantaine. Comme si on n'était pas déjà assez nombreux.

M'am, je l'aime ta « dysgraphie ». Avec ma « cécité crépusculaire », ça nous fait deux choses de plus qui peuvent-toujours-aider-dans-la-vie.

Quelqu'un entre dans la cuisine. Brusquement.

Un homme. Jeune. Dans les vingt ans. Pas très haut. Beau gosse. Brun. Une lame. Je connais son visage. Sa photo était dans ma valise en bois. Même si quelque chose ne va pas du côté de ses yeux. La couleur, je crois.

— Paulette, il faut que tu viennes. C'est Bénoune.

La m'am se dresse. Je préfère ne pas voir son visage.

— Il lui est arrivé quelque chose?

Bénoune! Moi aussi, je me dresse. Et moi aussi, je préfère ne pas voir mon visage. Bénoune, c'est le surnom du p'pa à la Vauzélienne, son club de gymnastique. « Fallait voir ton père quand il faisait le soleil à la barre fixe! » M'am, tu me l'as raconté mille fois. « J'aimais pas pendant les exhibitions quand ils l'appelaient "Blanchette", "Banania" ou "La perle noire". Moi, je criais Roger! Ro-ger! En montrant bien mon épingle à chapeau. Mais à force, j'ai plus voulu qu'il continue. Je manquais me battre à chaque fois. » Se battre! La m'am? J'ai du mal à imaginer son swing Nivea. « Faut pas s'y fier. En colère, elle est pas commode ta mère! »

La m'am est debout. Raide. Il doit passer un voile de craie sur son visage. C'est comme ça quand il lui monte une colère ou un regret. Le beau gosse ne lui laisse pas le temps de se repoudrer.

— Cette fois, Paulette, c'est du sérieux pour Bénoune. C'est une retardataire. Une spéciale. J'ai jamais vu un monstre pareil.

Retardataire. Je connais ce mot. Il a un tic-tac à

l'intérieur. Bombes retardataires. Ces bombes lar-
guées qui n'ont pas encore explosé. C'est ça. Il me
revient les paroles d'une des chansons du p'pa en
prison.

> *Pour éviter l'malheur à nos prochains*
> *En déterrant ces bombes retardataires*
> *Nous gagnerons un bon point.*

La m'am doit l'entendre aussi. Avec, en plus, la
voix du p'pa. Il lui a sûrement chanté en
s'accompagnant avec sa guitare de veillées scoutes.
« Il était Eclaireur de France. Faut pas confondre.
Et rigole pas. Ton père, avec sa voix et sa guitare,
il aurait pu être un Henri Salvador. Ou même
Django Reinhardt. » Moi, je veux bien, m'am.
Pourtant, un soir, Sergio, le mari de ma sœur
Josette, a trouvé six guitares espagnoles dans une
poubelle des Halles. Toutes neuves. La m'am a
demandé au p'pa de nous jouer un air. Il a d'abord
fait son bougon de Tarbes, puis a fini par choisir
une des guitares. Belle. Vernie comme des escar-
pins. Il la tenait encore mieux que Tino Rossi dans
Naples au baiser de feu. Pour l'accorder, il a fait
des cling-clong, des tlinc, des ouissst, avec ses
mains fines de chaudronnier-concertiste. Nous,
autour de la table, on s'est raclé la gorge, pour
faire vrai concert. C'était notre premier. J'avais
l'impression d'être habillé en dimanche. On
n'entendait que le balancier du Westminster. Tic-
tac. « Un carillon, c'est une bombe qui ne se
décide pas à exploser. » Chut !
Après un silence de plus dans le silence, le p'pa

s'est mis à jouer. Lui peut-être, mais pas ses doigts. Eux et les cordes n'étaient pas d'accord. Question de placement. Le p'pa n'a pas insisté. « Y'a plus rien qui vient. » On était tristes. Déçus. Pour la première fois, j'ai cru que les parents nous avaient menti. C'était pourtant simple de nous dire que le p'pa ne savait pas jouer de la guitare espagnole. La m'am avait sa barre de furie aux sourcils. « Il ne vaut rien ce crincrin. Je vais en faire du petit bois. » Le p'pa l'a arrêtée d'un geste d'empereur. Il s'est levé avec sa mine de soliste à queue-de-pie. D'une main, il a pris la guitare par le haut du manche, l'a balancée, et nous a annoncé : « Les cloches ! Koechel 123. » On a souri. « Koechel 123 » c'est ce que dit Gérard quand il laisse aller un gaz, un vent, une flatulence. Un pet, quoi.

Ce soir-là, ce furent les plus belles cloches à cordes qu'on entendit jamais. Carillon, tocsin, bourdon, angélus. Des ailes volaient au-dessus de nos têtes. C'était Pâques, les communions, les mariages, la messe de minuit qui nous revenaient à la volée. On est restés comme devant la crèche ou le panneau de l'Eurovision. La famille a applaudi et tapé des pieds à en chasser les rats du vide sanitaire pendant deux générations. Le p'pa a eu un bis et cinq rappels. Ce fut notre plus beau concert à la maison.

Le beau gosse sort de la cuisine.

Je sursaute. Mes bras tremblent. Je vais lâcher l'appui. Qu'est-ce qu'ils se sont dit le beau gosse et la m'am pendant que je divaguais ? « Tu n'avais qu'à suivre. » Je rembobine un bout de mémoire pendant que je tiens encore le fil. Je ne garde que les mots nus.

— Paulette, il faut que tu viennes. C'est Bénoune.

— Il lui est arrivé quelque chose ?

— Pas encore, mais ça pourrait. Cette fois, Paulette, c'est une spéciale cette bombe. J'ai jamais vu un monstre pareil.

— Elle est où ?

— Aux Granges. Faut que tu viennes.

— Pars devant. J'arrive. Fais notre signe à Roger. Il comprendra.

— Traîne pas, Paulette. Je te jure, c'est une tueuse.

— Va, je te dis, Lulu.

— Encore une chose. Les gars du maquis vont faire un gros truc, aujourd'hui à l'hôpital de Nevers.

— Me dis rien. C'est mieux.

— Si, Paulette. J'ai une chose à te dire. Ça y est. Je me suis engagé. Faut pas m'en vouloir. Ici ça sent le roussi pour moi. Mon nom est sur la liste des schleus. Je passe ce soir. Toulon, Alger. Tu comprends.

— Je comprends. T'inquiète pas.

— Tu dis rien à Bénoune.

— Promis.

— Tu sais, Paulette, pour le truc de l'hôpital de Nevers, je crois que Bénoune est dans le coup.

Le beau gosse sort de la cuisine.

C'est Lulu ! Le copain du p'pa. Le meilleur. Celui de jeunesse, de billard, de vadrouilles. Des mystérieuses « virées chez Bouracheau ». C'est où, ça, m'am? « T'occupe. » Je n'ai jamais eu mieux comme réponse. M'am, je croyais que Lulu, à cette époque, était du côté de Naples avec son régiment de spahis algériens. « Tu sais, moi, les dates. » Les couleurs aussi. Regarde ses yeux. Tu m'as toujours dit qu'ils étaient bleus. Ils sont marron. « Pour moi, les yeux de Lulu seront toujours bleus. C'est comme ça. » M'am, c'est à cette époque qu'il a ramassé cette espèce de tube-grenade en aluminium. « Non, c'est plus tard, en Allemagne. Mais je préférerais que t'en parles pas trop. »

Dans la poche arrière de mon short, je sens la photo de l'homme aux yeux crevés.

La m'am va partir. Je le sais. Quand elle trotte comme ça, en petite souris, avec des gestes à angles vifs, c'est qu'elle cherche quelque chose. Là, dans ce bahut. Les tiroirs. S'ils sont rangés comme je les connais, elle va bientôt s'énerver, les démouler sur la table. Qu'est-ce que je disais. Qu'est-ce qu'elle cherche de si précieux, pour ne pas courir vers le p'pa? En laissant tout tomber. Tout brûler.

Tu ne te rends pas compte, m'am. Je sais, le p'pa en a désamorcé des tas, depuis que les Allemands l'ont fait prisonnier. Mais pas une comme celle-là. Si c'est celle de la chanson, elle fait 500 kilos!

En déterrant ces bombes retardataires
Nous gagnerons un bon point.

Comment le p'pa peut-il risquer de se faire sau-

ter une demi-tonne d'explosif au visage pour
« gagner un bon point » ? Sûrement pour ça que je
n'aime pas ces timbres de lèche-cul. « 7 fois 8 ? »
56. « Un bon point. Attraper ? » Un seul « p »
« Bien, un bon point. Capitale de la Norvège ?...
Capitale de la Norvège ? » Narvik. « Faux ! Pas de
bon point. » Je m'en fiche, monsieur. J'en veux
pas. Moi, mon père, pour gagner un bon point, il
devait désamorcer une bombe de 500 kilos à
mains nues ! « Au piquet, chez le directeur et
quatre heures de retenue. Je vais faire un mot à
votre mère. »

La m'am a oublié le sien, de mot, sur la table.
Elle est sortie de la cuisine à la volée. Elle a
trouvé ce qu'elle cherchait dans les tiroirs. J'ai
compris ce que c'était quand elle l'a raflé sur la
nappe comme une mouche et qu'elle a embrassé
son poing ensuite. Greli-grelot, combien j'ai de
saintes vierges dans mon sabot ? Au moins une.
Une petite en fer-blanc. Une vierge de chapelet.
La m'am en cache partout où il y a quelque chose
à protéger. La maison, une compo d'histoire, les
gosses, un travail, des fiançailles. Celle qu'elle
serre dans son poing est pour le p'pa. Contre la
bombe. La tueuse. Ce sera un joli match.

« Dans le coin bleu : Bénoune, la Perle Noire de
Vauzelles ! 1,76 m, 67,5 kg. Opposé, dans le coin
rouge, à la Retardataire des Granges ! 2,45 m,
500 kilos ! »

Descends du ring, p'pa. Tu vas pas te battre
avec ce monstre. Il va te mettre en morceaux. Le
combat est truqué. Personne ne m'écoute.

La m'am sort de la maison. Je suis encore

accroché à l'appui de la fenêtre qu'elle remonte déjà l'avenue. Je saute. M'a pris dix mètres en deux enjambées et je n'ai pas encore aperçu son visage. Je préfère ne pas voir son inquiétude. Elle a son pas, son chapeau, son sac et ses gants des mauvais jours. Les jours où elle se « dérange » comme elle dit. Signe de « Je vais lui faire voir, moi ! » M'am, cette fois, ce n'est pas le directeur de l'école, le type des Allocations familiales, ou notre propriétaire, que tu vas voir. C'est une bombe !

J'essaie de ne pas perdre la m'am de vue. Dans son sillage, je traverse la ville comme un décor. Avenues, boutiques, maisons, figurants, ça me donne l'impression d'une mauvaise reconstitution. Toutes les femmes n'ont pas de chapeau. La carrosserie de cette 201 ne brille pas. Son gazogène est rouillé. La toile n'est peinte que d'un côté. Ça manque de crédits.

— Paulette !

C'est tonton Florent ! Je suis content de le voir. Il intercepte la m'am avec cette énorme cantine d'Exode qui lui donne une allure de valisard.

— J'allais chez toi. J'ai touché des trucs.

— C'est pas le moment, Florent. Je vais voir Roger.

— Je sais. J'y vais aussi. Je te montre en chemin.

Et ils marchent.

— J'ai de la teinture à bas pour les jambes. Du Fil-pas ou de l'Elizabeth Arden. Du sirop Rami pour les gosses, une pompe à vélo. J'aurai le raccord, mardi. De la brillantine. Hé, de la bonne.

Docteur Rosa. De la benzédrine pour les nerfs, des Smelflex...

— Et des haricots verts?

— Attends! Un truc en fibrane, une chemise zazou, de la Diadermine pour bronzer. Moi, j'en ai pas besoin. Des boîtes de sardines. Des serviettes nids-d'abeilles pour Roger. Hé, Linvosges! C'est marqué. Une pendulette Jaz...

— Et des haricots verts?

— Bien sûr, Paulette. Qu'est-ce que tu crois?

Tonton ouvre un autre compartiment de sa cantine. « Te moque pas. Il nous a drôlement aidés, Florent. Sans lui, je sais pas comment j'aurais fait. Avec tout ce qu'il nous a rapporté de sa ferme. Et jamais il a demandé un sou! »

La m'am et tonton se séparent. « Je passe te poser ça. » La m'am bifurque à l'écart de la rue principale. Traverse la Cité-Jardin, l'abandonne, marche un bon moment et s'arrête près d'un attroupement. Pourtant, il n'y a rien nulle part. Le paysage a été soufflé. La bombe est déjà là. Dans tout ce qui manque.

La petite foule a aspiré la m'am. Je suis perdu. Je ne vois pas Lulu, ni le p'pa. Je m'approche. On ne me demande rien. Je me mêle. Tout à coup, je retrouve le sillage de la m'am. Mon cœur cogne. Déjà au marché quand tu me perdais, te retrouver était un bonheur qui me donnait toujours l'impression d'être près du marchand d'oiseaux.

Au-delà de la petite foule, la m'am a dû repérer le p'pa. Je sens qu'elle s'approche de lui. Je le sais. A un rien. Son pas se suspend. Elle fait le flamant rose. C'est toujours comme ça quand elle va vers lui.

Je l'observe, le soir au retour de l'usine. Dans le couloir de l'entrée. Sur deux carreaux à peine. Un rouge, un blanc. Elle parvient à ralentir son élan, avoir un temps de suspens et aller jusqu'à lui. C'est ça faire le flamant rose. Distendre le temps pour rejoindre l'autre quand il est tout près. Je crois que même sur un seul carreau, la m'am en serait capable.

C'est ce pas qui me fait comprendre que la m'am regarde le p'pa en ce moment. Et je sais ce qu'elle voit. Elle me l'a tellement racontée cette scène de la bombe! Le cratère énorme au milieu de rien, des gens autour, mais à distance. Et en bas, la bombe, bien dégagée, qui attend.

La foule murmure. Le p'pa arrive entre deux gendarmes. Il en parle dans sa chanson. Ils lui retirent les menottes. « Moi, je me souviens pas des menottes. » Le p'pa descend seul, vers le fond du cratère, une petite trousse à la main. Un peu comme un docteur pour bombe, avec un stéthoscope, histoire de l'entendre tousser. Je me souviens que « tousser », ça veut dire sur le point d'exploser.

Ça aussi, je sais que la m'am y pense. Elle doit avoir mis la Sainte Vierge en accordéon, à force de la serrer dans son poing. Je m'approche d'elle. La m'am se déplace. Elle fait des entrechats pour regarder par-dessus les têtes comme au passage du Tour de France. « Tu sais, les gens voulaient pas rater le spectacle. » La m'am essaie de contourner l'attroupement. « Laissez-la passer, c'est son mari ! » Il faudrait une bonne alerte aérienne. Tous aux abris !

La m'am resterait seule avec le p'pa sous les bombes. Elle, en haut du cratère, lui en bas. Roméo et Juliette. Un balcon dans les ruines. Ils se protégeraient des yeux. Dans le ciel, une nuée de Lancaster lâcherait 320 tonnes de bombes de 500 kilos.

Soient 640 rendez-vous pour Paulette et Roger.

Je viens de comprendre le ballet de la m'am. Elle essaie de se placer dans le champ visuel du p'pa. Comme à la boxe. « Je lui faisais signe quand l'autre était fatigué, ou quand il fallait le travailler par en dessous. » Ça y est. Elle a l'air d'avoir trouvé l'emplacement idéal. Aussitôt elle tourne le dos au cratère. Fouille dans son sac à main. C'est sûr, elle va en faire jaillir un miracle. Un énorme revolver chromé et tirer en l'air. « Que personne ne bouge ! C'est un enlèvement. Roger, tu viens avec moi. »

La m'am sort un poudrier, un bâton de rouge et se dessine les lèvres dans le miroir. Un éclair carmin. Comme une pickpocket qui se signerait sous sa voilette. Je n'ai vu ni son visage, ni ses yeux, juste ce geste lumineux. C'était bien un miracle.

Parée de son rouge, la m'am tranche soudain le cordon de spectateurs. « Ben, faut pas se gêner. On était là avant. Oh, pardon, Paulette. » Je me glisse à sa suite. On me laisse aller. Peut-être qu'ils me prennent pour son fils. Peut-être que ça se voit déjà.

— Non, madame, on ne peut pas passer.

— C'est mon homme. Je veux lui donner ça.

La m'am doit montrer la Sainte Vierge aux deux gendarmes. Ils n'ont pas l'air aussi commodes que dans la chanson du p'pa.

> *Les gendarmes qui nous escortent*
> *Des braves types entre nous*
> *Quand ils le peuvent ils nous apportent*
> *Du pain et de quoi boire un coup.*

La m'am fait son œil d'organdi, mais les « braves types » gardent le pouce au ceinturon. On dirait qu'ils posent devant un appareil à soufflet. Est-ce que quelqu'un prend une photo de la scène ? Je regarde autour de moi. Et si je me retrouvais, un jour, sur un cliché en noir et blanc de cette époque ? « Approche, petit. Tu veux me rendre un service ? » C'est la m'am. Elle parle. Elle me parle. A moi. Même pas surprise, émue, chavirée de me rencontrer pour la première fois. Elle s'accroupit à ma hauteur. Ses joues sont roses. « Tu vois, le monsieur là, en bas. Tu vas lui apporter ça de ma part. » Dans la main de la m'am, la Sainte Vierge n'est même pas en accordéon, seulement en sueur. La m'am ne me dit pas : « Si tu y vas, je te donnerai un calot en acier, de la réglisse ou un baiser. » Non. Elle me prend par les épaules et me regarde. C'est tout. Et moi, au lieu d'être surpris, ému, chaviré, je postillonne. « Bon, d'accord... ma... madame. Mais qu'est-ce que je lui dis au... monsieur. » « Rien, il comprendra. Tiens, la perds pas surtout. »

La m'am me donne la Sainte Vierge et un baiser sur la joue. Puis elle mouille le bout de ses doigts et m'enlève le rouge. Mon premier baiser-frotté !

Non ! C'est impossible. Ça ne peut pas s'être passé comme ça. La m'am ne va pas donner un baiser-frotté à un inconnu. Et, en plus, l'envoyer près d'une bombe. Trop dangereux. La m'am n'aurait jamais fait ça.

Maintenant, je me souviens. C'est moi qui ai proposé à la m'am d'apporter la Sainte Vierge au p'pa. J'ai tiré sur sa robe.

— M'dame ! M'dame !

La m'am se retourne. Elle me découvre. Son visage a une fraction de seconde de saisissement. M'am, je t'en supplie, ne dis surtout pas : « Ben, mon grand, ça alors ! qu'est-ce que tu fais là ? » Tout serait fichu. Mais son regard passe à travers mes trente kilos.

— M'dame. Moi, je peux y aller, si vous voulez.

— Aller où ?

— Porter la médaille au monsieur de la bombe.

Je montre son poing fermé. Elle regarde autour d'elle. Personne ne nous écoute. Les gendarmes posent toujours pour la photo.

— Comment tu sais ça, toi ?

Je hausse les épaules. C'est souvent comme ça que j'explique le mieux.

— Je peux pas t'envoyer en bas, même si c'est une courge, cette bombe.

— C'est quoi une courge ?

— Une bombe pas trop difficile à désamorcer. Roger m'a fait un signe à nous. Roger, c'est le monsieur qui est en bas. C'est mon homme.

Maintenant, je me rends compte que tu ne dis jamais « C'est mon mari ».

— Même si c'est une courge, il faut un porte-bonheur pour Roger et un peu de falbalas pour la galerie. Comme ça, on lui en donnera pas une autre à travailler aujourd'hui.

— Alors, je peux y aller si c'est une courge.

— T'as vu comme t'es attifé ? Pieds nus, sans rien sur le dos. Tu vas m'attraper la mort. Ils sont où tes parents ?

Je laisse se promener un silence. Ça aussi, je sais bien faire.

— Je vois. L'Exode. Tu les as perdus. T'inquiète pas. Une maman, ça retrouve toujours son fils.

« Même plus loin que le bout du monde. » Je suis content que la m'am ne l'ait pas dit.

— Sûrement qu'ils te cherchent, tes parents, en ce moment. T'en fais pas, ils pensent à toi. C'est bizarre, tu me fais penser à quelqu'un. Tu loges où ?

Mon silence continue à se baguenauder les mains dans les poches.

— Tu couches dans des wagons, je parie.

La m'am me fait son clin d'œil bleu complice. Je prends un coup de froid sur les épaules. C'est vrai qu'il faut que je dorme quelque part, cette nuit. Il est parti pour geler. Si je réussis, je pourrai aller frapper chez la m'am. Je tends la main vers elle. La m'am hésite, sourit et y laisse tomber la Sainte Vierge en fer-blanc.

— Fais attention.. Mets tes galoches et passe par l'autre côté. Il n'y a pas de gendarme.

« Halte-là ! On passe pas, morveux. » La m'am est mal renseignée. Il n'y en a qu'un, mais il a un fusil plus grand que moi. Il le pointe dans ma direction. Ça lui lisse les moustaches. C'est étrange, je n'ai pas peur. Même pas mal à l'estomac. « Un thé Peyronnet, c'est radical ! » Pourtant, je viens de parler à la m'am pour la première fois. Je jauge le flandrin de gendarme. Il ne va pas me tirer dessus devant tout le monde. J'y vais ! Pied, contre-pied, le gendarme esquisse un mouvement pour me rattraper, mais il y a trop de lassitude dans ses yeux. Il se dit que pour ce qu'il est payé... Je suis déjà à mi-pente. Il renonce.

En bas, ce que je vois en premier, c'est la bombe. La Retardataire. Elle est énorme. Ce n'est pas une bombe, c'est un U-boot ! A l'intérieur, il y a au moins trente-cinq sous-mariniers à désamorcer. Sortez ! Les mains sur la tête.

Je fais le malin, mais je sens le sol m'aspirer comme dans les sables mouvants du Mont-Saint-Michel.

— Hé, l'môme, reste pas planté là.

La voix du p'pa ! Celle-là, je la reconnais. Je me retourne. Il est accroupi derrière un monticule de sable. Qu'est-ce qu'il est mince ! et jeune. Pas jeune. Jeunot. On pourrait jouer au foot ensemble. J'aimerais bien qu'il me fasse marquer un but. Ce serait de la tête. Je n'ai plus de jambes. Plus de ventre non plus. La bombe n'a pas eu besoin d'exploser pour que je parte en morceaux. Voir le p'pa a suffi.

— Eh, l'môme, tu m'entends ?

Parle, ou tu vas tomber en cendre.

— Tenez, monsieur. C'est de la part de votre femme.

Le p'pa prend la Sainte Vierge en souriant. J'ai l'impression que je n'ai jamais vu son sourire d'aussi près. Le p'pa ressemble à Jesse Owens. Vraiment. Mais avec les dents mieux rangées.

— Merci l'môme. Dis donc, t'as une bonne pointe de vitesse. Tu fais du fôtballe ?

Je fais surtout le modeste. Je n'avais jamais remarqué qu'il disait « fôtballe ». Il a son regard plissé d'entraîneur-recruteur. D'entrée, j'ai l'impression qu'il me met sur la feuille de match. Je suis fier, mais attention, moi je veux jouer à l'aile droite. Il soupèse la Sainte Vierge.

— C'est bien la Paulette, ça. Mais cette fois, je vais en avoir sacrément besoin.

— Pourquoi ? Votre femme a dit que c'était une courge.

— Une courge, tu parles. Je lui ai fait croire, pour pas qu'elle s'inquiète. Cette Retardataire, c'est un nouveau modèle. La pire vacherie qu'on ait jamais vue. Alors, file de là, toi, et merci pour la médaille.

« La pire vacherie qu'on ait jamais vue. » Tout à coup, il me vient l'envie d'une colonie de médailles protectrices. Une kyrielle de vierges. Un tombereau de porte-bonheur. Je me sens liquoreux, vaporeux, loqueteux, et surtout trouillard. La Retardataire vient de faire sa première victime. Je voudrais être rattrapé par un gendarme à moustache.

4

Le sifflement

Comment le héros, oublie la p. 87 d'un Précis de désamorçage et se demande ce que peut bien être un Chamberlain.

5 novembre 1943

Je suis mort. C'est sûr. Explosé. Déchiqueté. Dépiauté comme un lapin. Il ne reste plus rien de moi. Que des lambeaux de chair. La m'am ne me reconnaîtra qu'à mon B.C.G. sur la cuisse. Tu te souviens, cinq traits de plume qui dessinent une fenêtre à barreaux. Juste assez séparés pour qu'on puisse se sauver. A l'école, pendant les cours d'histoire, j'aime bien faire s'évader le p'pa de ma cuisse.

Lui n'a pas l'air de s'inquiéter de la disparition tragique de son fils. Je ne suis peut-être pas si mort que ça. Accroupi à côté de la bombe, il a le visage au calme. Son regard ne lâche pas le corps de l'engin. Il caresse la Retardataire. Lui flatte l'encolure. La soupèse. Mille livres au bas mot.

Pas un poil de graisse. La bête est assoupie, sonnée par la chute. Vingt mille pieds à se demander où on va tomber. Un pont, une maison, une église, une école. Est-ce qu'elle avait une préférence ? La bombe est sonnée, mais on sent qu'elle guette. Le métal reprend son souffle. Sa respiration est lourde. Inquiétante. Le p'pa tourne autour. Il observe. Fait la panthère noire. *Elle ondule sous les rameaux lourds.* Satanée poésie. Je ne peux pas voir le p'pa dans cette position sans entendre ce vers. Pourtant, c'est vrai, le p'pa ondule bien sous les rameaux lourds. Soudain il s'immobilise. Ses yeux jaillissent et se plantent dans la gorge de l'engin. Il lui perce l'acier, lui tranche la jugulaire. « Lâche pas ! » La petite foule gronde. Je sens sur ma peau l'arc électrique qui court autour du cratère. Pourquoi ils sont là ? Est-ce que ça les excite d'imaginer que le p'pa va sauter devant eux ? « T'aurais vu, y'en avait partout. Une vraie boucherie. » Peut-être qu'il y en a un qui bande. « Je veux pas que tu parles comme ça ! » Pardon m'am. Je pense au mouchard. Celui qui a dénoncé le p'pa. Il est sûrement là. Tranquille dans sa canadienne en cuir, le col relevé. Il est venu voir, comme un braconnier qui surveille ses collets. Plutôt satisfait. Ça a bien rendu. Même s'il regrette que le p'pa ne se débatte pas, pour se libérer. Les yeux ronds de terreur, la patte déchiquetée.

Non. Le p'pa est calme comme un brin de romarin.

J'ai changé d'avis pour le mouchard. Je vais l'étrangler avec la ceinture de sa canadienne.

« Comment tu sais pour la canadienne ? » Je ne savais pas, m'am. Je disais au hasard. J'ai toujours trouvé que celle que portait le p'pa n'était pas à sa taille. Elle ressemblait plutôt à un trophée.

— Reste pas là, l'môme. Remonte dire à Paulette que ça ira pour la courge. Je l'ai à ma main.

Le p'pa ne m'a même pas regardé. D'abord, il me demande d'aller mentir à la m'am. Ensuite, il ne s'est même pas dit qu'on avait un petit air de famille. Pour la couleur de la peau, lui met plus de café que moi dans son lait du matin. Et les cheveux crépus, ça, je n'ai pas. Je me suis toujours demandé comment c'était quand on se peigne. Et au foot, pour faire une tête ? « Le front ! Frappe la balle avec le front. Et garde les yeux ouverts. » Je n'y arrive pas. Au foot, une tête pour moi, c'est toujours le choc de deux planètes dans le noir, dont une manque la lucarne.

J'observe le p'pa. Son calme de romarin. Mais ce qui m'étonne le plus, c'est sa peau. Depuis le début, il garde cette peau lisse et luisante des vacances d'été en camping quand on monte la tente. « Bien en biais, les sardines ! » Comment il fait ? Un secret, c'est obligé. A mon avis, de l'huile de palme. Une qu'il a rapportée d'Algérie. Une huile d'oasis. Elle doit être cachée dans la poche arrière de son pantalon. Une fiasque bombée en inox. Hop ! chaque soir, deux gouttes en douce, derrière la porte d'entrée. Une friction énergique, et il apparaît. Retour d'usine ! Avec son sourire, ses dents, et sa fossette au menton. Le lustre du plafond n'en peut plus de reluire sur sa peau. Les plombs sautent. Faudrait passer au 220. On va encore manger à la bougie.

Une nuit, je me suis glissé dans sa chambre pour découvrir le secret. Je fouille. Rien. Seulement un énorme ronflement-sifflement qui fait trembler la table de chevet et transforme la sainte vierge fluorescente en danseuse flamenco. Je me souviens des petits Tacatac! sur le marbre. Maintenant, quand je regarde la sainte vierge, je m'attends à l'entendre crier... Olé!

Je me demande ce que le p'pa a fait de la médaille que je viens de lui donner. J'espère que là m'am en a choisi une assez costaude pour nous protéger tous les deux. Une sainte vierge de tandem. Une qui monte en danseuse accrochée à la potence du guidon, juste au-dessus de saint Christophe qui, lui, protège dans les descentes. Mes jambes tremblent. Elles n'y croient pas trop à la sainte-Marie-mère-de-Dieu. Mieux vaut de bons freins.

— Allez gi! Qu'est-ce que tu fais encore là, l'môme?

Qu'est-ce que je fais! Le p'pa ne se rend pas compte de la situation. Je suis avec lui à côté d'une bombe de 1 000 livres. Soit 453 kilos. Avec les Anglais, ça ne tombe jamais juste. Que ce soit pour les catégories de poids à la boxe ou dans la poche de Dunkerque en juin 40. « Les rosbifs nous rejetaient à la mer pour faire monter les leurs. Entre marins. Tu te rends compte! » Tonton Florent n'a jamais été marin, ni à Dunkerque, mais il n'aime pas les Anglais. Ça remplace.

Avec cette histoire de poche de Dunkerque, j'ai

encore raté mon résumé. Quinze mots maximum.
Je me donne une deuxième chance. Le p'pa ne sait
pas comment fonctionne ce modèle de bombe.
Mais pendant le parachutage, j'ai perdu mon Précis de désamorçage, Yves Lantier Editeur. Neuf
mots de trop.

Ce précis était dans la valise en bois. Je l'avais
corné, souligné, recopié, appris par cœur. Je savais
que j'en aurais besoin pour cette mission. On en
avait assez parlé de cette bombe à la maison. Pendant des années. Surtout de son sifflement. « Un
peu comme ton père quand il ronfle. » On parlait
tellement d'elle, certains soirs, que j'avais
l'impression qu'elle prenait la place du pot-au-feu
sur la table. « Quelqu'un en reprend ? » « Non,
merci. » Moi, je veux seulement comprendre comment ça marche une teigne pareille. Eviter au p'pa
de se la faire sauter au visage. Mais du Précis de
désamorçage, il ne me reste en mémoire que le
chapitre sur les bombes incendiaires !

Tout ça à cause d'une gifle reçue par mon frère
Gérard dans un bar. La mémoire est cancanière.

Une fille est au comptoir. Le genre Esméralda.
« Une vraie bombe au phosphore, celle-là ! A
peine tu la frottes, elle doit prendre feu. » Taflac !
C'est le bruit de la gifle que reçoit Gérard. Heureusement qu'au billard, un rouquin carambole en
même temps. L'incident passe inaperçu. A chaque
fois que j'entends ce carambolage, je pense à mon
frère. Son sourire beau joueur et le sifflement
admiratif qui l'accompagne. « Dis donc, elle a la
mèche courte, la frangine ! »

Le sifflement ! J'ai retrouvé le fil. Ce sifflement

de bombe ne s'invitait pas qu'à table les soirs de
pot-au-feu. « Attends, attends ! Minute ! Tu veux
dire que Gérard t'emmenait dans des bars à
filles ? » M'am tu vas encore me le faire perdre le
fil. « Fil ou pas fil, je vais lui en causer, moi, à ton
frère. »

Qu'est-ce que je disais ? Ah, oui ! Ce sifflement
de bombe ne s'invitait pas qu'à table les jours de
pot-au-feu. Dans la voiture aussi, les dimanches
d'après-match et buvette. Au volant, le p'pa
essayait de me l'imiter. Il y avait toujours un
chuintement de trop ou pas assez de stridulé.
Alors, le p'pa arrêtait l'Etoile 6, tirait le frein à
main et regardait bien au-delà des essuie-glaces.
Signe qu'on serait en retard pour la soupe.

« Quand je l'ai entendu, ce sifflement, j'ai bien
cru que j'étais cuit. Un millième de seconde, ça a
duré. Pas plus. Un millième, et j'ai vu toute ma
chienne de vie défiler. Tracée nette. La vie mieux
que le plan ! Pourtant, un millième, c'est rien. Un
millième, c'est ce que t'as dans les doigts quand
t'es un bon sur l'outil. Un cador. Mais dans ce
millième, il y avait tout. Même des trucs que
j'avais oubliés. »

C'est à ce moment que j'aurais dû demander au
p'pa : « Quoi par exemple ? » Mais il avait déjà
fait une phrase tellement longue pour lui que
j'aurais eu l'impression de lui gâcher le gruyère
frais dans la soupe. « Pourquoi tu parles de
gruyère ? T'as dit que vous étiez dans la Simca. »
M'am, c'est manière de dire que je pensais à lui,
le soir à table, quand il était fatigué et que ça lui
échappait, sa tristesse. C'est juste une formule.

« Et "chienne de vie", c'est une formule, ou il l'a dit, ton père ? » Tu sais, m'am, le p'pa avait plein d'expressions à lui, pour faire joli. Pour « chromer », comme il disait. Et des fois, moi aussi, je chrome un peu. Faut bien que je sois son fils. « Tu me le dirais, sinon, pour "chienne de vie". Tu jures ? »

— Eh, l'asticot, qu'est-ce qui te prend de cracher par terre ? Je t'avais pas demandé de riper ?

Ah, non ! Je ne veux pas que le p'pa m'appelle l'asticot. Après, ça va me rester. J'aurai l'air malin à l'école. Ni asticot, ni l'môme, ni gamin, ni p'tit, ni grand, ni l'arsouille. Rien. J'aime quand il m'appelle sans m'appeler. Ou alors quand il dit « C'est mon fiston ! ». Ça d'accord. Je veux bien. Fiston, ça sent bon la grenadine au café des Sports. La serveuse qui en remet une en douce avec un clin d'œil. Ça soûle drôlement la grenadine, quand c'est offert par une fille. D'accord, après deux ou trois, on arrivera en retard à la maison. D'accord, la m'am va nous chanter Ramona. Et pas qu'un peu. Mais on sera tous les deux dans le couloir de l'entrée. Les rois du pétrole. Un carreau rouge, un carreau blanc chacun. Du vrai marbre de Carrare sous les pieds. « Approchez un peu, vous deux. Ça sent pas que la grenadine par ici. Votre frichti est au chaud dans le four. Tiens, je vous ai recopié les résultats de foot. Reims a encore perdu. »

— Puisque tu veux pas partir, gamin, rends-toi utile. Prends ça.

Le p'pa me tend une lampe torche. La noire en caoutchouc. L'étanche. Celle qui éclaire sous

l'eau, même dans le baquet quand on se lave avec
mes petites sœurs. La torche noire ! J'en ai épaté
des copains avec. « Bien sûr, qu'il a été nageur de
combat, mon père. Et formé en Italie ! » Alors,
elle existait déjà pendant la guerre. J'en avais une
dans la valise en bois, avec le culot qui se dévisse
et l'anneau en fer pour l'accrocher.

— Eclaire mes mains !

Le p'pa fourgonne près de la bombe. Je ne vois
pas ce qu'il fait. J'imagine des fils, des connec-
teurs, un cadran avec des chiffres qui défilent un
compte à rebours. Je me souviens qu'une bombe à
retardement ça peut être programmé pour quinze
minutes ou quinze jours. Comment savoir ? Il n'y
a rien pour se repérer sur cette bombe. Pas la
moindre inscription, le plus petit signe pour
reconnaître le modèle ou la provenance. On dirait
une lettre anonyme.

Je pense au mouchard qui a dénoncé le p'pa.
Est-ce qu'il l'a fait par lettre ? « Cher occupant,
c'est en vrai Français que je m'adresse à vous. Je
tiens à vous signaler le cas d'un individu... » « Tu
arrêtes avec ça ? Je croyais que tu voulais donner
un coup de main à ton père. » M'am, que veux-tu
que je fasse, je ne sais même pas si cette bombe
est anglaise, américaine, ou française. On bombar-
dait la France avec des engins à nous, en 43 ? Pour
les bombes aussi, on collaborait ?

— Les mains ! Eclaire mes mains...

L'Amiot 143 ! Pourquoi me souvenir du nom de
ce bombardier poussif ? Je n'arrive pas à
comprendre comment ma mémoire peut se charger de tant de détails et oublier l'essentiel : la

place du percuteur sur la bombe du p'pa. Pourtant, je le savais ! Le schéma est page 87. Je le vois comme une photo. Mais floue. Une panique moite m'attrape le mou du short. Mon père va mourir parce que j'ai un problème de mise au point à la mémoire.

Le schéma reste toujours aussi brouillé. Je me souviens seulement que j'ai dû me le faire expliquer dix fois avant de comprendre à peu près. Cette histoire de fil de cuivre, d'acide, de capsule. C'est un fou, le type qui a imaginé ça.

Il y a de quoi pulvériser le p'pa en plusieurs exemplaires. C'est une tueuse cette Retardataire ! Et regarde le p'pa. Ton mari, ton homme, ton Roger, il y glisse tranquillement ses doigts comme pour dévisser le siphon de l'évier. Ses doigts ! Ses longs doigts dessinés à la main. Ses doigts faits pour jouer de la guitare, démêler la ligne de ma canne à pêche. « Comment tu peux faire tant de nœuds, avec si peu de fil ? » Des doigts pour le coup du Berger aux échecs, remonter sa montre. « 27 coups, pas plus. » Des doigts avec cet ongle interminable de mandarin, des doigts qui s'enfoncent dans le crépu de ses cheveux comme s'ils retournaient au pays, des doigts au revers de ton tailleur qui capturent un fil comme un papillon rare. Et toi qui le regardes plus bleu que s'il venait de te sauver la vie.

Moi, j'ai des petits doigts. Alors, je vais sauver qui, plus tard ?

Où es-tu, m'am, à cet instant ? Tu nous regardes du bord du cratère. Je n'ose pas lever la tête et te chercher dans cette petite foule sale. « Ne dis pas ça. Il y a des tas de gens qui sont là et qui l'aiment ton père. Il y a des voisins, des amis, et même des copains du maquis. Ils pourraient le sortir de là, tu sais. Le Robin avec son fusil-mitrailleur, ce serait vite fait. Mais ton père ne veut pas. A cause de nous. » Je sais m'am. Les bons points, les cartes de ravitaillement, le S.T.O. Pourtant, j'ai bien cru voir celui qui a un foulard rouge autour du cou. Le même que la femme tuée par le maquis. « Je t'ai dit de ne pas raconter cette histoire. » Pourtant j'ai l'impression qu'il se prépare quelque chose. Il y a autour du cratère trois ou quatre hommes qui mettent beaucoup de nonchalance à cacher leur détermination. J'entends Lulu, tout à l'heure, chez la m'am. « Je crois que les gars du maquis vont faire un gros truc, aujourd'hui à l'hôpital de Nevers. Bénoune est dans le coup. »

Qu'est-ce que ça veut dire ? Pas la peine de demander à la m'am. Elle va mettre son sourire de dispensaire. Le rassurant. Celui des jours de piqûre. Rien qu'à le croiser, j'ai mal à l'omoplate.

— Eclaire mes mains, j'te dis ! Elle est encore plus tordue que prévu, la donzelle.

M'am, le p'pa ne va pas y arriver. Il faut qu'on l'aide tous les deux. Fais-moi réciter le système de désamorçage. La page 87. Avec toi, elle va me revenir. Ça me revient toujours. Fais-moi réviser. N'importe où. Là, sur la table de cuisine, sous le compteur électrique, dans les cabinets. « On ferme sa porte, je t'ai déjà dit ! » M'am, c'est important. Tu te rends compte si le p'pa se manque. Ecoute-moi juste une minute. Laisse Roland, il peut bien se réchauffer son café tout seul. « Eh, t'es pas fils unique ! » Je sais m'am, tu le répètes assez. « Chacun son tour. Comme à confesse. » Moi avec mon n° 11, j'ai le temps d'en inventer des péchés avant d'arriver à toi.

M'am, tu imagines, si la bombe explose et que le p'pa est tué, comme on s'en voudra. Il n'y aura même pas de plaque, ni d'inscription. Accident de déminage. Ça ne comptera pas pour le monument aux morts de Vauzelles. Tu te vois deux fois veuve en cinq ans. 1938 et 1943. C'est ton maréchal qui serait content. Il te donnerait un diplôme. « Paulette, Veuve d'Argent. » Il faut perdre trois maris pour être Veuve d'Or. Tu auras en plus un bon pour 15 kilos de légumes secs, 3 kilos de viande, 2 paires de chaussures et un costume de ville. Peut-être qu'il t'invitera à Vichy. Ça tombe bien, toi qui ne bois que de la Saint-Yorre pour tes crises de foie. Tiens, je n'avais jamais fait le rapprochement. « Attention à ce que tu dis. D'abord, c'est pas *mon* maréchal. » Quoi, tu l'aimais bien. C'est toi qui me l'as dit. « Oui, mais au début seulement. » Il a fini quand ce début ? « Là, tu sens pas le brûlé, mais la calotte. Allez, passe-le-moi ton livre. Je vais te la faire réviser, ta bombe. C'est incroyable dans cette école, ils mettent toutes les compositions le même jour ! Ils y pensent aux familles nombreuses ? Je vais finir par me déranger, moi. »

Au fait, m'am, puisque tu fais semblant de t'énerver pour détourner la conversation. En parlant de familles nombreuses : où sont passés mes frères et sœurs ?

En 1943 tu as déjà eu dix enfants, normalement.

Où sont-ils ? Tout à l'heure, je n'ai vu personne dans la maison de la Cité-Jardin. Tu ne les as pas tous perdus pendant l'Exode. « Tu vas la prendre, cette calotte. » D'accord. Disons qu'ils sont à l'école. Est-ce qu'elles étaient encore ouvertes à cette époque ? Si la m'am est là, en haut du cratère, c'est que les grands gardent les petits. Monique et Jacky doivent jouer les parents en socquettes. Je regarde le p'pa près de la bombe. Lui, ses vingt-trois ans briqués à l'huile d'oasis. Compte tenu de sa différence d'âge avec Jacky, l'aîné, c'est comme si le p'pa était devenu père en CM 1.

« Monsieur l'instituteur, Veuillez excuser l'absence de mon fils Roger, au cours de gymnastique. Cette nuit à 5 h 30, il est devenu papa. »

Ça, je n'y arriverai jamais. Même en m'appliquant. Décidément, le p'pa est trop précoce pour moi.

Un jour, je dessine un croquis pour comparer la vie du p'pa et la mienne aux mêmes âges. Désespérant. Je suis toujours en retard. Si ce n'est pas d'un coup de foudre, d'un C.A.P., ou de douze enfants, c'est d'une guerre, d'une prison ou d'une bombe. J'ai l'impression que c'est moi, le Retardataire.

Un jour, sur le croquis, mon âge dépassera le sien. Ce sera injuste. J'aurai l'impression de faire du rab. Il faudra que j'en fasse quelque chose de bien.

— Oh purée ! Ça foire ! Laisse cette lampe. Mets-toi à l'abri et fissa. Ça va chier des bulles !

C'est de ma faute. Avec ce croquis, j'ai tout

accéléré. « On ne parle pas d'Après. Ça porte la poisse. » Je n'arrive pas à me dire que j'ai fait tout ce chemin pour que la bombe explose au visage du p'pa. Alors, ce serait ça, ma mission ? Etre l'assassin de mon père. Si Maryse et Martine apprennent qu'elles ne vont pas naître à cause de moi, je vais en entendre causer.

— Allez, je te dis, faut décarrer ! Elle commence à tousser.

Attention, p'pa. Elle tousse ou elle siffle ? Ecoute bien. C'est important. Si elle tousse, ce n'est peut-être pas la bonne bombe. Tu en as désamorcé combien depuis que tu es prisonnier ? Dix, vingt, cent ? Tu devrais réclamer. J'ai vu le règlement. Une bombe = une libération. « Ça, c'est pour les droit commun. » Et alors, m'am ? « Ton père c'est un politique. » Dommage. Il faut retourner dire aux Allemands que le cuivre des locomotives, ce n'était pas du sabotage. Seulement du trafic. « Tu vas finir par l'avoir, ta calotte. »

Il reste au p'pa une chance d'être gracié. Il n'y a qu'une seule bombe qui a sifflé. La Retardataire. Alors, écoute bien, p'pa. Si ce n'est pas celle-là, ça veut dire que j'ai été parachuté plus tôt que prévu. Ça change tout. Tu es sauvé. Cette prétentieuse de bombe va seulement foirer comme un vilain pétard. Et tu m'emmèneras boire une grenadine au Secours populaire. « Allez, gamin, un coup de rouge comme les hommes ! » Ma tête tourne. M'am, je ne sais plus, quand une bombe foire, si on dit « faire long feu » ou « pas faire long feu ». « On dit : tais-toi et file ! »

— Ecoute... Ecoute-la... T'as raison... Elle siffle.

Alors c'est elle. La Retardataire. La Tueuse des repas en famille. La Massacreuse de pot-au-feu. Il faut se sauver, p'pa. Se jeter derrière le monticule de sable et se boucher les oreilles. Ce sera déjà pas mal à raconter. Mais le p'pa reste immobile. A genoux. Sans que ça ressemble à une prière. Plutôt le torero qui a soumis la bête. Là-haut, la m'am doit tordre des vierges de fer-blanc comme un hercule de foire. Le p'pa fixe la bombe. Il regarde à l'intérieur comme dans une lanterne magique. « Qu'est-ce que tu vois, p'pa ? » Une lueur défile sur son visage. Des bris de couleur, on dirait des vitraux. Ils s'animent. Qu'est-ce que tu vois, p'pa ? On a un millième de seconde, pas plus. Mais le p'pa s'en moque. Il reste silencieux. Je n'ai pas le temps d'attendre. Il faut que je me décide.

La meilleure façon de faire parler le p'pa c'est d'inventer. C'est là qu'il en dit le plus.

— C'est étrange, je vois des tas de photos qui défilent dans cette bombe.

— Quoi par exemple ?

Ça y est ! j'ai osé ma question au p'pa. « Quoi par exemple ? » Ta première rencontre avec la m'am ? Quand tu as demandé sa main, cinq fois ? Votre mariage en douce, le jour de tes vingt et un ans ? La naissance de Serge ? Les Allemands qui viennent t'arrêter ?

— Non, pas ça.

— Quoi, alors ? Ton combat contre le marin tatoué ? Le champ de pommes de terre gardé par

les mitrailleuses? Un secret? Dépêche-toi, p'pa.
C'est court un millième de seconde. Je sais! Ta
rencontre avec le général de Gaulle? La fois où tu
lui as sauvé la vie? J'aimerais des détails, p'pa.
Personne ne veut me croire.

— Non, pas de Gaulle... Chamberlain.

— Quel Chamberlain, p'pa? L'Anglais? Le
ministre? Celui des accords de Munich? T'étais
dans le coup, p'pa? Il était comment Daladier?

— Mais non, le parapluie.

— Je ne comprends rien, p'pa.

— Avec Marcel et Florent, mes deux frangins,
on avait décidé de monter sur le toit d'un des châteaux d'eau, pour faire un truc.

— Quel truc?

— Tu verras. C'était pas malin, mais on était
gamins. Moi j'avais treize ans. C'était mon premier jour d'apprentissage aux Ateliers de Vauzelles. J'ai pas pu les rejoindre à temps. Qu'est-ce
que j'ai regretté! Et je regrette encore. Les frères
n'ont jamais voulu me raconter. Notre père leur
avait interdit. Et il rigolait pas. Alors, je voudrais
que tu y ailles.

— Où ça, p'pa?

— Sur le château d'eau. Avec Marcel et
Florent. Et tu reviens me raconter.

5

Le Chamberlain

*Comment le héros, du sommet d'un château
d'eau, s'embarque pour la Martinique et en
ramène l'odeur de tilleul de sa grand-mère.*

2 octobre 1933

Je contemple la masse du château d'eau. C'est
là-haut que le p'pa veut que je monte? Tout ça
pour lui raconter un souvenir d'enfance qu'il n'a
pas vécu. Désolé, p'pa, je renonce.

— Allez, un peu de nerf!

C'est Marcel, le frère aîné du p'pa, qui m'encourage. Je le reconnais. C'est facile tellement ils se
ressemblent. Il a quinze ans et n'a pas l'air de se
rendre compte du danger. On en est à la moitié de
l'escalade et j'ai déjà failli mille fois me fracasser
en bas. Je reprends mon souffle enlacé à l'échelle
de service. Elle est rouillée comme un bord de
mer et branle que c'en est une honte. Je sens le
vide qui louche sur moi. Je veux redescendre.
Retourner à la bombe. Reprendre le sifflement là

où on l'a laissé avec le p'pa. Qu'il me raconte les événements vraiment importants de la famille, les mystères, les secrets. Des choses au ras du sol.

Impossible. Je suis poussé au derrière par le petit frère du p'pa, tonton Florent qui sifflote « Besame mucho ». Le p'pa, lui, en ce moment, est aux Ateliers de Vauzelles pour son premier jour d'apprentissage. Une date importante, ce 2 octobre 1933. Si sa mère est comme la m'am, j'imagine les préparatifs. « Tu t'es frotté partout ? T'as bien mis une culotte propre ? Fais voir. »

Le p'pa est déjà à l'établi et il n'a pas encore treize ans. C'est un soir, au même âge, à l'entraînement de foot, que j'ai réalisé que le p'pa était entré à l'usine en minime.

Mario, notre arrière gauche, arrive encore en retard. « Tu joues pas dimanche ! » « M'sieur, c'est pas de ma faute, c'est mon patron. » L'entraîneur ne veut rien savoir. Mario pleure. A treize ans, quand on ne joue pas le dimanche, on pleure. Je voulais arrêter le foot. J'avais honte d'arriver à l'heure. Mais il faut bien devenir champion du monde.

1933. Qu'est-ce qui se passait à cette époque ? A part Lille qui gagne le championnat devant Marseille, je ne vois pas. Qui est le président de la République ? Aucune idée. L'événement le plus important de cette année 1933, c'est que pour la première fois, le p'pa et moi on est du même âge. Je l'imagine plus grand. Plus fin que moi. Avec lui dans ma classe, je me demande qui aurait le prix de gymnastique.

— Grimpe !

Je me décide, mais j'ai du mal à suivre le rythme de Marcel. On sent qu'il fait de la gym à la Vauzélienne avec le p'pa. Est-ce que Roger sait déjà exécuter son fameux soleil à la barre fixe qui fait se pâmer Paulette ? « Exécuter », c'est un verbe pour moi. Au moindre saut de cheval, je risque la mort, le mercurochrome et le sparadrap. « Pauvre cheval ! » soupire le maître à chaque fois.

— Allez, on y est presque.

C'est le « presque » le pire. La partie où le château d'eau s'évase façon maillet de tonnelier. Je vais lâcher, tomber dans le vide, m'écraser. Terminé. On passera à un autre souvenir. « Paulette, je me demande si ton fils n'est pas un peu pétochard. » Pas de ça. Allez, avance. Ne montre rien. Ni vertige, ni tremblements, ni trouille liquide en stalactites. Pense à tonton qui monte le nez dans ton short. Bref, serre les fesses.

— Florent, tu l'as bien pris le Chamberlain ?

— T'inquiète pas frérot, je l'ai.

Qu'est-ce que c'est que ce Chamberlain ? Tu le sais, toi, m'am ? « Tu verras bien. » T'as une idée de pourquoi le p'pa m'envoie là-haut ? « Il te l'a dit. Un souvenir. » Ça ne peut pas être la seule raison. Je suis certain que tu es au courant. « Peut-être. » Dis-le-moi, m'am. J'aimerais bien comprendre. « T'es bien comme Roger. Tu veux comprendre tout de suite, au lieu de te laisser aller. C'est pour ça que j'ai eu du mal à lui apprendre à danser. » Je ne vois pas le rapport avec ce château d'eau, m'am. « Cherche ! » C'était un indice ? « Peutêtre. » Marcel me donne la main.

— On y est. Attention, ça glisse.

Ça ne fait pas que glisser. C'est étroit, fissuré, venteux, haut comme un immeuble de dix étages. Disons quatre. Avec au centre, des tasseaux de bois et une sorte de bâche rouge bouchonnée. Florent nous rejoint sans aide.

— On y va maintenant, Marcel?

— Non, j'ai dit à Roger qu'on l'attendait.

— Tu as raison. Les trois frères ensemble.

Florent aurait dû ajouter « Comme les trois mousquetaires ». J'aurais fait d'Artagnan.

— En attendant, regarde ça.

En équilibre sur les mains, Florent marche le long du bord, bien cambré au-dessus du vide. « Besame, besame mucho. » Je veux intervenir. Marcel me retient par l'épaule.

— Laisse, sinon il en rajoute. Admire plutôt le panorama! Aujourd'hui, avec ce ciel, on voit jusqu'à Nevers. En fait, Vauzelles et Nevers, ça se touche. Là-bas, c'est La Charité, Pougues, Four-chambault...

Marcel est une vraie table d'orientation.

— ... là, Garchizy. Et plus loin,... la Marti-nique!

Une table d'orientation à rallonges.

— Elle est à 6 982 kilomètres. C'est le père qui me l'a dit. Lui, il y est né, à Fort-de-France. Toi, tu ressembles à mon frère Roger. Tu es d'où?

Je fais un geste vague de 13 964 kilomètres. La distance d'un aller-retour. Marcel fait mine de comprendre. Il sourit et s'assoit sur le rebord, les jambes dans le vide. Tranquillement. Comme s'il allait se mettre à pêcher le clocher de l'église de

Vauzelles. Il a grimacé en s'asseyant. Se tient le ventre. Je fais comme si je ne voyais rien. « Un thé Peyronnet, c'est radical ! » M'am, il était déjà malade à cette époque, Marcel ?

Je m'assois à côté de lui, les fesses en bec de perroquet sur le parapet. Pour le faire sourire de nouveau, je lui demanderais bien si ça mord. Mais je sens que mes jambes ne pendent pas comme les siennes. Moi je pendouille.

— Admire Vauzelles juste en bas. La ville de la locomotive. Ici, t'as pas à te biler. Tout appartient à la Compagnie. La C.G.C.E.M. Les ateliers, le stade, l'église, la cité et même le cimetière. D'où on est, tu peux voir ta vie d'un seul coup d'œil. C'est simple. Tu entres de ce côté, et tu ressors par là.

D'ici, une vie mesure entre 4 et 5 centimètres.

— Regarde !

Marcel écarte les bras comme on ouvre un immense album d'enfant. Ceux où le monde bouge quand on tire sur une languette. Là, les nuages avancent et reculent, ici l'homme au champ balance sa faux, le coq chante, la fermière trait sa vache, la locomotive tourne ses roues, et la m'am agite son torchon à carreaux sur le pas de la porte.

— Tu comprends, ici, c'est notre île avec Roger et Florent. Notre Martinique.

Et l'autre château d'eau, à côté, c'est la Guadeloupe ?

— Ici, on va planter un palmier. Et construire une cabane. On a monté ce qu'il faut.

C'est donc ça, les tasseaux et la toile bouchonnée.

— Mais attention, une cabane pas trop droite. Pas comme en bas. Regarde la Cité-Jardin.

Non, merci. Si j'y mets les yeux, le reste va suivre.

— On voit que c'est un militaire qui l'a dessinée. Général Rimailho. Fixe ! Un général moderne. Le chronomètre à la place de la cravache. A l'américaine. D'ailleurs, c'est eux qui ont construit l'usine au début. Jusqu'en 1917, il y a eu un camp de soldats, ici. Le camp Stephenson. Avec même des Noirs !

Alors, c'est vrai. C'est là que la m'am a vu son « premier grand Noir » comme elle disait. Elle avait quatre ans. Il lui a donné du chocolat à travers le grillage. Quand elle en parlait, il était encore dans ses yeux. « Immense. Avec un sourire !... » Tu crois, m'am, que c'est à cause de lui que t'as épousé le p'pa ? « A cette époque, je pensais surtout au chocolat. »

Je reprends les explications de Marcel en route.

— ... Avec ce général Rimailho, chacun à sa place. Les chefs avec les chefs, les ouvriers entre eux. Là-bas, les Italiens, les Polonais, et... nous ! C'est le Maroc. On y habite. 12, rue des Mûriers. La même maison que les autres, mais chez eux c'est carrelé et chez nous en terre battue. Va savoir pourquoi ?

Marcel veut rire, mais il grimace. Toujours son ventre. Le Maroc. Je me souviens quand je me suis assommé en courant, quelqu'un a dit : « Il est pas plutôt du Maroc, celui-là ? » Si, j'en étais.

— Marcel, il arrive quand, Roger? Il va bientôt être 6 heures. Regarde. Si tu veux je te fais chanter le coucou.

Florent tient un équilibre cambré sur le rebord et fait mine de déboutonner sa braguette. Marcel a un sourire navré et attendri. Il l'aime drôlement, son petit frère.

— Laisse-le faire le clown, et observe bien en bas, comment est disposée la Cité. Tu ne remarques rien?

Rien. A part que les maisons se ressemblent encore plus de là-haut et que mon vertige a l'air de s'habituer.

— Si tu fais attention, tu verras que le plan de la Cité est celui d'une église. Repère le rond-point, et dis-toi que c'est le chœur. Autour, les rues dessinent la nef et l'abside. Il y a même le déambulatoire, les collatéraux, les travées. Tu vois maintenant?

Marcel doit avoir le prix de catéchisme. Pas le genre, comme moi, à croquer les hosties pour 4 heures.

— On comprend pourquoi son vrai nom est « Cité de la Bonne Dame de l'orme ». Nous, on l'appelle la Cité-Jardin. Les noms, c'est tout ce qu'il nous reste. Mais moi, mon nom, je leur laisserai pas. Je vais le ramener au pays.

Marcel rentre à la Martinique? Alors, le p'pa aussi! Il faut que je modifie ma carte d'identité. En face de lieu de naissance, je raie Villemomble et j'écris Fort-de-France. Je vois d'ici la tête des copains à la récréation. M'am, là-bas, tu pourras faire brûler le boudin et les acras.

— Je ne veux pas finir écrasé par un essieu de locomotive, comme mon copain de l'atelier des Roues.

— Moi, Marcel, je veux bien me faire écrabouiller à ta place, si ça me remet les guiboles droites. J'aurai une pension. Et peut-être que la mère s'occupera un peu de moi.

— Dis pas ça, Florent. La mère nous aime tous les trois avec le même cœur, mais depuis qu'elle a perdu notre petite sœur...

— Je sais. Mais c'est pas ma faute si je suis pas né fille pour la remplacer. Elle m'a même mis des robes...

— Arrête, Florent !

Je revois cette étrange photo dans la valise. Grand-mère, jeune. Son bel ovale du visage. Ces yeux clairs et francs. Cette blouse à pois. Des mains fortes. Dans ses bras, un bébé. J'ai souvent pensé « Déjà mort » en le regardant. Ses langes sont ouverts. Une toile grossière. Peut-être pour dire : « Vous voyez, c'était une petite fille. » Tu l'as connue, toi, m'am ? « Je veux pas parler de ça. »

— Marcel, quand tu seras quelqu'un aux Ateliers, tu pourras me faire entrer là-bas. Même pour passer le balai. J'en ai marre de la ferme !

— Tu ne sais pas de quoi tu parles. Si tu entendais ce boucan. Les coups de masse, de marteau-pilon ! les ponts roulants au-dessus de ta tête, les treuils, les chaînes. Et la poussière ! Dans les fosses parfois, tu ne vois plus rien, tu ne peux plus respirer, tu crois que tu vas mourir, on te tire avec des cordes... Ecoute !

Marcel s'immobilise. Il met l'oreille au vent.

— Tu entends ce sifflet. Ecoute bien. C'est une 241. La plus grosse de toutes les locomotives. La plus belle. Elle sort de la Grande Visite. Briquée. 20 tonnes de traction, 4 cylindres. Une vraie chaudière de transatlantique. Un jour, je prendrai un bateau à Nantes pour aller au pays.

Marcel a les yeux qui partent au-delà du panache de vapeur.

— Douze jours de voyage. Un coup de sirène et la Martinique apparaît par le hublot. Tu veux savoir comment c'est quand tu arrives là-bas ?

Marcel n'attend pas ma réponse. Il sort de sa chemise blanche un livre. Me montre la couverture : *Fort-de-France... Pierre Benoit de l'Académie française.*

— C'est l'abbé Marion qui me l'a prêté. Ecoute ça. *Et voici Fort-de-France, dit le commandant. Virant vers bâbord, le Ville-de-Verdun décrivait sur les flots une lente courbe turquoise.*

Au loin la Loire fait ce qu'elle peut pour dessiner un méandre à peu près bleu.

— ... *Derrière les murailles du Fort Saint-Louis, la ville commençait à sortir du brouillard. Elle apparaissait, dominée par la sombre couronne de ses palmiers, de ses arbres à pain et par la verdure plus lointaine et plus pâle des mornes.*

— Marcel, elle est pas jojo, ta Martinique !

Il ne semble ni entendre ni voir Florent. Il est au bastingage d'un steamer. Le regard émerveillé, Marcel découvre les mornes pâles de Garchizy, les arbres à pain de Fourchambault et les palmiers de Vauzelles. Puis, il se lève comme un vieux qui vient de voir le soleil se coucher et peut maintenant rentrer chez lui. Il grimace.

— Marcel, la mère a dit que tu ferais bien d'aller voir le toubib des Ateliers.

— Je ne veux pas qu'on me touche.

M'am, pourquoi personne ne s'est occupé de Marcel ? « C'était un farouche. Un sacré gars ! »

— Qu'est-ce que tu dirais, Marcel, si t'avais mes guiboles. A chaque fois, ils veulent me mettre dans un bocal. Toi t'es beau comme une loco. Toutes les filles du coin veulent jouer avec ton sifflet.

— Tais-toi, Florent. Moi, j'irai jamais avec une blanche.

La phrase de Marcel me frappe au ventre. « Jamais avec une blanche. » J'ai envie de vomir sur les palmiers de Vauzelles. Même s'il est plus grand que moi, avec des poings en marteau-pilon, je vais lui rentrer dedans. Le frapper. Lui marteler le foie, l'estomac, le plexus. Lui purger les tripes. Mieux que le thé Peyronnet.

Marcel se tient le ventre à deux mains. La grimace donne l'impression qu'il crache son protège-dents.

— T'es sûr que ça va, Marcel ? Tu veux qu'on remette ça à une autre fois ?

— Trop tard, Florent. On n'a même plus le temps d'attendre Roger. Regarde en bas.

Au pied du château d'eau, on lève la tête vers nous. De quoi être plutôt fier. Une belle assemblée de curieux, si ce n'étaient les deux képis bleus congestionnés.

— Les gendarmes ! Florent, tu n'aurais pas un peu parlé de notre affaire ?

— Juste à Maryvonne, la fille de la ferme.

Marcel sourit et frictionne la tête penaude de tonton, l'air de dire « Si ça te permet d'aller te rouler dans les foins avec elle. » Dix ans ! Florent n'a que dix ans. C'est jeune pour les foins.

— Allez, envoie le Chamberlain.

— Voilà l'engin !

Tonton brandit un énorme parapluie noir qu'il ouvre comme un chapeau claque.

— Je l'avais accroché à l'échelle pour pas qu'il s'envole.

— Passe ! Florent. L'aîné d'abord.

— Des nèfles ! On tire au sort qui saute le premier.

Sauter ! Je comprends en même temps ce qu'est un Chamberlain, et qu'ils vont sauter avec du sommet du château d'eau. Ils sont fous ! Trente mètres de chute accroché à un parapluie. « Trente mètres, tu exagères. » D'accord, m'am. Disons douze. Tu trouves ça mieux ?

— C'est moi ! Désolé, Marcel. Pour une fois que je gagne.

Je n'ai même pas vu comment ils ont tiré au sort. M'am, tu ne dis rien ? « Qu'est-ce que tu veux que je fasse ? » Monter ici. Leur distribuer des calottes. Confisquer le Chamberlain. Et si le p'pa était avec eux ? « J'attendrais en bas. »

— Je te laisse mes chaussures, Marcel. Je serai plus léger. A demain dans le journal. La mère va être épatée.

Tonton saisit la poignée du Chamberlain.

Et saute dans le vide tout à trac. Un saut en chemise blanche, sans chichi. A la bonne franquette.
Je passais par là, j'avais un parapluie, j'ai sauté.
Le dôme noir luisant du Chamberlain plonge puis
glisse au-dessus du paysage façon montgolfière
majestueuse. Il y a un « Oh ! » admiratif, qui
monte des badauds. Plus le mien. Vraiment je
n'aurais jamais cru. Puis aussitôt un « Ah ! » en
piqué. Les baleines du Chamberlain changent
d'avis, se retroussent brusquement et le tout
tombe droit comme un « I ». Ou plutôt comme un
« Y », si on considère Florent accroché là-des-
sous.

Nerveusement, je tire sur une languette dans le
paysage, mais rien n'y fait. Le Chamberlain ne
remonte pas.

De là-haut, je ne vois pas l'atterrissage, mais
j'entends le bruit sec des tibias de Florent qui se
fracturent à deux endroits. Du bois mort. Pourquoi
le p'pa m'a envoyé là ? Je n'ai rien pu éviter.

Marcel se précipite. Il descend l'échelle de service comme un pompier amoureux. Quand j'arrive
en bas, en moins amoureux, il n'y a déjà plus personne.

Je dois courir pour rattraper le cortège qui
accompagne Florent. Il est assis dans une charrette
à bras, tirée par Marcel en nage et encadrée par les
deux gendarmes. J'essaie de voir si ce sont les
mêmes qu'autour de la bombe. Dix ans plus
jeunes. Pas sûr. Tonton est plutôt plus blanc qu'à
son ordinaire. Il sourit l'air béat, brandit le Chamberlain disloqué et agite la main en héros comme

une rosière sur son char à la Fête des fleurs de
Vauzelles. « Faudra que tu racontes cette fête. Tu
verrais comme c'est beau. » M'am, tu es là,
aujourd'hui? Tu es dans le cortège? Fais-moi un
signe. C'est la cohue. Je ne te vois pas, m'am.

2 octobre 1933. Tu as vingt ans. Comme
j'aimerais te rencontrer. Aujourd'hui, j'ai le même
âge que le p'pa. Ça ne se reproduira plus jamais.
Je veux en profiter. Te voir juste pour sentir ce
que ça fait au p'pa de te croiser chaque jour dans
la rue. Est-ce que tu as une couronne de fleurs
blanches dans les cheveux? « J'aurais l'air maline
pour promener ton frère Michel qui braille dans
son landau, Monique qui marche tout juste, et
Jacky et Guy qui courent trop. »

Tu as déjà quatre enfants? A vingt ans! « Chut!
parle moins fort. Regarde où tu es. »

Tout à coup, c'est le silence. Même Michel se
tait. Le cortège s'immobilise. On est devant une
maison de la Cité. Au n° 12. M'am, qu'est-ce qui
se passe? Tonton Florent est mort? Pourquoi personne ne dit plus rien? « Tu le sauras bien assez
tôt. Ça va barder! Je te laisse. Faut que je rentre
préparer à manger. » Tu ne peux pas m'abandonner comme ça, m'am. Je ne t'ai même pas vue.
Dis-moi au moins comment tu étais à vingt ans.

« Pressée! »

Je me faufile dans la foule. J'arrive à la charrette. Tonton n'agite plus la main. Il a la tête basse
du condamné. Marcel aussi, un brin plus fier.
Dans leur chemise blanche, on les croirait au pied
de l'échafaud. D'ailleurs, il est là, l'échafaud.
L'échafaud et le bourreau réunis en un seul

homme. Un géant noir. Debout sur le perron de la maison. Immense dans sa cotte de bleu et son chapeau de plantation. Deux mètres au moins. Une machette de coupeur de canne à la main. Le visage taillé avec. On dirait le premier Noir champion du monde poids lourds. Comment c'est son nom ? Il est sûrement à Vauzelles pour visiter le club de boxe. On a dû lui dire qu'il y avait dans le coin un jeune prometteur, avec un uppercut ravageur.

Le géant ne dit rien. Marcel se précipite. Il porte Florent. J'en profite pour l'aider. On le charge en litière. Je n'ose pas regarder ses jambes brisées. Quand on passe derrière le géant sur le perron, il a encore pris vingt centimètres et trente kilos de muscles sombres. Sa machette doit dégouliner de sang. On se fait tout petits avec Marcel et on entre dans la maison. Elle est sombre. Les rideaux tirés sur chaque fenêtre. Le sol est en terre battue. Il y a une forte odeur de moisi et de vin renversé.

— Jules, n'allume pas !

Une voix de femme. Une voix pâteuse et lasse retranchée dans un coin d'obscurité. Peut-être derrière cette longue table embarrassée d'un désordre de vaisselle.

— Qu'est-ce qu'il y a encore, Jules !

— C'est Florentin. Il est tombé. Le docteur arrive.

Le géant a une voix à broyer les os.

— Et mon Marcel ? Et Roger ?

Je sens la main de tonton qui se crispe sur mon bras. Je sais comment est son visage quand le chagrin aspire sa bouille de gosse. C'était pourtant facile pour la femme lasse de dire simplement « Oh mon Dieu ! ».

— Comment on va faire pour les sous, Jules ?

Le géant ne répond pas. Dans le couloir, je sens derrière moi son énorme carcasse et ses yeux plantés dans ma nuque. « Le Boucher Noir de Vauzelles frappe encore ! » En gros titre. Ce n'est pas Florent qui va être dans le journal demain, c'est moi. Le géant va me dépecer à la machette et m'enterrer au fond du jardin. « Qu'est-ce que tu as fait à mes fils, toi ? » Rien, monsieur, je vous jure. On ne retrouvera mes restes qu'après dénonciation, en 1943, sous des tomates et du cuivre.

Avec Marcel, on allonge Florent sur le lit de la chambre, au fond du couloir. Au mur, un crucifix pas rassurant. En dessous, un cadre étroit en meurtrière. La coupe d'un voilier, au faux-pont peuplé de silhouettes à l'encre. Un bateau négrier ! Mon cœur se recroqueville. J'ai du mal à détacher mon regard de l'enfant accroupi près du rouleau de cordage.

Sur l'unique table de nuit, il y a un verre vide, un agenda en cuir brun, et une photographie que je reconnais. Grand-mère et grand-père !

La femme à la voix pâteuse et le Boucher Noir de Vauzelles. Elle, Marie, Sidonie et lui, Jean, Jules, Joseph. Le prénom de tous les jours souligné comme sur sa fiche d'embauche.

« Atelier de locomotives de Nevers. Jean, Jules, Joseph. Né le 19 mars 1893 à Fort-de-France. Chaudronnier. Rayé le 8 avril 1935. Décédé le 5 avril 1935. »

Ils ont mis trois jours pour te rayer, grand-père. T'es un coriace. Qu'as-tu fait de ces trois jours de rab offerts par la maison ?

L'agenda sur la table de nuit, je le connais aussi. « Tu ne parles pas de cet agenda. Promis ? » M'am, c'est juste pour dire que c'est là que grand-père note ses dépenses de la journée, ce qu'il a gagné, ses croquis de chaudronnerie. Et aussi ses réflexions. Ses chagrins. Ce qui se passe avec grand-mère. « Je t'ai dit de ne pas parler de cet agenda. C'est leur vie, à eux. Ce serait pas bien. » Mais m'am, il suffit de voir comment est tenue la maison. Regarde. « Je t'ai dit non. Ça ferait de la peine à Roger. »

Au fait, où il est le p'pa ? Il en met du temps pour revenir de son premier jour d'apprentissage !

Grand-père nous fait sortir de la chambre. Florent a juste le temps de souffler : « Si j'ai les fractures en double, vous croyez que ce sera dans le journal de demain ? »

La masse de grand-père nous pousse dans le couloir. Quarante-deux ans (1893-1935) ! Qu'est-ce qui a pu abattre une telle force ? Tu le sais, m'am ? « Le travail. Les malheurs. La Martinique. Elle lui manquait. Il avait promis à ta grand-mère de l'y emmener. Il n'a pas eu le temps. » Dommage, grand-père. Tu serais devenu un vieux nègre qui se balance dans un fauteuil, sur le perron. A nous, tes petits-enfants, tu aurais raconté les plantations, la canne, l'esclavage. Maryse et Martine avec leurs yeux bleus feraient fondre ta grande carcasse. Elles savent y faire, les filles. A elles, tu aurais tout dit. Comment s'appelait notre famille avant d'être baptisée par le maître. Pourquoi tu es parti. Et surtout, le Grand-Secret. Le nom du bateau négrier qui nous a amenés d'Afrique. Tu le connais, m'am ?

« Vois ça avec ton père. »

Marcel me précède dans le couloir, la tête toujours basse. Il sort de la maison sans un mot. Au moment où je vais le rejoindre, une main m'intercepte dans l'entrée. Il y a assez de lumière pour que je devine l'ovale fatigué de grand-mère. Marie, Sidonie. Des mèches libres dans sa coiffure tirée en arrière, un regard turquoise sans méandre.

— Ecoute-moi, mon garçon. N'aie pas peur. Il ne faut pas m'en vouloir, pour tout ça. Pas me juger. Plus tard, tu comprendras.

Grand-mère me caresse les cheveux. On croirait qu'elle s'étonne qu'ils ne soient pas crépus. Moi je découvre son accent. Celui de son village des Pyrénées. Je ne l'avais pas imaginé. Depuis toujours, sa photo n'en avait pas.

Grand-mère se penche vers moi pour m'embrasser. J'ai peur que sa bouche ait gardé l'odeur du vin renversé. Mais ses lèvres ont le parfum léger du tilleul. Sa blouse fleurie en semble imprégnée. Le bout de ses doigts aussi.

Je ne sais que lui rendre son baiser. Et partir.

Dehors, l'avenue est vide. Ils se sont tous sauvés. « Tu sais, dans la Cité-Jardin, il impressionne, ton grand-père ! Pas méchant, toujours calme, mais au bal, d'une main, il te sort deux costauds. » Au pied du perron, Marcel bricole sans espoir les baleines du Chamberlain. Une cavalcade nous tombe dessus.

— C'est à cette heure-là, que tu arrives, Roger?

Je me retourne, j'ai l'impression de me cogner dans un miroir.

— Je pouvais pas partir de l'atelier avant d'avoir fini ma pièce. Comment va Florent?

Marcel montre le Chamberlain au p'pa.

— Je vois. Et c'est qui, l'ahuri?

Ahuri, il y a de quoi. Imaginez qu'il vous arrive en courant un gamin qui semble copié sur vous au carbone. D'accord, deux teintes au-dessus, plus fin, et une fossette au menton. Mais au carbone. Il y a de quoi avoir l'air ahuri.

— Il m'a aidé pour ramener Florent.

Le p'pa me serre la main. J'essaie de me souvenir quand on l'a déjà fait. Jamais. Pourquoi on serrerait la main à son père? La sienne est ferme, douce comme un premier jour.

— Marcel, tu sais ce qu'ils m'ont demandé comme pièce à l'atelier? Deux formes identiques. N'importe lesquelles, mais identiques.

Le p'pa me fixe avec son regard au ciseau à froid.

— C'est bizarre d'avoir l'impression de rapporter son travail à la maison. Qu'est-ce qu'on fait de lui? Est-ce qu'on l'emmène dans notre lolo voir mam'zelle Aurore?

Marcel semble réfléchir à la proposition du p'pa.

— Ça dépendra de comment il court.

Les deux frères démarrent comme des guépards jumeaux. Ils tournent le coin de l'avenue en rigolant, avant que j'aie compris que je dois les suivre.

Je reste planté avec ma tête de faux départ.
« M'am, aide-moi. Où ils sont allés, comme ça ? »

— Au cimetière des locomotives. C'est là
qu'ils ont leur lolo.

La voix de grand-père fait vibrer ma carcasse. Il
est campé sur le perron. De sa machette, il me
montre la direction. Je vais trouver, monsieur. Je
vais trouver. Ne vous dérangez pas, surtout. Non,
ne m'expliquez pas ce qu'est un lolo, je vais trouver aussi.

Je détale et je trouve.

Les restes rouillés d'une énorme locomotive,
transformée en cabane. Elle est là, perdue dans les
hautes herbes d'un terrain vague. Une machine de
Far West avec cloche et cheminée tuyau de poêle.
Je m'approche en Indien saboteur. A côté de
l'échelle, en lettres blanches calligraphiées, *Aurore*.
J'avoue que je croyais que c'était une femme. Par
le crevé d'une tôle, j'aperçois le p'pa assis en tailleur devant la porte ouverte de la chaudière. Une
sorte de coffre aux trésors chargé de livres rangés
comme des lingots. Marcel est debout à la place
du chauffeur. Chacun leur tour ils choisissent un
livre et en donnent un passage à voix haute. Marcel d'abord. Il lit pour le p'pa mais bien plus
encore pour Florent, là-bas, sous le crucifix, avec
ses fractures en double, et le docteur qui n'arrive
pas.

— « ... déjà, il pouvait situer les repères fami-
liers : les entrepôts du Lon Wharf, les emplace-
ments des bateaux, vides actuellement, le dernier
négrier ayant levé l'ancre. »

Le p'pa, lui, ne lit que les cartouches au début des chapitres. Ça donne des voyages brefs et silencieux qui lui ressemblent tant.

— « Etat du navire et de son équipage — Epidémie de dysenterie — Cap de Bonne-Espérance — Voyage de retour — Post-scriptum. »

J'envie le p'pa et Marcel d'avoir cette *Aurore* pour prendre la mer et je rêve à ce « post-scriptum ».

Marcel lève le bras et tire un cordon imaginaire au-dessus de sa tête. Un sifflet monte dans le ciel de Vauzelles.

6

Le vol plané

Comment le héros, assiste impuissant au naufrage du Graf Spee, et surprend, à son corps défendant, les mille mots du cri amoureux.

17 décembre 1939

— Chut! Ça siffle.

Le p'pa, accroupi près de la bombe, me fait signe de me taire comme s'il ne fallait pas déranger la Retardataire. Je croyais que tu m'avais envoyé aux châteaux d'eau pour que je te raconte. Que je te ramène des nouvelles de Florent, de Marcel et de tes parents.

— Chut!

Je me tais. Tout le monde, autour du cratère, semble en faire autant. Je donne un coup d'œil circulaire comme on fait l'appel. Il y a encore plus de monde que tout à l'heure. Je localise la m'am, à côté de tonton Florent, sa cantine d'Exode à la main. Il paraît bien arqué sur ses jambes. Lulu n'a pas l'air d'être là. Ni aucun de mes frères et sœurs. J'essaie de repérer les gars du maquis. De comprendre leurs déplacements. Il y en a un près de chaque gendarme. Pourquoi ce silence ? Ils ont dû sentir qu'il se passait quelque chose d'anormal avec la bombe. Certainement dans la voix du p'pa.

— Mets-toi à l'abri.

Pas question. Je ne veux pas me cacher derrière un tas de sable. Je ne me suis pas fait parachuter en pleine guerre pour rester planqué. P'pa, tu dois me raconter. Tout. Dans l'ordre et en détail. 1/1 000 de seconde, ça laisse peu de temps pour discuter. C'est aussi ce que pense le p'pa. Il m'attrape au col et au fond de culotte et me projette dans les airs au-dessus du monticule. « Allez ! ripez, volailles. » Il y a un oh ! d'indignation dans l'assistance. Ce ne sont pas des manières, avec un enfant. Merci pour ce soutien. Il n'améliore pas ma portance mais me redonne un peu de cambré aérodynamique. Je bats des ailes, fends l'espace. Le p'pa serait une sacrée rampe de lancement pour V1. Quel vol plané ! C'est le deuxième de la journée. Je vais bientôt savoir si j'ai progressé.

« Moi, c'est à mon premier vol plané que j'ai bien progressé avec votre mère. »

Cette phrase du p'pa est depuis longtemps en suspension dans mon crâne. J'en ai plusieurs du même genre. Ce sont mes mouettes. Des voraces. A la moindre évocation d'un parfum, d'un bruit, d'une lumière, elles piquent sur moi, me frôlent de leur aile, et disparaissent en riant avant que je ne les saisisse.

P'pa, c'est le moment de m'expliquer cette histoire de vol plané. « Je ne vois pas de quoi tu parles. » Mais si, cette phrase. Elle te vient les soirs où les grandes sœurs amènent pour la première fois leur p'tit béguin à la maison. Regarde-les dans la salle à manger. Ils passent l'épreuve du tarot. Pour certains, on voit que leur science n'est pas bien sèche. Les cartes collent encore aux doigts et pour se faire accepter, ils font tinter le pot plus souvent que le tronc à la grand-messe. S'ils croient acheter mes grandes sœurs avec des pièces jaunes ! Le p'pa les endort pour mieux les ferrer. En deux temps. « Moi, c'est à mon premier vol plané que j'ai bien progressé avec votre mère. » A peine le temps pour l'impétrant (c'est Roland qui a trouvé le mot) de vérifier si c'est du leurre ou du gardon (ça c'est Michel). A peine donc, que le p'pa ajoute, en claquant ses cartes sur la table : « Mariage à cœur maître, et p'tit au bout ! » Là, il achève le candidat avec son regard de poids welter à la pesée. « Mais j'espère, mon garçon, que vous n'en êtes pas là avec ma gosse. »

« Roger ! »

L'indignation de la m'am arrive en même temps que le café dans les tasses en porcelaine du dimanche. « Quoi, Paulette, tu vas pas donner ta fille à un garçon qui a deux bouts deux rois en main et qui la chute de quinze. » La m'am attire le p'pa dans la cuisine. « Prenez des petits gâteaux, les enfants. On revient. Dis donc, Roger, question jeux de cartes, si j'avais fait pareil avec toi pour la belote, aujourd'hui, je serais mariée avec le commandant du Graf Spee. » « Paulette, tu vas pas ramener cette histoire sur le tapis. »

« Le commandant du Graf Spee », en voilà une autre mouette qui plane quand les parents s'enguirlandent. C'est vrai que le p'pa et la m'am se font des disputes comme des sapins de Noël. On a envie de s'asseoir devant pour les regarder clignoter.

A plat ventre, le nez dans le monticule et le train d'atterrissage rentré sous moi, j'ai envie de savoir. Dis, p'pa, c'est quoi ce « vol plané » avec la m'am ? Ce ne serait pas la première fois, où... « Où quoi ? » Ben, la première fois, avec la m'am, où... J'ajoute des gestes de coche, jargaude et hurtebille. Mais le père fait semblant de ne pas s'y connaître en accouplements d'animaux. P'pa, si tu ne me racontes pas, j'invente n'importe quelle histoire avec le commandant du Graf Spee. « Du chantage ! Tu me fais du chantage. Juste quand je risque de me faire péter une bombe. » Dis-moi seulement si c'est vrai que la m'am a failli épouser ce commandant allemand, et que j'ai manqué naître à Beicigheim près de Stuttgart, et devenir champion du monde avec l'équipe d'Allemagne de football ?

« Tu as de la chance que les gars aient besoin de toi. Sinon tu pouvais numéroter tes abattis. » Qui a besoin de moi, p'pa ? « Le maquis. » Pour faire quoi ? « Si tu veux que je te raconte le vol plané, ne me coupe pas la parole. » D'accord, p'pa, mais après, tu me diras pour le maquis ? « On verra. Je peux commencer ? » Vas-y, je me tais.

« Tout ça, c'est arrivé à cause du brouillard et de la moto. » Qu'est-ce qui est arrivé ? « Tu vois ! tu peux pas t'empêcher de me couper. Je te préviens, moi, j'ai pas la patience de Paulette, pour les questions. » Ça, je sais. Mais il faut bien que tu me racontes, pour que je sache. « Je sais pas raconter. C'est comme ça, je sais pas. Donne-moi une plaque de tôle et je te fais n'importe quel volume. Mais raconter... » Pourtant c'est pareil, p'pa. Tu peux au moins me dire quand c'était, ce vol plané. « Le 17 décembre 1939. Ça, la date, je m'en souviens ! Près du pont. » Quel pont ? « Tu vois ! c'est pas possible avec toi, tu me coupes encore. » Comment on va faire, alors ? « Attends, je sais pas raconter, mais j'ai une moto. » Je ne vois pas le rapport, p'pa. « Si tu veux savoir pour le vol plané, t'as qu'à venir avec moi. »

17 décembre 1939, sur le tan-sad

La moto du p'pa est là, posée dans le brouillard. Elle est verte avec un side-car. Lulu est assis sur le petit siège surélevé derrière la selle. « Ça s'appelle un tan-sad. » Merci, p'pa. Je reconnais Lulu à son allure de canaille. Charmeur. Les seize ans bien gominés en arrière. Je m'installe dans le side-car.

— Où on va, Bénoune ?

— Chez Paulette.

La moto file dans la campagne avec plus de cahots que de route. J'ai froid comme un décembre, dans cet engin. Il fait une nuit d'avant-guerre. Sans restriction de vent et pluie glacée. On

vient de croiser une vague pancarte que je traduis
par « Vauzelles ». Je suis ballotté dans le side-car.
La pluie le remplit. J'ai l'impression de barboter
au fond d'une baignoire sabot, le derrière sur du
visqueux.

— La Paulette sera contente des briquettes de
charbon, Bénoune. On lui en refera un tour
demain soir. Maintenant qu'on a découpé le grillage.

C'est donc sur du charbon que je suis assis. Et
du charbon volé ! Je protesterais bien, mais le
moteur me pétarade en direct à hauteur de cerveau, avec des ratés qui m'éclatent les tympans.
Où est-ce que le p'pa a dégotté une pétrolette
pareille ? La lueur faiblarde du phare se projette
sur un écran de brouillard. Ce soir, au pro-
gramme : « La moto en folie ! »

— Ralentis, Bénoune ! On va se viander.

— Je peux pas, Lulu, sinon elle cale.

Moi, je suis d'accord pour caler et attendre là
que le p'pa s'achète sa 350 Terrot neuve. Celle-là
va partir en rouille au prochain virage. Le p'pa
s'en moque. Il a l'air pressé de livrer la m'am.
J'observe en contre-plongée son profil héroïque. Il
est accroché au guidon, les coudes écartés, sans
casque ni lunettes, les yeux plissés, le regard droit
devant. Lulu est collé à lui. Ils ont moins de vingt
ans, en chemises légères pour mieux prendre le
plissé du vent et ressembler à une affiche glo-
rieuse d'emprunt à 3 %. « Le charbon, c'est l'or
de France. Souscrivez ! »

— Bénoune ça va être le pont. Le rate pas ou
c'est le bouillon.

On n'a pas raté le pont. On n'a pas eu le temps. Une masse molle nous a percutés sans honte. « Quel vol plané ! » Le phare explose. La nuit tombe. « Lumière, rideau, musique ! » Le p'pa, Lulu et moi éparpillés comme des osselets. Ne restent que des jurons et les derniers râles du moteur. Mon roulé-boulé est bien meilleur que ce matin. Je note dans le sable : en progrès.

— Bénoune, t'es où ? Ça va ?

On se cherche à tâtons dans tout ce noir. Je sens des mains sur mon visage. Celles de Lulu. Il me détaille en silence. Je reste immobile. Est-ce qu'il va me reconnaître sous ses doigts ? « Ça alors ! toi, t'es le fils de Bénoune. » Mais Lulu ne dit rien. Arrivées au menton, ses mains m'abandonnent. Déçues. Lulu cherche son copain. Il cherche le p'pa. Moi aussi. On le trouve. Son corps est inerte, allongé sur le dos. Lulu prend le p'pa aux épaules. Il le secoue.

— Allez Bénoune, fais pas l'idiot. Réveille-toi.

Mon cœur aussi est secoué.

— C'est pas le moment de tirer au cul, Bénoune. La classe 20, vous allez leur montrer aux frisés !

Le p'pa n'a pas l'air d'avoir envie de s'enrôler.

— Ouvre les yeux, je te dis. Tu veux pas savoir si on finit par coincer le Graf Spee ?

Pas plus de résultat avec ce bateau allemand. Un vrai feuilleton dans les journaux. La marine anglaise qui le poursuit jusqu'au bout du monde. Je me souviens plus si c'est un U-boot, un contre-torpilleur ou un cuirassé.

— T'es plus drôle, Bénoune. On a besoin de

toi. On a un match amical contre Pougues, dimanche.

Rien. Je me retiens d'aider Lulu en glissant à l'oreille du p'pa qu'il lui reste encore quatre enfants à faire avec la m'am ! Dont moi. Ça risque de l'achever.

— Lève-toi ! On est presque rendus chez la Paulette.

Le prénom de la m'am était la dernière tentative avant les gifles. Lulu ne lésine pas. Rien n'y fait.

— Toi, frictionne Bénoune ! Faut pas qu'il prenne froid. Il est fragile du coffre. Moi, je vais voir si je peux remettre la moto en marche.

Frictionner le p'pa ! Il ne se rend pas compte, Lulu. Moi, je ne l'ai même jamais touché. Pris dans les bras, par les épaules, enlacé. Même malade. Même quand il avait bu trop de grenadine. On ne fait pas ça, chez nous. Je sais juste que sa barbe est dure, au menton, quand il m'embrasse le soir, en revenant de l'usine. Je reste paralysé. C'est malin, le p'pa va attraper une pneumonie, une double. Par ma faute, ce sera l'opération, le sanatorium, la cicatrice dans le dos, quarante centimètres. « Un thé Peyronnet, c'est radical ! »

— Ça marche !

La moto aussi aurait besoin de bon air. Elle tousse, crache, hoquette, et se met à pétarader.

— Aide-moi à asseoir Bénoune dans le side-car.

On charge le p'pa comme on peut en amazone. Il est toujours inerte et glacé. Ce sera vraiment de ma faute, sa pleurésie. Même pas capable de réchauffer ton père. Je saute sur le tand-sad. Roule ! Lulu conduit sec. Je serre la main du p'pa pour l'empêcher de glisser. Pourtant, j'ai l'impression que c'est lui qui tient la mienne. Sa paluche fine à travers les barreaux d'un lit blanc de bébé. Je dois avoir la fièvre, sa main me paraît glacée.

On finit par arriver à la Cité-Jardin. Dans ce brouillard je ne reconnais la maison de la m'am qu'à son numéro 11. Quand Lulu coupe le moteur de la moto, je m'aperçois qu'il a conduit tout le trajet sans lumière. J'en flageole rien qu'en pensant à la traversée du pont verglacé.

Le danger et la peur sont deux sœurs complices. Si tu échappes à l'une, l'autre ne te rate pas.

— Arrête de rêvasser, prends les pieds de Bénoune.

Le p'pa porte déjà ses chaussures en cuir-à-lacets-sans-couture-au-dessus. Ça commence tôt, les cors aux pieds, chez nous.

— Lulu ! qu'est-ce qui vous est arrivé ?

— Un tas de sable, Paulette. Près du pont. Je me demande ce qu'il faisait là.

Moi aussi. Pas la m'am. Devant sa porte éclairée, habillée d'une robe de chambre mauve que je ne connais pas, elle n'a l'air ni étonnée, ni inquiète. Pourtant le p'pa est inanimé. Et lourd. Sûrement au-dessus de son poids de forme. Mais peut-être que la m'am a saisi au vol l'œil gauche du p'pa. Il s'est ouvert, tout frais, tout coquin. 1/1 000 de seconde, pas plus. Moi aussi, je l'ai vu cet œil d'iguane amoureux. Je me demande ce que le p'pa manigance.

— Dis, Paulette, où ils en sont avec le Graf Spee ?

— Ils pensent l'avoir coincé. Mais ce serait pas la première fois qu'il leur file entre les pattes. J'ai mis la T.S.F.

— On va voir ça. Toi, gamin, tu décharges le charbon du side-car.

La m'am me déleste des jambes du p'pa.

— Doucement, Lulu, les gosses dorment. Avance dans la salle à manger. Je vous ai préparé du café.

Et moi ? Personne ne se soucie de mon sort. Pardon, ces briquettes visqueuses, je les range où ? « A la cave. » Merci. Heureusement que toutes les maisons de la Cité-Jardin sont identiques et que je me souviens du plan. La cave à charbon, au sous-sol, par le jardin, à main gauche en traversant la buanderie. J'y vois pas mes souliers dans ce champ de coton. Le Boucher de Vauzelles pourrait m'égorger d'un coup de machette, que je serais le dernier averti.

Je finis par trouver une porte. Cric-crac ! Ça sent la lessive. La buanderie certainement. Pas de bouton électrique. Va falloir le faire au nez et à tâtons. Là, plutôt du cambouis, de l'autre côté, une odeur de poudre à fusil ou de salpêtre, ici du bois à sécher. Là, ça roule sous le pied. Du charbon. Je fais l'inventaire. Au toucher, c'est vrai que la m'am est juste en briquettes. Je tombe sur un seau. En cinq ou six voyages dans le brouillard, à faire poignarder, étrangler, éventrer, décapiter et arracher les yeux à chaque pas, le side-car est vide. Je peux aller frapper à la porte d'entrée de la m'am

et apparaître tout couvert de l'or de France.
« Souscrivez! » Tu es fou, ne ressors pas par le
jardin. Le Boucher de Vauzelles va te découper
comme un carnet à souches. Si je me souviens
bien du plan, il y a un escalier intérieur qui monte
du sous-sol au couloir de la salle à manger. C'est
ça.

Etrange, la maison est dans l'obscurité. Pas un
bruit, même pas la T.S.F. Pire, ça ne sent pas le
café. Où sont la m'am, le p'pa et Lulu? Si c'est
une blague, elle est idiote. Inutile d'essayer de me
faire peur. Le couloir y arrive très bien tout seul
avec cet œil vitreux de la porte d'entrée qui me
guette et ces ombres de bestioles empaillées, alignées aux murs. Le premier mari de la m'am
devait être chasseur. Lui aussi s'appelait Roger,
lui aussi travaillait aux Ateliers, lui aussi était
chaudronnier, lui aussi avait une moto. Est-ce que
la m'am commencerait une collection de Roger?
« Tu veux une calotte? »

Je progresse en tâtonnant tout ce qui peut se
tâtonner. Plus pour m'essuyer les mains et me rassurer que pour m'entraîner à être aveugle. Ils ont
disparu tous les trois.

Très drôle, m'am. Maintenant vous pouvez sortir de vos cachettes. J'entends un bruit dans le
couloir. Pas un craquement ni un froissement. Plutôt une sorte de bourdonnement. Du côté de la
chambre de la m'am. Je m'approche. Peut-être un
ronronnement. Ça rassure toujours, le vocabulaire.
Je vais en avoir besoin.

Le bruit qui se précise, à une porte de là, n'est
pas commode à dire. Ou à ne pas dire. Heureuse-

ment que j'ai eu une punition sur les cris d'animaux. Qu'est-ce que je deviendrais, moi, sans
péno? Je m'approche. Le bruit s'arrête. Je suis
repéré. Non, il reprend en craquettement. Ce n'est
pas le parquet. Un ancoulement s'y mêle. La
chambre de la m'am est toute proche. Arrête-toi
maintenant. On n'écoute pas à la porte de sa mère.
Et si elle est en danger? Enlevée par le Boucher
de Vauzelles. Je m'en voudrais toute ma vie. « Un
fils abandonne sa mère à son bourreau! » T'imagines le titre. Tant pis, je colle l'oreille au trou de
serrure. Je m'agenouille. C'est toujours ça de
gagné si j'ai à me confesser. Le bruit me vient
comme dans un cornet de chasse. Derrière, ça cor-
bine, drense et hioque au trot avec des lamentes
régulières de sommier.

Il y a deux voix. Difficile à démêler. L'une
caracole à l'étouffée, l'autre fringote franchement.
Deux voix seulement. Pourtant, la m'am, le p'pa,
et Lulu, ça fait trois. Je compte sur mes doigts.
Deux, c'est trois moins un. Qui est le « un »? Je
préfère ne pas savoir le résultat de la soustraction.
C'est comme ça qu'on change de père.

Il faut partir. Il y a trop d'arithmétique. Mais
j'ai le corps ficelé. Impossible de me relever. Un
vrai nœud coulant. Toute ma chair devient moite
et molle. Il me pousse des bois avec chevillures
et perlures. Derrière la porte, l'équipage part en
chasse à courre. Le bruit prend de l'amble et
meute. Ça clatit et donne de la voix. Mon oreille
tète le trou de la serrure. Mon crâne s'emplit du
bruit. Si on me trépane pour me confesser, on y
verra tout. Je veux me sauver. Réciter des Avés et

des Paters comme on fait des pompes. Mais je reste le bec ouvert, le souffle éteint. Le bruit derrière la porte enfle. Il roume, grumelle une langue étrange, avec des envolées de tourterelles qu'on voudrait retenir dans ses mains. Mes genoux tremblent. La maison aussi.

Soudain, une cavalcade. Un précipité. Je savais bien que c'était une alerte. Plutôt une rafle. Une voix refuse. Ne veut pas partir sans avoir cueilli ce fruit perché là-haut. Soudain, le bruit de l'autre côté reste en suspension, comme s'il poussait un clocheton au toit de la maison. Puis, sans ambages ni vergogne, le bruit renonce. Il s'éreinte, s'affale et met à bas un silence de faon.

Alors, c'est ça !

C'est ça, le vol plané dont parle le p'pa. Le vol plané avec la m'am. La mouette avait raison de me frôler de son aile. Je me relève, me rajuste, m'éponge et me sauve. Je viens de voler quelque chose, mais quoi ? La porte d'entrée est fermée. Je détale par le sous-sol, par le jardin, par le brouillard. Tant pis pour le Boucher de Vauzelles. Il ne peut plus rien contre moi. Je suis déjà vidé.

Je percute quelque chose de vivant. Lulu !

— Te voilà, toi ! Où t'étais passé ?

C'était bien ça. Il n'y avait que deux voix dans le bruit et j'ai le résultat de la soustraction devant moi.

— Je te cherche partout. On t'attend là-haut, avec Paulette et Bénoune. Dépêche, je crois bien qu'ils vont l'avoir le Graf Spee.

Pas la peine de me mentir. J'ai tout entendu. Pourtant, c'est vrai qu'ils m'attendent. Avec de la

lumière, une odeur de café, et la T.S.F. en sour-
dine. Lulu traîne une chaise et s'assoit à côté. Les
lâches, ils ont effacé toutes les traces. Ils font
comme si. La m'am la première.

— Lave-toi un peu, on croirait que tu t'es roulé
dans un tender de charbon.

Je regarde mes mains noires et les murs du couloir propres et sans trophées. Comment est-ce possible ? Nettoyer, d'accord. Mais l'odeur de café, la
T.S.F. Le brouillard de dehors s'insinue dans mon
crâne. Quelque chose ne va pas dans le paysage.
« Le brouillard ! » C'est ça. Dans ce hachis de
boucher, le brouillard m'a perdu.

Je me suis trompé de maison !

J'ai livré les briquettes chez les voisins. « Ici,
toutes les maisons se ressemblent. » D'accord,
m'am, mais pas les cris. Les trois compères sont
autour de la table de la salle à manger. Silencieux.
Un reste de chaud dans la cafetière émaillée et une
partie de belote en cours. Le p'pa a repris des couleurs et un chandail de laine. La m'am distribue
les cartes avec des gestes au point de croix. Je les
regarde tous les deux, beaux comme à une devan-
ture de photographe.

J'ai toujours eu envie de les observer derrière la
vitre d'un café. Je passe dans la rue par hasard
« Tiens, c'est eux ! » Ils sont assis à un de ces gué-
ridons complices où on ne peut poser ses deux
verres et le cendrier sans que les mains se frôlent.
« Oh pardon ! »

Ce soir, le p'pa ne risque pas de s'excuser. Trop
raide. Il tient son jeu serré à deux mains contre sa
poitrine comme un bouquet d'amoureux transi. Il

pleuvrait sur lui dans la salle à manger que j'en serais à peine surpris.

— Fais bien ton éventail, Roger. Sinon tu vas pas voir tes cartes, encore couper une couleur et en rejouer.

La m'am tente de faire desserrer les cartes du p'pa. On dirait les pétales d'une fleur qu'il n'arrive pas à lui offrir. Je ne reconnais pas le p'pa. Il est intimidé et donne l'impression d'avoir perdu ses doigts fins de chaudronnier.

Lulu s'est levé. Il a l'oreille collée contre le haut-parleur de la T.S.F. Il tourne doucement un des boutons. On dirait un pilleur de coffre-fort qui veut voler ce qui se passe dans le monde.

— Il est touché le Graf Spee !

— Chut, Lulu. Les gosses ! Alors, on la continue cette belote ?

— Ils l'ont eu, je te dis !

— Viens à table et prends tes cartes. Tu es avec le gamin, moi avec Roger. C'est équilibré.

Me voilà propre, épousseté et avec du jeu en main. Ça va être dur pour le p'pa et la m'am. Sont même sur le chemin du capot, si le p'pa continue ses bourdes d'arpète. La m'am a l'œil agacé, mais la main encourageante. Elle tapote régulièrement celle du p'pa. Ce qui le trouble encore plus. « Merci, Bénoune, pour ton 10 de pique. » En face de moi, Lulu mène notre affaire en loup de mer, un œil au jeu, une oreille sur le Graf Spee.

— Il essaye de se réfugier à Montevideo. C'est un malin, leur commandant. Il sait que c'est neutre. Mais les rosbifs vont l'assaisonner avant.

— Ça m'étonnerait. Langsdorff, c'est un as, ce gars-là.

Lulu et moi, on regarde la m'am comme une affiche de la défense passive. « Silence, l'ennemi guette vos confidences. »

— Paulette, tu défends les schleus, maintenant !

Le p'pa n'entend pas. Il est trop occupé à se tromper de carte.

— Je les défends pas, Lulu. Je dis seulement que quand un as est un as, il faut le reconnaître. En deux mois, t'as vu combien il en a laissé sur le carreau, des bateaux anglais ? Et en plus, il est bel homme, le commandant du Graf Spee. Ce qui ne gâche rien.

Rien de tel pour réveiller le p'pa. Même s'il est le seul à ne pas avoir compris que la m'am a l'as de carreau en main. Il se lève comme si on venait de sonner le branle-bas et jette ses cartes.

— Paulette, s'il est si bien que ça, ton commandant, t'as qu'à l'épouser !

La m'am triche à la belote et le p'pa est jaloux d'un marin allemand au bout du monde. Quelle famille !

— Lui au moins, Roger, il doit savoir jouer à la belote et comprendre quand sa partenaire a l'as de carreau.

La m'am sort la carte et la montre au p'pa. Elle sourit. A ce moment, lui aussi devrait sourire. Ça ferait bataille. Au lieu de ça, il quitte la pièce à grandes enjambées. La m'am le suit. Je veux les accompagner. Lulu m'arrête d'une main et de l'autre monte le son de la T.S.F.

— Nous, on va s'occuper du Graf Spee. Chacun sa guerre.

Je le hais ce Graf Spee et son capitaine à la Clark Gable. Ils vont me couler le p'pa et la m'am avant même leur lancement. Mais la T.S.F. me redonne espoir.

« *On apprend de l'amirauté que le croiseur Renown et le porte-avions Ark Royal sont sur le point de rejoindre le Cumberland, l'Achille et l'Ajax pour empêcher la fuite du Graf Spee réfugié dans le port de Montevideo.* »

La m'am doit avoir rattrapé le p'pa dans l'entrée et peut tenter de l'aborder sur le perron.

« *On se demande maintenant ce que va faire Hans Langsdorff, le farouche capitaine du Graf Spee. Va-t-il défier l'armada anglaise ou se saborder? Adolf Hitler en personne lui aurait laissé toutes libertés.* »

Tu entends, p'pa, tu as le choix. Merci, Adolf. Ou tu disparais dans le brouillard, et la famille avec, ou tu prends la main de la m'am par bâbord. Tu peux aussi lui laisser frôler la tienne. Décide-toi. Elle va attraper la mort dans cette robe de chambre. Le mauve c'est pas très chaud.

« *La silhouette majestueuse du Graf Spee surgit de la brume au milieu de la baie.* »

La m'am frissonne.

« *Oh! chers auditeurs. Avez-vous entendu? Une formidable explosion vient d'embraser le contre-torpilleur.* »

Le souffle de la déflagration claque la porte d'entrée. Ce n'est pas si loin de Vauzelles, Montevideo.

« *Le Graf Spee sombre ! L'orgueil de la marine allemande disparaît dans les flots.* »

Le p'pa, lui, réapparaît dans la salle à manger. Il se tient la tête, sa main droite saigne, et la m'am rit. Elle ne sait pas encore qu'elle est veuve de commandant allemand. Sans pension.

— C'est rien, Roger s'est juste cogné contre la porte.

Je regarde le p'pa qui lèche sa main écorchée et je pense aux épingles de la m'am plantées à tous ses revers. C'est leur première écharde. La m'am rajuste ses peignes, prend le calendrier sur le buffet et souligne la date du jour en vert. Dans le code-maison, cela veut dire qu'il est survenu un événement familial important, ce 17 décembre 1939, pendant que le Graf Spee coulait.

— Ça s'arrose ! Paulette, t'aurais pas un coup de Claquesin ou de vin des Frileuses, pour ton Lulu ?

Malgré son veuvage brutal, la m'am sort une bouteille à l'étiquette vague. Ce sera de l'alcool de pomme. Alambiqué maison. On trinque. Je grimace. Elle sourit. Le p'pa se requinque et Lulu se ressert.

— On la finit, cette partie ?

Malgré la m'am acharnée, il était dit qu'elle ne se terminerait jamais. On frappe au carreau de la fenêtre. Elle ouvre. Un type énervé, le genre chef d'îlot, avec fusil de chasse et maillot de corps.

— Paulette, boucle-toi bien ! Y'a un rôdeur dans le coin. Un satyre. Un espion. Ce saligaud est entré chez nous. Il a tout salopé le couloir. Il nous

a même écoutés avec l'Adrienne, pendant que...
Tu vois ?

On voit bien.

— Tu comprends, les gosses sont chez leur
grand-mère. Alors on en profite, vu que
l'Adrienne est plutôt du genre causante.

« Causante » ! C'est fou, tout ce qu'on peut
mettre dans un seul mot.

— Ma parole, Paulette, si je l'attrape, ce
sagouin de moscoutaire, je lui vide les tripes et je
l'empaille.

Je me fais minuscule. Négligeable. Le mari de
l'Adrienne repart en battue. Le p'pa et Lulu se
tournent vers moi. Ils me fixent avec des regards
de taxidermistes.

— Dis donc, toi. Qu'est-ce que tu as fait du
charbon de Paulette ?

— Laissez-le, ce gamin. On finit notre belote.

7

Les cinq mains

*Comment le héros, se voit initié à la Malédic-
tion des Cinq Mains et réalise les vertus
mnésiques de la soupe au potiron.*

17 décembre 1939

1032 à 85. Quelle raclée!

On a fini par la finir cette partie de belote. Pas
brillant pour l'équipage des parents. Surtout pour
le p'pa. Il les avait accumulées. Un véritable guide
des bourdes avec un capot sur la dernière donne
qui mérite le détour. « C'est le naufrage du Graf
Spee! » L'expression est devenue, pour la m'am,
synonyme de petit désastre ménager qui va de la
tache de Javel sur la chemise de Gérard à la lec-
ture de mon livret scolaire.

Le p'pa, sourcilleux, y a toujours entendu un
regret voilé, pour la disparition du beau commandant Langsdorff. Faut dire qu'il a du mal à soute-
nir la comparaison. Avec sa main bandée, sa bosse
au front, et ses yeux de bienheureux, le p'pa res-

semble plus à un boxeur sonné par la révélation qu'à un héros de bataille navale. L'écharde qu'il vient de se donner au cœur avec la m'am y est pour beaucoup. Mais l'alambiqué maison aussi. « Ton père a jamais tenu l'alcool. » Toute la partie, la m'am l'a protégé des yeux et du bout des doigts. Avec son torchon sur l'épaule, elle ressemblait à un homme de coin pendant un match de boxe.

Histoire de se secouer de son tabouret de ring, et d'égaler en héroïsme le commandant du Graf Spee, le p'pa avait proposé une opération commando « Pour récupérer le charbon de Paulette ». On profiterait de ce que le voisin patrouille toujours à la recherche du sagouin à empailler.

— Tu l'aurais dit, toi, Bénoune, que l'Adrienne c'était une « causeuse »?

— Lulu, va pas y fourrer ton museau. On a dit, pas dans la Cité.

On a fini par le récupérer, le charbon de Paulette. A trois, et aidés par le brouillard, ça n'a pas traîné. Dommage. Le p'pa et Lulu se racontaient leurs histoires de dix-neuf ans. Je n'ai jamais entendu tant de prénoms de filles dans si peu de brouillard.

Mais je ne me souviens de rien.

On a bien fini par en partir de « chez la Paulette ». Le p'pa a eu du mal. Il se serait bien fait rajuster le bandage une dixième fois. La m'am, elle, ne sait plus quoi lui fourrer de nouveau dans les poches. Il ressemble de plus en plus à un mât de cocagne. « Roger, tu n'oublieras pas ton petit linge. » Pourtant, ça risque, vu comment la m'am le garde serré contre sa poitrine.

Nous, avec Lulu, on ne veut pas avoir l'air de tenir la chandelle, alors, on regarde ailleurs. Lulu chante du Maurice Chevalier. Moi, j'imagine la scène d'adieux en regardant la cabane à outils. Le p'pa et la m'am devant la porte de la maison. Immobiles sous le cône de lumière. Deux amoureux à l'Angélus réfugiés dans une boule de neige en verre.

— Paulette, ce soir, je vais passer au cimetière parler à mon père et à ma mère.

Je n'arrive jamais à imaginer le p'pa orphelin.

— Tu es sûr, Roger?

Le p'pa est sûr.

— Tu sais ce que tu vas leur dire?

Il le sait.

— Apporte-leur ça de ma part.

Où la m'am a-t-elle trouvé ce bouquet de prestidigitateur? Des fleurettes vaillantes qui semblent avoir éclos au chaud de sa main. Les fleurs frissonnent. C'est aussi décembre pour les blanches-de-loup. Le p'pa les recueille sous sa chemise.

— Roger, comment on fait, pour la Ribambelle?

Le p'pa se frotte les mains. Drôle de geste. Soit le froid, soit l'arithmétique. La Ribambelle, c'est huit enfants déjà tout faits. De Jacky neuf ans à Evelyne un an, à peine. Huit, à qui il va falloir parler. C'est presque une classe de village. « Prenez vos cahiers. Notez le problème. Je voudrais épouser votre mère, mais je ne sais pas comment vous le dire. » Huit qui se jetteront à son cou, au

retour du travail. Le p'pa devrait sentir l'empile-
ment de ses vertèbres qui se tassent et ses pieds
qui s'enfoncent dans le sol. Même pas. Il sourit.
Qu'est-ce qu'il paraît haut perché, son sourire ! Ce
soir, le p'pa a une confiance de palmier.

— Roger, j'avais préparé ça. Au cas ou...

La m'am glisse au p'pa une feuille de son
cahier de commissions pliée comme un mot doux.

— En haut, tu t'occupes pas, c'est le reste des
courses d'hier. Après, tu verras, c'est la liste des
manies de chaque gosse.

La m'am a préparé une antisèche au p'pa ! Je
n'avais jamais vu mes frères et sœurs comme une
interrogation écrite. Je me demande ce qu'elle
aurait écrit en face de mon n° 11. « N'arrête pas de
poser des questions. » Le p'pa range la feuille
dans sa poche de poitrine. Celle des choses à ne
pas oublier.

— Roger, tu sais qu'il faudra attendre tes vingt
et un ans.

— J'irai régler ça avec la Charron.

Mademoiselle Charron ! La tutrice du p'pa. Le
Dragon de l'hôtel des Célibataires. La cheftaine à
moustaches. La bonne sœur en civil. Peau de
vache et cœur de beurre. Quand quelqu'un a tant
de surnoms, c'est que personne ne le connaît.
Mademoiselle Charron, l'assistante sociale des
Ateliers de Vauzelles, reste un mystère. Sur sa
fiche de la valise en bois, il y a écrit : *Paraît que
la Charron louche sur le p'pa*. « Qui t'a raconté
des bêtises pareilles ? » M'am, tu ne vas pas me
dire que tu étais la seule femme de tout Vauzelles
à t'intéresser au p'pa ! Il était plutôt pas mal.

« C'était le plus beau, ton père. » Justement, il devait y en avoir. Tu peux bien m'en parler. C'est du passé. Juste le nom d'une amoureuse du p'pa. D'accord, seulement son prénom. Après, je me débrouillerai. « Invente, seulement, et tu vas voir ce qui va te tomber sur le paletot. »

— Tant pis, Paulette. Si elle veut pas la Charron, je demanderai une dérogation. Comme toi, quand tu t'es mariée. Tu avais quinze ans et ton Roger seulement dix-sept. Encore moins que moi.

— Oui, mais moi, j'attendais Jacky.

Le p'pa fixe la m'am dans les yeux.

« Si ce n'est que ça. »

J'ai un haut-le-cœur. Ma glotte saute. Est-ce que j'ai bien entendu ? Je reste la bouche ouverte, la mâchoire tombante, le bec à gober la brume. « Si ce n'est que ça. » Oui, j'ai bien entendu. C'est ce que le p'pa vient de dire à la m'am. D'accord, avec les yeux. D'accord, sans bouger les lèvres. Mais il l'a dit. Devant moi. Son fils à venir. Le rouge me monte aux joues comme dans un buvard-réclame. Inimaginable. Le p'pa est prêt à faire un enfant à la m'am. Ici. Par ce froid. Devant tout le monde. Comme des mariés de pièce montée.

J'ai toujours pensé que ces sujets en plastique étaient des hypocrites. Dès que les invités au banquet ont le dos tourné, ils en profitent pour prendre de l'avance sur la nuit de noces. Faire Pâques avant les Rameaux. A chaque mariage, j'essaie de les surprendre.

Sur le seuil de la porte, le p'pa et la m'am sont toujours immobiles, figés sous une lumière de

missel. C'est donc ça, le Mystère de l'Incarnation.
Pourtant, mon frère Serge ne naîtra que dans
trente et un mois. C'est long, pour s'incarner.

Ting-tung! La cloche du jardin. Le voisin
paraît. Il est en maillot de corps. Un ange Gabriel
en retard d'une Annonciation. Lui vient plutôt
pour le Massacre des Innocents. Il veut ameuter le
quartier. Partir en lynchage. Retrouver le sagouin.
Lulu et le p'pa déclinent. La m'am lui montre la
porte.

— Qu'est-ce qui se passe, Paulette? Des pro-
blèmes? T'as besoin d'un coup de main?

— Non, merci, Marcel. Ça ira.

Qui c'est ce Marcel taillé en trapèze qui vient
de surgir dans le jardin? Il tient sa bicyclette par
la potence comme une amoureuse à la taille. Ce
Marcel est accompagné de deux autres garçons
taillés sur le même patron, le sac tyrolien au dos.
Il s'adresse à la m'am, comme si le voisin en
maillot de corps n'était pas là. D'ailleurs, c'est le
cas. L'arrivée de Marcel donne au type une sou-
daine envie d'aller lyncher ailleurs.

Dis, m'am, le voisin, ce serait pas lui le mouchard qui vous a dénoncés? Moi, je le vois bien
dans le rôle. Tu ne pourrais pas lui passer la canadienne du p'pa, qu'on fasse un essayage? Si c'est
sa taille, pan! Une décharge de chevrotine sous le
menton. Ça pourra passer pour un suicide. Du
remords avant l'heure. « Reste tranquille. Tu vas
pas tuer tout ce qui taille 54. »

Marcel continue à parler à la m'am, comme si,
cette fois, c'était le p'pa qui n'était pas là.

— Au fait, Paulette, si par hasard tu rencontres

Roger, dis-lui qu'on a pas fermé le gymnase.
Qu'il peut revenir s'entraîner. Sûr qu'il a peut-être
des choses plus importantes à faire pour l'heure.
Mais c'est pas le moment de perdre la forme. On
va tous en avoir besoin quand les Allemands se
décideront.

— C'est promis, Marcel. Je lui dis... Si je le
vois.

Marcel et la m'am se sourient. Le p'pa à côté
d'elle fait aussi comme s'il n'était pas là. Marcel
salue et s'en va avec ses deux copains. De dos, ils
donnent envie de se mettre à la gymnastique.

M'am, c'est qui, ce Marcel? « Le fils Robin. Je
t'en ai parlé cent fois. Un as de la gymnastique.
Même ton père pouvait s'aligner. » Celui qui était
sélectionné aux jeux Olympiques, m'am? Qui a
été tué... « Tais-toi, ils sont pas loin. Ils pourraient
t'entendre. »

C'est donc au fils Robin que je dois « le coup
du vitrier ». Cette manie du p'pa qui me ferait
pleurer de rage. « Paulette, tu diras à ton fils que si
je ne retrouve pas mon tas américain, à sa place,
ce soir, en rentrant du boulot, ça va barder pour
son matricule. » Je suis là, devant lui, et il parle de
moi à la m'am, comme si j'étais transparent. Le
coup du vitrier. L'impression de ne plus exister. Je
préférerais une bonne raclée.

Maintenant, je comprends mieux. Avec un fils
transparent, le p'pa peut faire un enfant à la m'am,
devant moi. Dans trente et un mois, Serge aura les
yeux si clairs. « On lui voyait le sourire à travers. » Encore le coup du vitrier.

— Roger, le fils Robin a raison. Bientôt, ce sera peut-être la vraie guerre. Tu seras mobilisé.

— Tu m'attendras, Paulette?

— Bien sûr, que je t'attendrai.

Je ne me retourne pas, ou le perron va se transformer en quai de gare, avec panache de vapeur, mouchoirs agités, et dernière étreinte.

Dans une rédaction avec un sujet sur les adieux, je peux tenir quatre pages, rien que sur le marche-pied du train. Mais là, j'ai peur que la m'am s'enrhume.

Rentre, m'am. Tu vas prendre froid dans tout ce mauve.

— Paulette, cette fois, j'y vais. Je passe au cimetière parler à mes parents.

— N'oublie pas les fleurs.

Nous partons.

On s'en va de « Chez la Paulette ». Le dire comme ça, c'est déjà y revenir. On dirait qu'une enseigne brille sur la maison de la m'am.

Cette fois, Lulu conduit la moto. Le p'pa voit bien la mine sombre de son copain. Il s'installe sur le tan-sad, moi au fond du side-car et le brouillard au guidon. On roule. Je pense à Lulu. Il est le frère du premier mari de la m'am. Est-ce qu'il n'est pas en train de se dire. Pendant qu'on patine dans un chemin de terre. Se dire que c'est à lui de marier la m'am. Son devoir de frère. Qu'il faut seulement attendre un peu. Qu'est-ce que la famille va penser de lui, sinon? La roue arrière s'embourbe. Le p'pa se penche à l'oreille de Lulu.

— T'inquiète, après mes parents, on ira à la

Bonne Dame, voir ta mère. Et on fera comme elle dira.

Lulu se redresse sur la moto avec un sourire soulagé. Il arrache le side-car à l'ornière et l'engage sur le chemin. Je regarde les deux copains prendre le vent. Décidément, ils sont doués pour le profil de médaille.

La lueur du phare bute contre le mur du cimetière. Elle s'en excuse. On s'arrête. Lulu reste à la moto. « Faudrait pas qu'on nous la fauche. » Je colle au p'pa. Au moins qu'il soit tout près, quand je vais me faire saisir aux chevilles par le fantôme du Boucher de Vauzelles. Dès le portail, le p'pa donne un coup de cloche. Un glas guilleret. Mais un glas. « Toujours prévenir quand on arrive. On pourrait les surprendre. » Le p'pa va sur le gravier sans hésiter. Le bruit me rassure. La lueur de la lampe attrape au passage des bouts de vie. Une aile d'angelot, des fleurs de pierre, un visage d'enfant, des mots d'amour. Un vase retourné. Le p'pa s'arrête. La lueur fixe un nom gravé sur une pierre. Le nôtre. Je ne suis pas effrayé. Plutôt rassuré. L'impression d'exister depuis longtemps. Et fier. Il se tient bien, ce nom. Ce que je préfère, c'est son « Y ». « Ce palmier de famille qu'on a toujours sur nous. »

Jean, Jules, Joseph (1893-1935)
Marie, Sidonie, née Tajan (1903-1938).

C'est bien court.

— Bonsoir les anciens. Pas trop de disputes, tous les deux, cette semaine ?

Le p'pa dépose ses fleurettes vaillantes sur la pierre, et les apprête maladroitement, de sa main valide. Il pose la torche, la lumière dirigée sur le médaillon ovale des grands-parents. L'éclat les fait ciller. Le p'pa se racle la gorge. Marie et Jules sont attentifs. Surpris. Un peu tendus par le solennel. Le p'pa rassemble tout son silence.

« Ce soir, je suis venu vous faire une demande importante. Peut-être la plus importante de toute ma vie. Ne faites pas attention au bandage et à la bosse. Ça ne se voit pas, mais j'ai le costume, la chemise blanche, la cravate et les souliers cirés. Vous vous souvenez, un jour que je rentrais de l'école. J'allais avoir neuf ans. Le père était là, à cause d'une *douleur dans le mouvement passif et actif de l'épaule droite*. Je vous ai dit "Ça y est ! j'ai rencontré la femme que je marierai quand je serai grand." La mère, tu frottais une cotte de bleu sur la planche à laver. Tu te souviens de ce que tu as répondu ? »

Le p'pa ne laisse même pas le temps du souvenir à grand-mère.

« Tu as posé ton index sur mes lèvres. "Chut ! Ne ne me dis rien. Je sais. Je la connais." Tu as continué à frotter avec ta brosse à chiendent. Depuis, ça fait dix ans que tu frottes et que tu me parles d'elle sans jamais dire son nom. "Travaille bien sinon tu la marieras pas. Si elle voit comment tu fais ton lit, elle en mariera un autre." Mais ce soir, tout à coup, j'ai peur. Je me dis : Et si la mère parlait d'une autre femme ? Moi, je n'en veux pas une autre. Même dans ta tête, la mère. Alors, il faut que je sache. Voilà, je vais te la raconter, sans dire son nom et tu me diras si c'est bien elle. »

Hep! Grand-mère, c'est moi, la petite ombre pas rassurée derrière Roger. Celui à qui tu as donné un baiser au tilleul léger. S'il te plaît, coche la bonne case. Je trouve que le p'pa, ce soir, a la voix en corde de pendu. L'endroit est déjà assez lugubre avec ce brouillard, la lueur de la lampe et ma trouille en farfadet. Tu ne voudrais pas qu'il se fasse un mauvais sort. Si tu veux, je peux te souffler le nom.

Pas la peine.

La m'am a l'air d'un bon sujet de rédaction. Le p'pa a des idées personnelles, un style délié, et une conclusion poétique. Si un jour, le silence est une langue vivante, grâce au p'pa, je la parlerai couramment.

Le p'pa a terminé. La brume des tombes se fige et attend la réponse de Marie, Sidonie. Que fait-on quand on est un bon fils, qu'on aime une femme et sa mère une autre? Le p'pa se le demande. Sur la photo, Jean, Jules, Joseph reste placide, le col de la chemise cassé net. Le p'pa devant la pierre, et moi collé à lui, nous scrutons le visage de grand-mère dans la lumière de la torche.

Un rien de temps, la lueur a une saute. Comme un clin d'œil. C'est le signe. Grand-mère est d'accord. Grand-mère confirme au p'pa : la Paulette dont il parle et celle qu'il-mariera-quand-il-sera-grand, ne sont qu'une seule et même femme. Grand-père, le p'pa et moi, on soupire. On se serrerait bien la main, avant d'aller boire un verre.

Le p'pa pousse un hurlement de loup gris.

Depuis ce soir-là, un esprit rôde dans le cimetière de Vauzelles. Celui des *Amours, enfin*. Les amours qui savent s'attendre.

Son cri poussé, le p'pa est saisi par une frénésie ménagère. Il ne sait plus comment astiquer, jardiner, parer, la pierre de ses parents. Moi, j'emprunte aux tombes alentour. Je suis le Robin des Bois des cimetières. « Je t'ai déjà interdit de faire ça. » Au moins, quand on reviendra, on reconnaîtra leur tombe de loin.

On quitte le cimetière avec un coup de cloche complice du p'pa. « Les anciens, vous pouvez y aller. On ne vous dérangera plus. » Moi, je reviendrai, grand-mère. On a un secret tous les deux.

Lulu s'est endormi dans le side-car de la moto. Le p'pa lui parle à l'oreille.

— Maintenant, on va voir ta mère, Lulu.

Il n'y a pas qu'avec moi que le p'pa tient ses promesses. Je monte derrière lui. Je ferme les yeux, et je le serre fort à la taille. C'était bien, p'pa, ce que tu as dit de la m'am.

On roule.

Collé au p'pa, je pense à ses départs de la maison. Pour le travail. Pour sa santé. A sa manière de me rassurer. « Ne pleure pas. Tu es un homme, maintenant. Regarde, t'es aussi grand que moi. » Avec sa main en toise magique qui triche sur l'horizontale, en allant de sa tête à la mienne. Je ne veux pas être un homme. Juste chialer. Mais je me retiens. Dans la queue, derrière moi, il y a encore mes deux petites sœurs à rassurer.

On arrive.

Le p'pa secoue Lulu toujours endormi dans le side-car. On est arrêtés devant une maison de

Vauzelles que je ne connais pas. Une grille à deux battants. Un haut mur. Deux marches pour descendre à une cour.

— Rue de la Bonne Dame ! Tout le monde descend. Lulu, te voilà arrivé chez toi.

Il émerge, chiffonné.

— Je vais voir si ma mère dort pas déjà.

Lulu disparaît. Le p'pa mène une danse indienne autour du side-car. Pour se réchauffer, paraît-il. Moi, je pense plutôt qu'il fait le sorcier nègre. Un sorcier plus nerveux que pour la m'am, mais moins sombre qu'au cimetière. Ça va être sa troisième demande. Il doit commencer à s'habituer. Il y en a combien comme ça ?

Pour obtenir la main d'une aimée.
Cinq demandes il faut formuler.
Un chagrin pour chaque doigt de sa main.
La cinquième, celle de l'annulaire,
C'est à elle qu'on doit la faire.

La m'am a toute une collection de comptines de ce genre qui m'agacent, car ma mémoire s'en souvient, mais pas moi. « Tu as tort. Si on ne respecte pas celle-là on peut être frappé par une malédiction. » Je préfère ne pas demander laquelle. Lulu revient.

— La mère dort pas.

— Qu'est-ce qu'elle a dit ?

— Qu'on est mardi.

— Et alors ?

— C'est le jour du bois à fendre dans la grange.

On est sûrement mardi, mais ce n'est pas une grange, cette ruine à ciel ouvert. C'est un mikado. Un entrelacs fatigué de chevrons, pannes, entraits, arbalétriers, contrefiches et autres. Le tout est affalé en suspens au milieu des quatre murs intacts. On bouge le moindre gousset et c'est le coup de grisou. Tout s'écroule. « Tu exagères, c'était pas si délabré chez la mère à Lulu. » Peut-être, m'am, mais il fait tellement noir.

Le p'pa, lui, a l'air de bien connaître l'endroit. Moi, je me tiens à distance. J'éclaire ses déplacements, une lanterne à bout de bras. Je joue avec son ombre sur les murs. Je peux la rapetisser, l'allonger. Faire du p'pa un lutin ou un géant.

— Approchez, mesdames et messieurs. Pour la première fois dans la bonne ville de Vauzelles, le cirque Amar vous propose d'admirer Bénoune, l'homme le plus haut du monde.

Malgré la gouaille de Lulu, le p'pa va comme à l'entraînement de gymnastique dans la mâture. Il enchaîne sur les agrès improvisés. Barre fixe, cheval d'arçons, anneaux. Est-ce qu'il pense à la guerre ? Aux murs à franchir, aux barbelés, aux talus, aux fossés. Courir. Toujours courir. Jesse Owens, c'est moins de 10 m/seconde. Et une balle de Karabiner allemande ?

Cours, p'pa. Cours.

Le spectacle du p'pa amuse Lulu. Il est appuyé à du ferme, les mains clairement derrière la tête. « Tu pourrais m'aider. » « Pourquoi, Bénoune ? C'est pas moi qui veux marier la Paulette. » Il rigole avec ce rire qui grasseye comme s'il avait déjà trop fumé.

Le p'pa redescend de la charpente et se met au travail. Il s'active comme un bûcheron de coucou suisse. Il scie, cogne, hache. Il en porterait presque une chemise à carreaux. Je fais l'arpète. « Attention à tes doigts ! » Si Marcel Robin le voyait, il serait rassuré sur sa condition physique. Les Allemands peuvent venir. Le p'pa a réduit en bûchettes la moitié d'une division de Panzers à lui seul.

Alors, il faut faire tout ça pour obtenir la main d'une femme.

— A la soupe !

La mère de Lulu apparaît. Onctueuse. Elle a raison d'habiter rue de la Bonne Dame, ça lui va bien. Sa moue admirative sur le bois trié, empilé par taille, pour la cuisinière, le poêle et la cheminée, fait plaisir à voir. La mère de Lulu porte un plateau avec une lampe-pigeon allumée et quatre bols à toupets fumants.

— Mon p'tit doigt m'a dit que vous aviez envie de ma soupe au potiron.

A voir le sourire du p'pa et de Lulu, ils l'apprécient, cette soupe. On s'installe pour une dînette de chantier. La mère de Lulu s'assoit, son tablier en corolle autour d'elle. Les Bonnes Dames naissent dans les fleurs. Chacun souffle et boit en silence. La mère de Lulu porte son p'tit doigt bavard en l'air, comme à l'heure du thé. Lulu garde les yeux au ras du bol. Il observe. Et se demande quand son copain va se décider à parler. Le p'pa flatte. « C'est bien ta soupe la meilleure. » Ce n'est pas gentil pour la m'am, mais si c'est pour obtenir sa main. J'ai envie de donner un coup de coude, au p'pa. Décide-toi! Je suis intéressé à l'affaire. Quand tu demandes la main de la m'am, c'est aussi nous que tu demandes, les frères et sœurs. Les enfants et la m'am, c'est un lot. J'aime bien l'idée que le p'pa va nous demander cinq fois.

On arrive au fond du bol.

La mère de Lulu montre du p'tit doigt la charpente éboulée.

— Regarde, Roger, c'est la poutre maîtresse qu'a lâché. Les termites. Ça se met dedans. Ça ronge tout. De l'extérieur on ne voit rien. On se croit tranquille. Et tout à coup. Crac!

On a tous la tête enfoncée dans les épaules. Moi, le mot « maîtresse » m'a encore plus tassé que le crac! Il ne peut pas être pour la m'am. On se regarde comme des ensevelis. Le p'pa tend son bol vers la bonne dame.

— Je reprendrais bien un peu de ta soupe.

— Viens, Roger, mon p'tit doigt me dit qu'il en reste au chaud sur la cuisinière.

Le p'pa, la mère de Lulu et son p'tit doigt nous laissent. Il faut que je les suive. Que j'écoute leur conversation. La troisième demande du p'pa est la plus fameuse. Je n'en connais qu'une phrase. Toujours la même. Encore une de ces mouettes qui planent. Si un jour on devait se partager les phrases de famille entre frères et sœurs, c'est celle-là que je voudrais qu'ils me laissent.

Avant l'héritage, il faut d'abord que j'essaie de me débarrasser de Lulu.

— Eh! C'est pas la moto qu'on entend?

— Fi de garce!

Il saute et se précipite hors de la remise avec la lampe. C'est une manie de me laisser dans le noir. Je parviens à sortir sans que la charpente s'écroule. L'arrière de la maison est éclairé par une fenêtre à l'entresol. La silhouette du p'pa fait motif dans le rideau au crochet. J'agrippe la descente de gouttière, je grimpe sur un tonneau plein d'eau et je colle mes yeux au carreau.

A l'intérieur, la mère de Lulu tient une boîte de biscuits remplie de photographies. Elle en montre une au p'pa. Peut-être celle de son fils, le Premier-Roger de la m'am. Celle où il est sur cette moto à guidon haut. La seule de lui dans la valise en bois. J'aimerais qu'elle se tourne un peu, pour que je sois bien placé quand elle en sera à la photo que j'attends. Celle de ton premier mariage, m'am. Tes presque seize ans. Ton voile blanc. Le bouquet de fleurs d'oranger. Je compte sur mes doigts. Dis donc, m'am, tu avais pris un peu d'avance pour fabriquer Jacky.

C'est bizarre comme parfois, tu n'interviens pas dans ma tête. Même pour me calotter.

La photo de ce mariage ne vient pas. Vite, je suis en équilibre sur un pied. Souvent, j'imagine ta noce, m'am. Elle défile devant moi comme un corso fleuri. J'ai des pétales plein les mains, mais je les garde pour moi.

La mère de Lulu et le p'pa discutent. Je comprends que son prénom est Marie et que le p'pa l'appelle maman. Elle referme la boîte à biscuits. Rajuste les pointes de son châle. Les croise. Un geste de cimetière. Elle, la m'am et grand-mère ont chacune perdu un enfant. « La pire des douleurs. » Pourquoi est-ce que je pense à ça? Mon pied tremble sur le bord du tonneau. Moi, m'am, je ferai attention.

La mère de Lulu et le p'pa sont assis à la table devant une sorte de dé à coudre. Par les lamelles de verre de l'aération se glisse l'odeur de soupe au potiron. La Bonne Dame a le regard au fond de la liqueur. Le p'pa attend. Silencieux. Tout à coup, la mère de Lulu lève les yeux sur lui.

— Mon gars, tu en as bien du courage.

C'est ma phrase! Mon héritage. Celle que je veux qu'on me réserve. C'est déjà fini! Ç'a été trop vite. Je voudrais qu'elle la redise encore une fois. Mille fois. Comme au cinéma. Pourquoi est-ce qu'il n'y a qu'une prise dans la vie? « Mon gars, tu en as bien du courage. » « C'était ça, madame. Parfait! On en refait une. »

Le p'pa baisse la tête. La mère de Lulu y pose sa main, comme le curé pour dire « Va en paix ». Je ne connaissais pas ce geste. Il n'est pas mal. Je le note. Le p'pa sort de la pièce.

Je saute du tonneau.

Je rejoins le p'pa et Lulu à la moto. Ils sont dans les bras l'un de l'autre. Hilares. Emus. Ils s'étreignent, se congratulent. Et moi? Pourquoi ils ne m'étouffent pas. Rien que pour me souvenir de la soirée. La mémoire aime bien ce genre de détail.

Le p'pa et Lulu finissent par s'apercevoir de ma présence. Ça interrompt net les effusions. Ils me regardent, éberlués. Et se mettent à rire.

— Qu'est-ce qui t'est arrivé? T'es trempé.

Je comptais le garder pour moi. C'est raté. Oui,

j'ai sauté du tonneau. Mais dedans. Pas de quoi se vanter. On fait court et on remonte sur la moto. J'ai assez honte.

— Tu vas attraper la mort.

Ils me frictionnent, me bouchonnent, me bichonnent. Le p'pa m'enveloppe dans un pull que Lulu a récupéré chez sa mère. J'aurais eu tort de me priver de ça.

La moto tangue et je grelotte dans le side-car. Le p'pa et Lulu n'en finissent pas de se féliciter. « Bénoune, tu peux dire qu'elle a été bonne, pour toi, la soupe au potiron ! » Ils rient, tandis que la phrase de la mère de Lulu explose dans ma tête. « Mon gars, tu en as bien du courage. » Pas seulement la phrase. La scène entière. Les mots, les détails, l'odeur de soupe, l'expression du p'pa quand il relève la tête. J'ai tout sous les yeux. En vrai. Rien qu'avec le mot « potiron ». Je me dresse dans le side-car et je hurle dans le brouillard.

— C'est quand même mieux, une phrase, quand ça sent le potiron !

Le p'pa et Lulu me regardent, inquiets. Je sais qu'ils se disent que j'ai dû attraper froid au cerveau et qu'il est temps d'aller me coucher. Je suis d'accord. Je me demande seulement où ils vont me mettre à dormir.

— Toi, Bénoune, il faut que tu rentres à l'hôtel. A cette heure, la Charron doit t'attendre devant la porte avec son carnet. Elle va te causer du pays.

— Ça tombe bien, moi aussi, j'ai à lui causer. Mais d'abord on couche le gosse.

— Où on va le mettre ?

— Chez Paulette.

Dès que j'entends le prénom de la m'am, je m'endors pour mieux rêver à ce qui se passe. On me porte. On chuchote. On me déshabille. Il fait doux. Tiède. C'est un lit. On relève une mèche sur mon front. Une porte se referme doucement. Il fait noir. Profond. Je ne bouge pas. Surtout pas. Je ne sais pas où je suis. Pas exactement. J'ai une petite idée. Ce serait trop beau. Je ne veux pas me la dire, de peur qu'elle ne se sauve. Mes petites idées sont craintives.

Il y a quelqu'un plaqué tout contre moi.

Du côté du poêle, j'entends un bruit que je connais. Une sorte de rognement. Plutôt un ron-chonnement. Si je n'arrive pas à reconnaître ce que c'est, je ne m'endormirai pas. Ça m'agace. Ce n'est pas le moment d'avoir une insomnie de vocabulaire. De rage, je m'encapuchonne avec le drap. Une coquille d'huître ! C'est ça ! C'est le bruit d'une coquille d'huître, au fond d'une bouil-loire. Le ronchonnement enfle. L'eau doit être prête à bouillir. Si personne ne s'en occupe, ça va bientôt siffler.

8

L'Homme invisible

Comment le héros, se trouve entraîné par des maquisards dans un coup de main aventureux pour sauver l'Homme invisible.

5 novembre 1943

La bombe siffle comme une bouilloire. Il ne lui manque plus que le filet de vapeur. Le p'pa se jette sur moi et me plaque au sol. Il a cette expression qui veut dire « Maintenant, ça rigole plus ».

— Ne bouge pas de là.

Le p'pa quitte l'abri du monticule et va droit sur la Retardataire, son sac de docteur à la main. Là-haut, c'est une galerie de portraits. La m'am s'étreint les mains. Tonton Florent est inquiet pour son frérot. Les gars du maquis ôtent leurs poings des poches. Le mouchard se lèche le sourire. L'homme aux chevrons reste vide. Devant la bombe, le p'pa sort de son sac un long fil de cuivre. Je sais ce qu'il va faire. Cette fois, je me souviens du manuel de déminage. « Entourer la

capsule du détonateur. L'isoler. Tordre le fil.
Tourner l'amorce du percuteur. Doucement.
Jusqu'à entendre un bruit sec. » Il ne vient pas, ce
bruit. Là-haut tous les visages attendent. P'pa, si
tu foires ce geste, c'est fini. Il n'y a rien pour te
protéger. J'imagine la goutte de sueur sur ton
front. Celle que je guette, le mouchoir à la main
quand tu bricoles. Je dois l'intercepter. Pas trop
tard sinon tu rouspètes et pas trop tôt sinon tu
rouspètes. « Arrête de me pomponner ! »

Clac ! Le bruit s'entend jusqu'au sommet des
châteaux d'eau. Mon cœur s'ouvre en éventail. Il
y a même un applaudissement. Vite rengainé.
Quelque chose ne va pas. Aucun des visages que
je connais ne s'est relâché. Pas un sourire. Pourtant, elle est fichue, la Retardataire. Morte. Cre-
vée. Vous voulez que je vous montre le manuel ?
C'était bien une courge. Tu fais moins la fière,
maintenant. Le gendarme à moustache de cycliste
se rapproche. Prudent.

Le p'pa n'a pas l'air satisfait. Il ne se félicite
même pas. « Bien joué, Roger ! » Il reste le front
plissé. Soucieux. Comme si le plus difficile restait
à venir. Le p'pa dévisse un manchon chromé, les
doigts comme sur un roulement à billes. Ne lui
reste qu'un court tube trapu. Il s'écarte de la
bombe, s'accroupit et verse sur le sol le contenu
du tube. De la poudre noire. Il fouille dans son sac
de docteur, en sort une feuille de papier journal, et
quelque chose qu'il glisse dans sa manche. Il tor-
sade le papier en cierge. Non, p'pa, ne fais pas ça !
Tout à coup, je me souviens de cette histoire de
torche que tu n'aurais pas dû allumer. Laisse ça,

p'pa! Il se relève, jette le tube et regarde en direction de la m'am. On dirait qu'il lui demande du courage. Elle lui en donne. Mais pour quoi faire?

Le p'pa fouille dans la poche de son pantalon. Le gendarme pointe son fusil de suspicieux. Le p'pa lève les mains et le sourire. « Demande autorisation d'enflammer, chef. » Le gendarme réfléchit. Refuse, abruti! « Allez, chef, on se connaît. Depuis le temps. » Il abaisse le canon. « Autorisation accordée. » Le p'pa fait apparaître dans sa main une pochette d'allumettes. Non, p'pa! Il se retourne vers moi. Un clin d'œil. « T'inquiète, ça va aller. » Il enflamme le cierge de papier. Le jette sur la poudre noire. Rien. C'est normal. Le papier torsadé ne prend pas tout de suite. Tu le sais, p'pa. Ecarte-toi! C'est traître. Il s'accroupit. Ne fais pas ça!

Il y a un souffle. Il y a une lueur.

La silhouette du p'pa s'embrase. Une véritable torchère. Pas de cri. Seulement un grognement de bête. Mais hurle, p'pa! Hurle. La m'am est déchirée sur place. Je me précipite. Le gendarme me ceinture. Je vais le tuer.

— Reste là. Tu peux rien faire. Quel con! Je vais me faire coller un rapport, moi.

Le p'pa s'écroule à plat ventre.

Mon père est un Indien qui écoute la terre gronder.

On se précipite. Ça crie. Ça siffle. Une canadienne vole comme un épervier et couvre son corps. Non, pas le mouchard. Je ne veux pas qu'il aide le p'pa. Même pas qu'il l'approche. M'am, c'est pour ça que vous ne lui avez pas tiré une

balle dans la nuque ? Je la cherche. Elle est là-
haut, seule. Tonton Florent et les autres l'ont
abandonnée. Bande de lâches ! C'est ça, des amis,
des camarades, des frères pour la vie ? Qu'on me
passe une bombe de 500 kilos et je vais leur en
donner de l'amitié.

Le gendarme gueule. Il retourne le p'pa.

— Brancardiers ! Brancardiers, bordel de
foutre !

Pour quoi faire ? Il ne reste rien de son visage.
Une énorme araignée calcinée lui dévore les yeux.

J'échappe au gendarme. Je tombe à genoux près
du corps du p'pa. D'un revers, je rafle morve et
larmes. Qu'il ne me voie pas comme ça. Ni la
m'am, là-haut. Qu'est-ce que je peux faire pour le
ramener ? Lui souffler doucement sur le visage.
Apaiser sa peau comme du café brûlant. Apposer
mes mains sur lui. Elles sont minuscules. Lui donner ma vie. Prenez-la en échange. Je vous assure,
ça vaut. J'ai déjà vécu plus qu'il ne vivra jamais.
Tant de jours et tant de mois.

Ce n'est pas juste. Laissez-moi mon père. Il n'a
pas fini de demander les cinq mains de la m'am.
Vous ne voyez pas que c'est une blague. Il fait
semblant. La m'am a voulu lui donner son goût de
brûlé. Elle l'a raté. C'est tout. « Les hommes, il
faut les laisser mijoter. » Cette fois, m'am, tu l'as
carrément fait cramer, le p'pa.

— Brancardiers ! J'ai demandé des brancardiers, bordel !

Le gendarme continue de brailler. Moi aussi, je
vais appeler à l'aide. Une prière. Il ne me reste
plus que ça. Une imparable. Avec le saint idoine

et le miracle y afférent. Il parlait comme ça le curé qui ne voulait pas nous passer de Laurel et Hardy. « Ces enfants de Sodome ! » Et cette prière, tu la trouves ? Dans ma tête, je secoue un missel comme si j'y cherchais mes tickets de bus.

Ça marche. Il a dû en tomber de la poussière d'or. Le ventre du p'pa soulève son chandail bleu. Un rien de houle. C'est donc vrai. Tu n'es pas mort. J'avoue, mon père, que j'ai douté. Je vais peut-être me réinscrire au caté. Tu vis, p'pa. Tu seras peut-être seulement en fauteuil roulant. T'inquiète. Je le briquerai, le graisserai, le pousserai. On gagnera toutes les courses de G.I.G. Je rajusterai ta couverture. Je t'essuierai la bouche si tu baves. J'apprendrai à ne pas avoir honte devant les copains de l'école. Si en plus, tu es aveugle, avec ta carte de Grand Invalide de Guerre et la nôtre de Famille Nombreuse à 93 %, on ne paiera plus rien. Nulle part. La vie gratuite. T'imagines. Je te donnerai le bras. On se fera payer des grenadines dans les cafés. Tu signeras mes livrets. « Bien dans toutes les matières. » Oui, p'pa, c'est ce qui est écrit. Le dimanche, tu seras un arbitre à canne blanche. De toute façon, tu ne vois jamais les hors-jeu. La semaine on fera équipe. Toi tu vendras des savonnettes et moi je placerai des timbres contre la tuberculose. Allez, madame. Un bon geste. Prenez un carnet et une boîte de 12. Grâce à vous, les petits tuberculeux sentiront bon la lavande. « T'as pas honte d'écrire des choses pareilles pendant que ton père est peut-être en train de mourir. » M'am, c'est toi qui m'as appris qu'on disait certaines choses pour qu'elles n'arrivent pas.

Qu'est-ce qu'il ferait, le p'pa, s'il était défiguré?

M'am, tu te souviens, Gabin, le beau gosse de Villemomble. Il avait gagné à la Loterie nationale, avec un dixième de la tranche des Gueules cassées. Il s'était acheté une voiture neuve pour regarder ses yeux bleus dans le rétroviseur. Un chien qui passe. Gabin a traversé le pare-brise. Après, tout le monde l'appelait Gueule cassée. Il a brûlé ses sous, et s'est pendu, les poches de pantalon retournées, son billet épinglé à la chemise.

Le p'pa n'a plus jamais rejoué au tirage des Gueules cassées. « Ça porte la poisse. »

— Brancardiers! C'est pas trop tôt les gars. Qu'est-ce que vous foutiez, bordel?

Les deux chargent le p'pa comme un trésor et le recouvrent d'une couverture kaki jusque sous les bras. Le p'pa a toujours les mains collées au visage. Un chagrin qui n'en finit pas. Je n'ai pas vu qui a récupéré la canadienne. Mais je la reconnaîtrai. Elle a un passant de ceinture arraché. Les deux types à brassards de la Défense passive et bérets embarquent le p'pa comme à l'exercice. Ça ne leur pèse pas. Ils sont taillés en « V » de la victoire. Des gestes nets, calmes. Je les suis. « Hep, toi, merdeux! » Je me filoche. Le gendarme a trop à faire avec les badauds. « Quelle horreur! » « Le pauvre. » « C'est qui? » « Laisse-moi voir! » Je n'écoute pas. Moi, j'ai vu le ventre du p'pa se soulever. Ça me suffit. Je le crois. Il ne va pas mourir. Les brancardiers enfournent le brancard

par l'arrière d'une Juvaquatre à croix rouge. La
m'am ! Elle est là, comme une apparition, dans
cette petite foule excitée. On lui croirait une coiffe
blanche d'infirmière autour du visage. Au passage
du brancard, elle joue la bousculée. « Poussez
pas ! » Un pas trébuché et elle effleure la main du
p'pa. Elle a dû le cicatriser jusqu'au cœur. Oh,
m'am, si je pouvais seulement avoir une miette de
ton courage. Rien qu'une virgule de ton chromo-
some farouche. Et le fier aussi. Et le tendre, en
plus. Pensez-y, les parents, au moment du partage.

Je me demande, si j'avais à choisir, ce que je
prendrais à la m'am et au p'pa. Ce que je change-
rais. Mais les parents, ce n'est pas le restaurant.
Plutôt la cantine. On prend ce qu'on nous donne.

Moi, j'aime bien le hachis parmentier.

Les brancardiers filent un bon train. Je les colle.
Il y a quelque chose chez ces deux-là qui me rassure. Surtout cette façon qu'ils ont eue de ne pas
te regarder, m'am. Et toi, de ne pas les voir. Pourtant tu les connais. Je le sais. « Tais-toi. Tu vas
nous faire prendre. » La m'am me glisse du frais
sous la marinière. Au palper, un tube. Je le laisse
descendre au fond de mon short, et le récupère la
main dans la poche. Ma technique chez la boulan-
gère, pour les sucres d'orge. Ceux du bocal près
de la caisse. Un pain pas trop cuit, s'il vous plaît.
Et hop ! dans le short, le gros torsadé rouge et
jaune.

Une paluche me saisit à la marinière. Je me suis
fait prendre. Le boulanger va m'étouffer dans son
pétrin. Non, c'est un brancardier qui me happe à

l'intérieur de la Juvaquatre. « Hep, toi, le mer-deux ! » Trop tard, monsieur le gendarme, bordel-de-foutre. « Redis encore ce gros mot, et tu verras l'avoinée. » M'am, c'est pour caractériser le gen-darme. « Sa moustache de cycliste suffit. »

La porte de l'ambulance claque. La voiture démarre. Il fait noir là-dedans. Et la m'am ! Pour-quoi on ne l'emmène pas avec nous ?

Dehors, il y a des coups de sifflet, un fanion agité devant le pare-brise, des cris. « Blessé ! Blessé ! Laissez passer ! » Le p'pa est chahuté sous sa couverture. Je suis calé à l'étroit à côté d'un des brancardiers. C'est vraiment petit, une Juvaquatre. L'autre brancardier est assis à l'avant. Celui qui conduit, je le connais aussi. M'am, je peux dire leurs noms, maintenant. On est assez loin, personne ne va nous entendre. « Tais-toi. On ne sait jamais. »

— Roger, est-ce que ça va ?

Le brancardier à côté de moi se penche à l'oreille du p'pa.

— Roger, c'est Marcel. Le fils Robin, tu m'entends ? C'est bon, on est dans l'ambulance. Je suis avec Louis et Le Rouge. Tu as mal ? Tiens le coup, on va te faire de la morphine. Bouge pas encore. Avant l'hôpital, il reste un contrôle à pas-ser.

Le fils Robin, Le Rouge et Louis Bodin ! Le Rouge porte autour du cou le foulard de la fille exécutée par le maquis. « Je t'ai déjà demandé de ne pas parler de ça. » M'am, c'est simplement pour dire, que dans ces trois-là, j'ai reconnu les costauds à bicyclette qui avaient fait déguerpir le voisin qui voulait m'empailler. Tu sais, la nuit du Graf Spee ? Avec eux, moi aussi je me sens taillé en « V ». Même si je me demande ce que c'est que cette histoire d'hôpital.

— Tu te rends compte, Roger, tu l'as fait. Quand on a vu cette flamme ! Là, on a cru que t'y passais. T'as bien joué le coup. Ça ressemblait à un accident. On s'est demandé si t'avais pu t'anesthésier. On t'a pas vu te piquer.

Moi non plus.

— La canadienne est arrivée juste au poil. Tu l'as fait, Roger ! Tu te rends compte.

Le fils Robin en oublie qu'il ne faut pas trop secouer le p'pa. Je ne comprends pas ce que le p'pa a fait. La Juvaquatre s'arrête à une chicane de sacs de sable. Au volant, Le Rouge parlemente avec un képi qui fouine par la vitre baissée.

— Paraît que vous avez du cochon grillé là-dedans.

— C'est un démineur qui s'est fait sauter. On l'emmène à l'hôpital de Nevers. Il est dans un sale état.

— Ça se sent. Même sans carte d'alimentation, j'en voudrais pas.

On repart. Je me demande ce qui leur arrivera à tous ces porteurs d'uniformes bleus. Par la lunette arrière, je les regarde s'amenuiser.

— Une minute et ça va être bon, Roger.

Le fils Robin se tourne vers moi. Même son regard a des épaules. D'un geste brusque, il soulève ma marinière.

— Où tu l'as mis ?

Quoi ? Le sucre d'orge, le torsadé rouge et

jaune ? C'est pas moi, monsieur, je vous jure. J'ai
déjà assez de caries. Il plonge sa main au fond de
mon short comme dans une bourriche et en ressort
un tube argenté qui frétille entre ses doigts. C'est
donc ça que la m'am m'a glissé. On dirait un étui
à cigare. Marcel le dévisse, l'ouvre et fait glisser
dans sa main une seringue graduée. Une seringue !
Je manque en perdre tout ce qui me reste dans le
short. Il y avait une seringue, là, entre mes jambes.
Un cahot de la Juvaquatre et l'aiguille me transper-
çait le couroucou comme le front des Ardennes.
J'ai une suée.

— Comment tu te sens, Roger ? Respire bien.
Avant le bandage, je vais te piquer. Pense à Paulette. Elle va nous rejoindre en moto avec Florent.

Je préfère ne pas regarder, même en pensant à
la m'am. L'odeur d'éther me suffit pour avoir
l'omoplate en okoumé. Il y a un râle. « Merde, j'ai
manqué la veine ! » J'ouvre les yeux. Le p'pa se
redresse d'une pièce. Un mort vivant, assis raide
sur le brancard. Son visage est brûlé à blanc, les
yeux grands ouverts. Intacts. Avec ce regard noir
ciré comme ses chaussures du dimanche. Le p'pa
ne sera pas aveugle. Tant pis pour mon carnet de
notes. Et il parle.

— Purée, les gars, ça m'a sonné. Dans les
flammes, j'ai vu brûler toute ma chienne de vie en
une seconde. Mais il en manque des bouts.

Qu'est-ce que tu racontes, p'pa ? Tu m'as toujours dit qu'au moment de désamorcer la bombe,
il y avait eu un sifflement de 1/1 000 de seconde
et que pendant ce 1/1 000 tu avais vu défiler toute

ta vie. Juste avant que la bombe ne te « saute à la gueule ».

Ce n'est pas le moment de changer de version, p'pa. C'est trop tard. Celle avec les flammes est moins intéressante. C'est comme si on venait de me voler une histoire. Je suis vidé. Il me faut une piqûre de remontant. Ne ratez pas la veine. Ça tourne! La Juvaquatre valse et fait un tonneau. Drôle de salle de danse. Je m'évanouis.

— Eh, gamin, tombe pas dans les pommes. On va avoir besoin de toi.

Je suis où? On roule toujours. L'arrière de la Juvaquatre a été transformé en salle des cartes, avec briefing d'avant opération. Louis est passé à l'arrière. Je mets du temps à comprendre que le troisième homme, la momie enrubannée façon Homme invisible, c'est le p'pa. Je le reconnais surtout au bleu électrique de son chandail calciné.

— Marcel, c'était pas possible de se passer du gamin? Ça risque de barder à l'hôpital.

— On en a déjà discuté, Roger. D'abord, il est censé être ton fils. Mais surtout, il nous le faut à l'hôpital pour le conduit d'aération.

Un conduit! Pas question que je passe là-dedans. J'étouffe à en mourir rien que d'y penser. Dis-leur, m'am. Toi, tu sais pourquoi.

— Les gars, on revoit les consignes une dernière fois.

Le fils Robin est à la manœuvre. Le crayon en main, un plan étalé sur une valise à pharmacie.

— André, en arrivant à l'hôpital, pas trop de discrétion. Ça ferait louche. Tu klaxonnes à tout va. On est pressés. C'est une urgence. On a un grand brûlé. Faut qu'ils se bougent les fesses.

Tout le monde opine. Le fils Robin continue à promener son crayon sur le plan.

— Tu passes le porche à cette flèche et tu t'arrêtes porte B de l'aile Nord. On décharge Roger. Après, tu t'occupes plus de nous. Tu vas garer la voiture devant la lingerie. Aile Sud. Ici. C'est marqué. En marche arrière surtout. Tu n'en bouges plus. Si on vient, t'es en panne. Débrouille-toi. Il faut que tu sois là quand on va revenir avec notre colis. Sinon c'est foutu. Et vous savez les conséquences.

Ils ont l'air de savoir. Même l'Homme invisible. J'aimerais bien qu'ils en disent plus. André doit penser comme moi. Il freine et se retourne.

— Marcel, on sait toujours pas qui c'est, le colis ?

— Vaut mieux pas, les gars. Si on tombe dans les pattes des salopards de l'Ecole normale, on n'aura rien à leur dire.

— Les Sections spéciales. Pire que la Gestapo, ces fumiers. Des policiers français, en plus. T'imagines ?

— Depuis qu'on a flingué le Darlan, ils sont comme des chiens. Ils auront leur compte, crois-moi.

Les mots de Louis font descendre dans la Juva-quatre un « silence de baignoire ». Une expression du p'pa. On a mis longtemps à comprendre qu'il pensait à la prison. Les interrogatoires. On avait l'impression qu'il ne restait au p'pa, de la guerre, que quelques mots asphyxiés qui de temps en temps remontaient à la surface, pour un peu d'air. « J'ai les souvenirs comme des poissons rouges. »

Dans l'ambulance, ça discute.

— Les gars, le contenu du colis ne nous regarde pas.

— Quand même, Marcel, on risque notre peau.

— On est tous volontaires, Le Rouge. Personne nous force à être là.

J'ai bien envie de dire que, moi, si, un peu, quand même.

— Le colis, c'est important, les gars, mais n'oubliez pas que le groupe du commandant Roland interviendra derrière nous à l'hôpital. Eux, c'est six gros bonnets qu'ils ont à sortir du pavillon Bricheteau.

— Pour moi, Marcel, y'a pas de gros bonnets. Que des camarades.

— Quand même, Géo, Bob, La Boulange, Lepetit, Genet...

— Que des camarades.

Je me demande qui est le sixième. Le Rouge redémarre sec la Juvaquatre. Marcel s'occupe des bandages de l'Homme invisible. Amusé, Louis chantonne « Ça sent si bon la France ». Pourtant, dehors, il n'y a rien qui puisse faire penser à la chanson. Sauf peut-être « cette brunette aux yeux de paradis » qui traverse devant la voiture « hors des clous ».

— Attention, Le Rouge ! C'est la fille de l'Etienne. Moins une que tu l'écrases.

— Ça m'aurait évité de le faire quand on aura viré les boches. C'est une fricoteuse.

Au passage, la brunette fait voler sa jupe effrontée en défiant Le Rouge du regard. J'essaie de l'imaginer au milieu de la place, assise sur une chaise, la tête baissée, le crâne tondu, l'écriteau au cou. Pas facile de garder ses yeux de paradis.

M'am, je sais ce que tu vas me dire. Que c'étaient des pauvres filles seules. Qu'il fallait bien qu'elles nourrissent leurs gosses. Et qu'il y en avait d'autres qui méritaient bien plus. Pourtant, toi aussi t'étais seule. Et avec neuf enfants ! Et tu n'as pas fricoté. « Tais-toi, tu peux pas comprendre. Au lieu de parler de ça, tu pourrais donner à boire à Roger. »

Louis fait ça très bien. Avec une gourde militaire et une sorte de chalumeau glissé entre les doigts du p'pa. La m'am a raison, j'aurais dû y penser le premier. Je les envie de savoir faire ces gestes-là. Entre eux.

Marcel et Louis regardent une plaque de rue, l'air songeur. Un jour, à Vauzelles, il y aura une rue Marcel-Robin et une autre Louis-Bodin.

Marcel continue d'expliquer et d'expliquer encore, son crayon sur le plan. Le Rouge regarde dehors. Inutile. Il n'y aura pas de rue à son nom. Je ne sais pas comment la mémoire choisit ses adresses. « La postérité, c'est de la sclérose en plaque. » Ça, m'am, je crois que je vais te le piquer.

Nevers.

Le panneau avale le pare-brise. La campagne disparaît d'un coup. La ville nous tombe dessus, la guerre plantée dans les reins. Ça change de Vauzelles. Moi qui voulais une reconstitution histo-

rique en costumes, je l'ai. Mon cœur a envie de
descendre en marche.

— On approche. Vous vous souvenez ?
1er étage Nord. Pièce 119. Le Dr Berkle. Pas un
autre. Maintenant, voyons les remèdes.

Le fils Robin fait disparaître le plan et ouvre la
pharmacie qui ressemble à une boîte à ouvrage.
Sous le premier compartiment, il y en a du
remède. Marcel distribue.

— Roger, fais attention, le tien a le percuteur
capricieux.

— C'est normal. Il ne connaît que la voix de
son maître. Il faut taper au cul du chargeur.

Le p'pa montre le geste sur son 7,65. Le nic-
kelé. Celui qui était si mal caché en haut de
l'armoire. Son revolver du maquis. Pour moi,
c'était comme l'arc de Robin des Bois. Là, dans
l'étroit de cette Juvaquatre, il fait calibre de mal-
frat. Je suis déçu. Avec lui, j'en ai exécuté des
mouchards dans mon cerisier ! Je viens de perdre
un compagnon de jeux.

Louis range la boîte à remèdes sous la ban-
quette. J'ai vu passer une mitraillette avec la
crosse en tube. Celle-là, je sais la démonter, les
yeux fermés. J'ai lu un livre. Personne ne
m'entend.

— Allez, tout le monde en place. Allonge-toi,
Roger. Rappelez-vous, les gars. On a un grand
brûlé.

André klaxonne à tout va. Halte. Le panneau
devant le portail parle deux langues. Pas de soldats en vue.

— Ça va! Ça va! Arrête ton boucan. C'est pas un mariage.

André passe des documents à un policier à lunettes dans la guérite. Je n'arrive pas à lire le numéro de matricule sur son col. La porte arrière s'ouvre brusquement. Une forme en imperméable balade le faisceau d'une torche. Il s'arrête sur moi. Le Rouge se retourne vers nous. « Ça coince pour le gamin. » On évite de se regarder. Pendant le trajet, ils avaient évoqué la « foirade » et les solutions. C'était toujours à base de remèdes. « Ils veulent voir le môme. »

Je descends avec l'envie de me sauver à la Jesse Owens! Deux balles dans le dos. Encore une plaque commémorative mal placée. L'imper m'emmène jusqu'à la guérite. Le policier à lunettes me détaille, avec des aller-retour entre les documents et moi. Il a l'air soupçonneux, mais il est seulement enrhumé. Qu'est-ce qu'il compare? Si c'est moi et la photo du p'pa, je suis tranquille.

Il rend les papiers à André en se mouchant. Je vois passer la photo du p'pa. C'est bien celle sur sa fiche d'embauche aux Ateliers de Vauzelles. Celle sur laquelle on se ressemble le plus, lui et moi.

— Sûr qu'il peut pas le renier son moufflet. Mais, après ça, ils seront moins jumeaux. Allez, avancez!

A l'intérieur, on me félicite. Je joue le modeste. Je n'ai rien fait. Juste ressembler au p'pa. Mais je suis fier. Fier et inquiet. Est-ce que je lui ressemblerai autant, après? Le fils Robin regarde sa montre.

— Le groupe de Roland opère dans trente minutes. C'est parti ! On se dit merde, les gars.

On n'a même pas le temps. La cavalcade saisit le p'pa sur son brancard. Un vrai départ de kermesse au village pour course de chaises à porteurs. Moi je fais le groom. Je tiens les portes ouvertes, sans comprendre ce qui se passe. Que je comprenne ou non, ma trouille s'en moque. Elle s'installe et prend ses aises. On déboule dans les couloirs. Le fils Robin braille, Louis braille. Je braille. « Un brûlé ! Un brûlé ! » Efficace, le coupe-file. Au rez-de-chaussée, on fend un embouteillage de chariots, fauteuils roulants, béquilles, paillasse en travers, et lits abandonnés. Notre équipage passe en revue toutes les sortes de blessés, bandés, ébahis, abattus, décorés. Ruban bleu sur bras en écharpe. Une petite fille joue à la dame avec les chaussures de sa mère endormie au pied de l'escalier.

Il y a combien de temps que je n'ai pas pu jouer, moi ?

Premier étage. Le long couloir s'apaise. Le fils Robin et Louis ralentissent. Ils inspectent les inscriptions. Un homme maigre en pyjama poursuit des mouches invisibles avec un vaporisateur de Fly-Tox. « Pchuit-pchuit ! » Il a un regard inquiétant. Mes battements de cœur s'alignent sur les numéros de portes... 117... 119... Louis me fait un signe. Je frappe au 119. Pas de réponse. J'ouvre. Un cabinet de consultation. Vide. Ça pue la cuti. On entre. Ils déposent le brancard du p'pa. Un jour, je demanderai une panoplie d'Homme invisible à Noël. Ce sera notre secret. Le fils Robin regarde sa montre. Un signe. « Surtout pas de bruit. » Comme à la visite médicale de l'école, quand j'ai peur, je fixe la toise et je me fabrique un rêve. Toujours le même. Je grandis d'un seul coup et je suis dispensé de piqûre. La porte de communication s'ouvre à peine, sur un barbicheux en blouse maculée de blanc.

— Bonjour messieurs. Docteur Berkle. Voyons ce blessé. Ça n'a pas l'air d'une intoxication aux praires.

— Non, plutôt un coup de soleil.

Je mets deux secondes d'idiot à comprendre que je viens de voir filer un mot de passe. Je croyais que c'était du folklore ces histoires. « Ça n'a pas l'air d'une intoxication aux praires. » C'est ce que le p'pa avait dit, en vacances, à une de mes sœurs brûlée par un coup de soleil. Si j'avais su, j'aurais rigolé avec lui, au lieu de croire à un effet de l'anisette. A la naissance, on devrait recevoir le dossier de ses parents. Ça aiderait.

— Suivez-moi, messieurs.

Derrière le Dr Berkle, on déambule mi-archives, mi-bureaux, jusqu'à une chambre aux rideaux tirés sur une haute fenêtre. Il y fait une pénombre de sieste en colo. Derrière un paravent, deux lits bordés propres et une table de chevet métallique posée entre. Sur un des lits, une forme allongée.

Un deuxième Homme invisible !

Même bandage que le p'pa. Même chandail de laine bleu électrique. Moins brûlé. Qu'est-ce qui se passe, ici ? Le p'pa se redresse et se lève du brancard. Il peut marcher ! Même pas de fauteuil à graisser plus tard. Il passe derrière le paravent, et rejoint l'autre Homme invisible. Les deux semblent un peu gênés de se faire face. Dans cette chambre étroite et haute, on dirait qu'un immense miroir a été descendu des cintres. Les deux Hommes invisibles se dévisagent en silence. L'un finit par tendre la main à son reflet mal synchronisé. Ils tournent et échangent leurs places en se frôlant comme dans un couloir de train. J'ai l'impression d'avoir changé de père.

C'est pour ce type que le p'pa a risqué de se défigurer? Pour le faire sortir d'ici sous un bandage. J'espère qu'il le mérite.

Le Dr Berkle va à la fenêtre. Il écarte à peine le rideau et montre le bâtiment d'en face au fils Robin et à Louis.

— Le pavillon Bricheteau. Les gars sont là. Ils attendent le signal convenu. A partir de ce moment-là, ce sera au commandant Roland et à son groupe d'agir.

Les trois hommes se regardent. On dirait qu'ils ne savent pas qu'ils sont simplement courageux. Le fils Robin s'approche du p'pa.

— Roger, tu restes dans cette chambre. Nous, on repart livrer le colis. Paulette va arriver avec tes affaires.

Le p'pa reste là! Et moi?

— Si ça tourne mal, Roger, on te fait prévenir par le Dr Berkle. Là, il faudra que tu décroches. Tu pourras pas retourner à la prison. Tu sais ce que ça veut dire, pour toi et ta famille.

Moi, je préfère ne pas savoir. Louis m'entraîne par les épaules. « Il faut y aller. » Moi, je ne veux pas. Pas déjà. Pas maintenant. Pas du tout. Allez, ne fais pas honte à ton père. Les au revoir sont sobres. J'ai peur de ne jamais revoir le visage du p'pa. Le vrai. Avec ce luisant d'oasis si rassurant sur les photographies. C'est l'image que je veux garder de lui. Je ne me retourne pas. La porte de la chambre se referme.

Le couloir pue la serpillière mal rincée. On est à peine sortis, que le simplet au Fly-Tox se précipite sur le brancard et vaporise l'Homme invisible. « Des mouches ! Pchuit-pchuit, des mouches ! » Marcel lui attrape le poignet. « Ça suffit, toi ! » A travers son sourire de niais, il glisse au Dr Berkle : « Gaffe ! Pchuit-pchuit, des mouches vertes, escalier B. » On reflue dans la chambre du p'pa. A notre entrée, il se dresse sur le lit, son 7,65 à la main. J'ai l'air malin avec mes adieux de music-hall de tout à l'heure. Le p'pa a du mal à se tenir assis. Il doit s'appuyer au mur. Louis le rassure. Le docteur officie.

— Il ne faut surtout pas qu'on les voie ensemble. Vous par ici. On laisse le garçon avec son père. Je vais voir ce qui se passe. Vous ne bougez pas tant que je ne suis pas revenu.

Louis et le fils Robin disparaissent par la porte de communication, avec l'autre Homme invisible sur le brancard. Je reste seul près du p'pa. Il est retombé allongé. Vous voulez de l'eau ? Je crois qu'il dit non de la tête. Tu as vu, m'am, j'y ai pensé. « Tu vouvoies ton père, toi, maintenant ? » M'am, je suis un peu perdu. Heureusement que tu vas arriver, avec ton thé Peyronnet, un change propre pour le p'pa, une serviette nid-d'abeilles, son blaireau, du fromage blanc, des poireaux en vinaigrette, le journal, sa pendulette. « T'as pris des lames pour mon Gillette? » « Un paquet de jaunes. » La m'am n'oublie jamais rien. Elle est même capable de lui avoir trouvé des fraises de novembre.

« Qu'est-ce que je ferais, sans toi? »

J'aurais aimé, au moins une fois, entendre le p'pa le dire à la m'am.

« Il n'a pas besoin de le dire. Je l'entends. »

P'pa, réveille-toi. On n'est plus que tous les deux dans cette chambre. C'est le moment. Raconte-moi la fin de la nuit du Graf Spee. Allez, décide-toi. Le Dr Berkle peut revenir à tout moment. Je devrai le suivre avec l'autre Homme invisible. Si tu veux, p'pa, je t'aide.

Souviens-toi. Pour échapper à la malédiction et obtenir la main de la m'am, tu dois formuler cinq demandes en douze heures. Déjà deux. Les grands-parents, et la mère de Lulu. Avant d'affronter la Charron pour la troisième, tu es allé me coucher en pleine nuit, chez la m'am.

C'était agréable. Propre. Sombre. Un peu comme ici. Tu te le rappelles? Le p'pa ne bouge pas. J'ai honte d'insister. J'ai l'impression de lui soutirer ses derniers mots. Ses dernières forces. Je vais le vider. Le faire mourir. « C'est pas raconter qui fait mourir, c'est rien dire. » D'accord, m'am, mais regarde comme il est fatigué.

Dors, p'pa. Tu l'as bien mérité. Excuse-moi de t'avoir embêté. Je vais te « quitter » la montre, comme tu dis. Je sais que tu ne peux pas t'endormir avec. « J'ai l'impression d'être menotté. Ça me rappelle la prison. » Je cherche un clou dans le mur pour l'accrocher. Il y en a toujours un. La trotteuse lumineuse fait sa ronde. J'aime bien savoir qu'elle veille sur toi.

Je prends son 7,65 au p'pa. Le premier qui entre sans le mot de passe, je l'abats. Avec l'oreiller en silencieux, je m'entraîne à exécuter le mouchard à la canadienne et le contrôleur. Celui qui avait essayé de coincer la m'am dans les toilettes des Ateliers. « Regarde-moi ça, tu m'as mis des plumes partout ! Ma parole, tu as le diable dans la peau. » Un diable café au lait, m'am.

— N-i-ni, c'est fini.

Je sursaute. C'est la voix du p'pa sur son lit. Très faible. Qu'est-ce que tu dis ? J'approche l'oreille. « N-i-ni, c'est fini. » Ne dis pas ça, p'pa. Les toubibs vont revenir et te sortir de là. Tiens le coup. « N-i-ni, c'est fini... Bel Ami. »

Le p'pa n'est pas en train de mourir. Il chante !

Il chante avec cette voix d'expirant qui va si bien à Tino Rossi. « Attention, critique pas Tino ! » M'am, j'ai même jamais dit qu'il avait chanté en 42, pour les collabos de la L.V.F. « Et André Claveau, alors ? »

« C'est fini... Bel Ami. » Ecoute, m'am. Le p'pa chante. C'est votre chanson de mariage. Pour toi. Il rêve. P'pa, tu le sais, on ne peut pas raconter votre noce. Pas avant que tu aies fait tes cinq demandes. « Ça porterait la poisse. » Tu es d'accord, p'pa ? Je ne le saurai jamais. Le p'pa s'est endormi. Il ronfle.

C'est fichu. Quand le p'pa ronfle, une bombe de 500 kilos pourrait bien exploser dans la pièce à côté qu'il ne me raconterait rien. Tant pis. Je m'allonge sur l'autre lit. J'essaie de réfléchir, mais il y a trop de place dans ce lit. J'étouffe. Je n'ai pas l'habitude de dormir seul.

Le p'pa s'agite. Il souffre. Saleté de morphine ! Ils auraient pu lui en donner avant de partir. Allez p'pa, viens, on s'en va d'ici. Je te ramène. On retourne à la nuit du Graf Spee.

Cette nuit-là, tu n'as pas mal. Ton visage brille. De retour du cimetière, tu viens de me coucher chez la m'am, dans la chambre des enfants. Au milieu de mes frères et sœurs.

Viens, p'pa, on se dépêche. Le Dr Berkle peut revenir n'importe quand.

9

La Ribambelle

*Comment le héros, devenu l'aîné de sa
famille, voit, une nuit, sa sœur l'entreprendre
et la bonne l'initier au trot de l'âne.*

17 décembre 1939

Bien recroquevillé au chaud du lit, j'écoute la
coquille d'huître qui ronchonne dans la bouilloire.
Ce n'est jamais content, une coquille d'huître. Des
voix chuchotent. Deux garçons. Ils ont un accent
de la campagne et certainement autour de mon
âge. Leur conversation découpe des petits blocs
dans l'obscurité de la chambre.

« Qu'est-ce qui se passe, Jacky ? » « Quelqu'un
a amené coucher un gosse. » « Maman a eu un
autre enfant ? » « Mais non, pas ce soir. » « C'est
quoi, alors ? » « Je sais pas, mais c'est dans le lit
des filles. » « Encore une pisseuse ! Ça fait 5 à 4.
Tu vas voir qu'elles vont finir par égaliser. C'est
quel âge ? » « Demande aux sœurs. » « Psut ! les
filles, c'est quoi votre paquet ? » « Guy et Jacky,

taisez-vous ! Vous allez réveiller la p'tite. »
« Allez, la Grande, regarde juste ce que c'est. »
« Je vous préviens, tous les deux, si Evelyne
pleure, vous vous débrouillerez avec maman. »

Je compte sur mes doigts. Dans cette chambre,
il y a Jacky, Guy, Evelyne et la Grande. Il en
manque quatre. Vite ! Vite ! Dormons. Que ça
continue. Croisse et multiplie, comme dit le caté.

« Allez, la Grande, vois qui c'est. Nous on peut
pas, c'est toi qui as la lampe. Ou alors, prête-la. »
« Pas question, les garçons, on a dit qu'on
l'économisait pour lire le *Match* de maman. »
« Alors, mets-y les mains. Ça use pas les piles. »
« Je dois d'abord aller changer la bouillotte de
Josette. Elle est encore prise de la poitrine. »

Avec Josette, n'en manque plus que trois. Moi,
pour ses bronches, j'aurais mis un emplâtre des
Chartreux. La Grande sort du lit et me découvre
jusqu'à la taille. Un frais indiscret qui me coupe
en deux, mais je ne bouge pas. Je l'entends remplir la bouillotte. Comment fait-elle, dans l'obscurité, pour ne pas se brûler au deuxième degré ?
« Dors, ma Poussette, dors. » Elle se recouche. Me
voilà l'indiscrétion recouverte.

« Alors, tu regardes ce que c'est. » « J'y vais.
J'y vais. » On me palpe façon mastic de vitrier.
« Je vous raconte, les garçons. Premièrement,
c'est chaud. Pas très épais. Ferme quand même.
Dans les dix ans. Comme toi, Jacky. Peut-être
plus. Des fesses. Deux. Et, après vérification, ce
serait bien... un garçon ! »

Mon couroucou ! Et à pleines mains. En voilà
des manières entre frères et sœurs.

« T'es sûre, c'est un garçon ? » « Je vous ai assez vu le bout de zan dans le baquet, pour avoir des points de repère. » « Ça fait : 6-3. Vous prenez la piquette, les filles. »

C'est la première fois que j'ai l'impression de marquer un but avec mon couroucou. Par élimination, je crois savoir quelle sœur vérifie et revérifie si je suis un garçon. Ça suffit ! Josette n'a pas trois ans, et Lilyne est dans les langes. La Grande, c'est Monique. Même à sept ans et demi, elle est déjà la Grande de la famille. Elle l'a toujours été. Monique chantonne.

« Escargot de Bourgogne, montre-moi tes cornes. » « Tu n'as pas honte ? » « Hé, les garçons. Est-ce que je m'occupe de ce que vous fricotez avec la bonne, moi ? Et arrêtez de m'appeler la Grande. »

Silence en face. Mouchés, les frangins. La bonne ! Encore un mystère de famille. Comment la m'am fait-elle pour avoir une bonne, à cette époque, dans sa situation ? Veuve, huit enfants et sa seule paie de coursière aux Ateliers de Vau-zelles. « Justement, quand je me suis trouvée veuve, les Ateliers m'ont donné un travail et quelqu'un pour m'aider à la maison. » Je cherche son prénom. « Une fille comme ça ! » Quand la m'am lève le pouce pour parler de quelqu'un, avec une moue qui veut dire « Chapeau ! » elle a tout dit.

« Pendant l'Exode, c'est elle qui se coltinait la charrette. » C'est vrai, m'am, que quand vous avez quitté la maison, tu as laissé un mot sur la porte aux Allemands : « Prenez tout mais cassez rien » ? « Et alors ? Ils avaient pas tous les droits. »

« Monique, à ton avis, c'est qui ce mouflet ? » « N'importe. C'est pas la première, ni la dernière fois qu'on met un gosse à dormir, ici. » « Ce serait pas le fils de Bénoune le copain de tonton Lulu ? Il était là, ce soir. » « Ils sont là tous les soirs, avec Florent, pour la belote. » « Oui, mais t'as vu, l'autre matin, comment ça a claqué quand Michel l'a appelé "Banania !" pour rire. Tu crois qu'elle va le marier pour remplacer le père ? » « Si maman devait se marier à chaque fois qu'on prend une calotte. » « Ou peut-être avec tonton Lulu. Lequel tu préfères, toi ? » « Elle peut pas se marier avec le frère de papa. » « Pourquoi ? Comme ça on changerait pas de nom. » « On est très bien comme on est. On a pas besoin d'un homme. » « Et si c'est la vraie guerre ? » « Encore pire. Il partira soldat. Faudra lui envoyer des colis. » « Quand même, Bénoune, il joue drôlement bien au foot et il a une chouette moto verte. Pas tonton Lulu. » « Ça c'est vrai. Et avec un side-car. »

Un bébé pleure. Les commères se taisent.

« Ça y est ! On a réveillé Josette. C'est rien. C'est rien, Poussette. Allez, les garçons on dort maintenant. Et rappelez-vous ce qu'on a décidé l'autre soir : cette année, c'est la guerre, on demande rien à Noël. Juré ? »

Je n'avais pas réalisé qu'on était à une semaine du 25 décembre. Pas réalisé non plus que certains de mes frères et sœurs étaient des bébés quand leur père est mort. Pas réalisé que si Lilyne n'était pas née à ce moment-là, cela voulait dire que la

m'am était enceinte quand elle est tombée veuve.
La première layette d'Evelyne, ça a été le noir.

« Tu entends comment tu parles de moi ? Tombée amoureuse ! tombée enceinte ! tombée veuve !
Avec toi, c'est plus une vie que j'ai, c'est une
patinoire. »

M'am, tu veux bien qu'un jour, je fasse un
cahier avec tes phrases ? « Mets plutôt la table. »

« Monique, on avait dit qu'on lirait le *Match* de
maman. Je l'ai pris en douce, mais faut que je le
repose à sa place, demain matin, sinon, ça va barder. » « D'accord, Jacky, mais pas longtemps.
C'est vous qui venez, les garçons. » « Oui, mais tu
lis. On comprend mieux quand c'est toi. »

Les deux frères rappliquent. Ils m'écrasent à
moitié. Monique allume. La lampe a le teint jaune.
Y'a intérêt à l'économiser. Elle éclaire un coin de
magazine ouvert. *La guerre (suite).* Ça ferait un
joli titre. *En trois mois, la guerre a fait le tour du
monde.* On voit une série de cartes où les continents se noircissent. On dirait les radios des poumons d'un mineur silicosé. Il en a plus pour très
longtemps, le gars. Sur l'autre page. *Dans les coulisses des prix littéraires.*

« Non, Monique, on regarde dans l'ordre. La
couverture d'abord. Pas mal le cheval. » *Match.
14 décembre 1939, 2 francs.* « Tourne. Hé ! Mate
la pépée Usines du Rhône. Moi je veux bien
prendre de l'aspirine. » « Prends plutôt des vitamines. »

Les garçons ricanent. Monique soupire. Je ne
vois que leurs mains. Les pages défilent en noir et
blanc avec ce bruit qui dit que l'histoire continue.

Monique lit sur le ton des actualités Pathé. « *Partout la guerre. Les Allemands sont à 100 mètres.* » Des ruines. Un ciel de fumée noire sur la mer. « Le Graf Spee ! » « Mais non. Ils l'ont coulé tout à l'heure à la radio. Il peut pas déjà être dans le journal. »

« C'est quoi, cette voiture ? Lis un peu, Monique. » « *Léon Daudet arriva le premier à Drouant...* » « Non, la photo en bas. » « *Sacha Guitry, arrivé le dernier, bondit de sa voiture, s'excusa, brilla et vota également contre Hériat.* » « C'est qui Hériat ? » « Ben, celui qui a eu le prix. » « Quel prix ? » « Et sur la voiture, ils disent rien sur la voiture ? » « Mais lis donc. » « *Le prix a été décerné, au second tour, à Philippe Hériat pour son roman* Les Enfants gâtés. *Il obtint six voix contre deux à Robert Brasillach...* » « C'est peut-être bien une 402, cette voiture. » « *Après avoir gardé à Paris une station de métro — la station "Goncourt" ! — il creusa des tranchées de la défense passive et il est maintenant au service de la Censure.* » « C'est quoi la censure ? » « Un type qu'empêche les autres de parler. » « C'est qui qui fait ça ? » « Celui qui a eu le Goncourt. » « Et on gagne un prix pour ça ? » « Mais non, une station de métro. » « Ça doit être bonnard d'avoir un métro à soi tout seul. » « Moi, je préfère la voiture. Tourne ! » « *Ces dames du prix "Femina Vie Heureuse".* » « Ah, non ! Y'a que des prix, à Paris. C'est pire qu'à l'école. Tourne ! En tout cas, ils ont l'air de bien manger. » « Les portes de la 402, ça s'ouvre pas dans ce sens ? C'est plutôt une Hotchkiss. » « Tourne. Arrête ! Voilà, ça, c'est de la pépée ! » « *Pudy voulait simplement maigrir. Elle est devenue la première gymnaste du monde.* » « Regarde son soutien-gorge. On voit tout par en dessous. » « Y'en a moins que la bonne. » « Touche pas. » « Si elle s'inscrit à la Vauzélienne, moi j'y vais tout de suite. » « J'ai dit pas touche. Je tourne. Chut ! »

Monique fait taire. Elle coupe la lumière. On guette.

« C'est rien. Je croyais que Josette toussait. » « Rallume. Tourne encore. »

Un Spitfire ! Une pleine double page. Tout en ombre. Qu'est-ce que j'aimerais le piloter ! Rien que pour voir comment c'est, un badin. « *Retour au crépuscule. Sur un terrain camouflé.* » Je voudrais que Monique s'arrête sur ce pilote fatigué. Encore harnaché. On dirait le p'pa qui rentre du travail, son ploum à l'épaule. Drôle d'idée d'avoir inventé la photo couleur. Ça en enlève. « Tourne. » « *Georges Simenon. Les Inconnus dans la maison.* » La lampe faiblit tout à coup. Heureusement. Ça évite qu'ils se demandent : C'est vrai, au fait, qui c'est ce gosse inconnu dans notre maison ?

« La pile est morte. » « Vite, Monique, va à la fin. Y'a la pépée Cadum. » « *Achetez un bon d'armement de 100 francs.* » « Mais tourne donc ! » « *Rhum St James Produit de l'empire français.* » Le soleil de la lampe s'éteint là-dessus. « On a raté la pépée Cadum ! » « T'y penseras demain en te lavant. » « Tu parles, avec notre savon sans savon, je vais plutôt voir la tête de la bonne. » Guy et Jacky rigolent. « Cette fois, les garçons, on dort. »

Moi, je me retourne sur le ventre. On ne sait jamais. Les filles, même en forme de grande sœur, ont l'air délurées à cette époque. Les garçons aussi d'ailleurs. Il faut que je m'empêche de dormir. Que j'en profite. Ce soir, je suis au milieu de mes grands frères et grandes sœurs. Et cette fois, c'est moi l'aîné.

*

— Debout, là-dedans !

Le Dr Berkle ! Je me réveille en sueur. Il va m'emmener, loin du p'pa. Loin de cette chambre. S'il vous plaît, encore un peu...

— Debout là-dedans !

C'est la m'am qui envoie le coup de clairon du matin. Ce n'était qu'un cauchemar en blouse blanche. La m'am traverse la chambre, tire les rideaux d'un coup sec et ouvre la fenêtre comme si on n'était pas en décembre. « Ça sent le zoo ! » Je découvre un véritable dortoir de colo. Plus enchevêtré. Avec draps, polochons, couvertures, et édredons en avalanche. Des têtes emplumées émergent. Pas facile de mettre un prénom sur chaque pioupiou. Qu'est-ce qu'ils se ressemblent !

— On est lundi. Il y a école ! Je veux personne en retard. Nous sommes le 18, Saint-Gabriel, il fait 5° à la fenêtre de la cuisine. C'est toujours la drôle de guerre aux informations et celui qui a pris mon *Match* de la semaine, le repose dare-dare à sa place.

Au passage, la m'am distribue quelques tapes de fessiers, pour faire circuler le sang. « Allez, allez ! » Et ressort de la chambre avec un sillage d'eau de Cologne Saint-Michel. Elle ne s'occupe pas de nous. Pourtant, personne ne rouspète. Comment on va faire ? Eux ont l'air de savoir. Les quatre plus grands s'occupent des quatre plus petits. Pratique. C'est huilé. Ça marche par couple. Jacky et Roland, Guy et Gérard, Michel et Josette. Monique, qui ne veut pas qu'on l'appelle la Grande, est déjà lavée, habillée, et la barrette dorée dans les cheveux. Comment ? Mystère. Toujours en mouvement, elle fait l'abeille. Ramasse, retape, replie. On dirait la m'am en modèle réduit. La chambrée tourne comme une équipe de garçons de piste au cirque. « Qui a la salopette de Roland ? » Elle vole dans les airs. « La brosse ? » Même trajectoire. Le ciel est encombré d'objets divers. C'est le blitz avant l'heure. Bizarre, personne ne s'occupe d'Evelyne ? « Tiens, rends-toi utile. » Monique me la colle dans les bras. Elle ne fera jamais plus de 1,49 m 1/2, mais je la trouve immense ce matin. A l'odeur, je sens ce qu'il y a à faire. « Tiens, une couche. Le talc est sur la cheminée. » Une couche en pointe ! Je ne sais pas nouer ce truc. Autour, la Ribambelle prend forme. La raie du bon côté, et les yeux du bon bleu.

S'il te plaît, Lilyne, ne gigote pas. Ne me regarde pas avec ton œil à malices. Tu me reconnais. Je sais, mais, chut ! ne me dénonce pas. T'imagines, toute ma mission serait fichue. Elle s'en moque. Me fixe dans les yeux l'air de dire « Cause toujours ! » puis hurle. Je la bâillonnerais bien. « Tu

t'en sors ? » Avec ce nœud, Lilyne ne perdra pas
sa couche, mais elle devra attendre pour respirer.
Je la trouve un peu bleue. Monique me sauve.
« Nous la tue pas. On serait plus en nombre pair. »

Je m'aperçois que je n'ai jamais vraiment été
grand frère. Pas assez de différence d'âge. Ça me
manque tout à coup. M'am, il faudrait que tu en
fasses un quatorzième pour que je m'entraîne.

— C'est prêt ?

La m'am apparaît. Pas enceinte du tout. Un
coup d'œil à sa Ribambelle de proprets, fière
comme une harmonie municipale. Le défilé pour
le baiser du matin peut commencer. Tête droite.
Par ordre de taille. Pour les tenues, deux coupons
de tissu. A fleurs pour les filles. Uni pour les garçons. Pas étonnant qu'ils se ressemblent tant. La
m'am, accroupie sur le pas de la porte, se relève
au fur et à mesure. Je ne me souviens plus à quel
âge je suis devenu plus grand qu'elle. La première
fois où je me suis baissé pour qu'elle m'embrasse.
« Tu vas bientôt manger la soupe sur la tête de ta
mère, toi. » J'aurais voulu rapetisser. Juste pour
rester à la hauteur de ces baisers-là.

J'attends mon tour en bout de rang, avec Lilyne
dans les bras. Toujours vivante. Je regarde la
m'am tout donner à chacun. Du bout des doigts.
Des lèvres. Tapoter ici. Rajuster là. Une bouffée
grise me prend de bas en haut. D'urgence, faut
que je consulte le dictionnaire au mot « jaloux »,
pour vérifier les symptômes. Est-ce qu'il parle de
jambes en flanelle, de cœur moulu et d'envie
matinale de massacre ?

J'avance, mais j'ai peur que la m'am me demande ce que je fais ici. La petiote a son baiser sur la main. « On n'embrasse pas les enfants sur le visage. » Moi le mien. Sur la joue. Le modèle standard. C'est toujours ça.

— Allez, à table.

Pas trop tôt. Ce lever de piste m'a creusé-épuisé. Le même tourbillon chaque matin ? Je rends mon tablier d'avance. A peine si je me souviens comment on s'est lavés. Où ? Dans quoi ? Bassine, brocs, cuvettes ? Je me rue comme les autres vers l'odeur de café. Monique m'arrête net. Ça devait arriver. Ce n'était pas normal que personne ne me demande ce que je fais là. Je prépare une histoire. Mais j'ai tellement envie de leur avouer. Rien que pour voir leurs yeux. Monique a le sourcil sévère. « Tu comptes y aller comme ça ? » Je baisse la tête. J'attends le coup de grâce. Il vient. Je suis en slip ! Un modèle avachi d'époque. Dans le tourbillon, j'ai oublié d'enfiler mon short. Le plancher s'ouvre sous moi. La honte jusqu'à la septième génération. Je veux disparaître dans le vide sanitaire. Emménager avec les rats. M'am, pourquoi tu ne m'as rien dit ? Monique a un sourire de grande sœur. « Allez, je t'attends. »

J'arrive présentable à la cuisine. Affamé. Je ne vois que les bols de Pyrex alignés sur la table, la miche de pain d'ogre, les deux pots de confiture, le paquet d'Astra, la casserole de lait et la cafetière léopard. Il n'y a pas de Banania. Ça évitera à Michel de prendre une autre calotte. Le *Match* de la m'am est revenu sur le buffet. Le poste de radio est éteint. Une place reste vide en bout de table.

— Les enfants, on pense à votre papa.

Il y a un silence et une prière d'angelots au-dessus des bols. « C'est bien. » Aussitôt chacun retourne le sien, regarde le fond par transparence et annonce un numéro.

« 22 !... 37, mon gars !... 9. Toi, tu as 16 et toi 2. Ne pleurez pas. Demain ce sera votre tour. » « 54 ! J'ai gagné ! Aboulez la confiote. »

Gérard se tartine confortablement à la marga-rine et à la fraise, pendant que tout le monde attend, silencieux et envieux. La m'am veille au droit du vainqueur. Je ne connaissais pas ce jeu du numéro Pyrex.

— Les autres, vous pouvez vous servir, main-tenant.

Je suis pris de vitesse. Un vrai départ des 24 Heures du Mans. Moi qui me croyais rapide. Cha-cun a sa tartine qui trempe dans son café au lait que j'en suis encore à tendre mon bol comme un mendigot.

— C'est Florent, le frère de Roger, qui nous a apporté toutes ces bonnes choses de sa ferme. Vous penserez à lui dire merci quand il viendra. A qui d'ouvrir la p'tite porte, aujourd'hui ?

« Moi ! » Michel se lève. Je l'avais reconnu. Le seul gaucher. Il monte sur une chaise près du buf-fet, prend un calendrier de l'avent et ouvre « la p'tite porte » du 18 décembre. Jacky l'aide. Pour-quoi on n'a jamais eu ce genre de calendrier, nous ? C'était mieux pendant la guerre.

— Dans une semaine exactement, c'est Noël.

— Oh, maman, moi je veux...

Roland est foudroyé en plein vol par le regard de Monique.

— ... encore du lait, s'il te plaît.

La m'am le sert comme si elle ne s'était aperçue de rien. Il doit lui pincer le cœur, ce Noël 39. Elle claque un coup de torchon sur le coin de la table. La m'am chasse les mouches quand elle veut chasser un souci.

— Les enfants, il faut que je vous parle.

Pas de chance. Au moment où j'allais soulager Roland de sa tartine pendant qu'il tourne tristement un rêve de Noël dans son bol.

— Aujourd'hui, vous allez avoir une... une visite.

La m'am a l'air embarrassée. Pourvu qu'elle n'annonce pas l'arrivée du Dr Berkle, dans sa blouse maculée. Qu'il prenne son temps avant de me renvoyer à l'hôpital. J'ai envie de rester ici et je n'ai encore rien mangé. La Ribambelle écoute la m'am sans lâcher sa tartine.

— Quelqu'un viendra nous voir... Plutôt, vous voir... vous. Quelqu'un... heu... que vous connaissez... Que vous... aimez bien? Que votre maman... aime bien aussi.

La m'am est troublée. Intimidée. Je ne l'ai jamais vue comme ça devant nous. Je suis intimidé, moi aussi. Elle parle du p'pa. Fait sa demande. Dommage qu'il ne soit pas là pour voir. Il serait fier.

— Il viendra à midi, après l'école. Il... il mangera, avec nous. Voilà... C'est dit. Maintenant dépêchez-vous, vous allez être en retard à l'école.

Personne ne bouge. La Ribambelle regarde la

m'am en silence qui en reste désemparée. Il passe sur son visage ce voile de craie qui me pince le cœur à chaque fois.

— Les enfants, vous... vous voulez pas. Je comprendrais. Moi... je suis d'accord. Je ferai comme vous voudrez.

Monique lève son doigt de bonne élève.

— Maman, tu nous as pas dit. Qui est-ce qui vient ?

La m'am part de son rire à elle. Ça ne va pas être facile de l'arrêter.

— Je vous ai pas dit !... C'est Roger... C'est Roger qui vient. Après l'école... Roger vient vous voir. Vous... C'est Roger, quoi. Quelle idiote, cette maman. J'ai oublié Roger !

Voilà, c'est plus simple quand c'est dit cinq fois. Maintenant, chacun peut se jeter sur son petit déjeuner, débarrasser la table, enfiler pèlerine et cartable.

« C'est à moi, ce matin, le masque à gaz. » « Pas la peine de le mettre. » « Si, moi je veux. » « Pensez à prendre une bûche pour l'école. Jacky, au passage, tu rendras ses cageots au père Murty. Et tu lui dis bien merci. »

— Madame Paulette. Le linge des enfants. Il est repassé, trié. Je le range dans l'armoire ?

La bonne ! C'est sûrement elle qui vient de surgir avec cette panière géante sur la hanche. Les frères ont raison, elle a bien plus de poitrine que la Pady de *Match* et un visage carré de savon de Marseille.

— Laissez, Juliette. On va d'abord se boire un café quand les enfants seront partis à l'école.

Et ça part. Et re-baiser sur le pas de la porte,
Evelyne dans les bras, Josette accrochée à une
jambe, la m'am attrape Gérard au menton. « La
prochaine fois, tu dis ni "confiote" ni "aboulez",
d'accord ? » Il pique de la mèche, fait oui-oui de la
tête et se sauve. Je préfère ne rien voir. Surtout ce
genre de gestes avec mes frères. Ça me pince toujours au même endroit du dictionnaire. Pas joli-
joli et douloureux en plus.

La m'am va à la fenêtre regarder partir sa
Ribambelle. Et encore des baisers à la volée.
Même de Roland, avec son masque à gaz, l'étui
élégant à l'épaule. On dirait une mouche amoureuse.

— Juliette, cette fois, vous avez bien étendu le
rouge à ma fenêtre.

— Oui, madame Paulette. La dernière fois, je
me suis trompée, ça en faisait un drôle de drapeau.

Elles rigolent. J'essaie de comprendre. « Pas la
peine. Même les boches n'ont pas compris. »
Compris, quoi, m'am ? « Qu'avec les voisines, en
aérant la literie aux fenêtres, on sortait le drapeau
français. Une couverture bleue, un drap blanc, un
dessus-de-lit rouge, et ni vu, ni connu ! »

— Toi, si tu sais pas quoi faire de ta peau,
viens m'aider.

Juliette me tire par le col de la marinière. Je me
retrouve avec un sac de linge sale dans les bras.
Cette manie, dans cette maison, de me charger en
enfant ou en linge ! On descend à la buanderie.
Juliette me précède dans l'escalier, avec seau de
cendre et panier de bouteilles vides à la main.

— Juliette !

C'est la voix chuchotée de Jacky et Guy. La même que cette nuit dans la chambre. Je me plaque au mur.

— Qu'est-ce que vous faites là, les drôles?

— On a tourné par chez le voisin.

— Si madame Paulette vous tombe sur la couenne.

— On veut juste que tu nous montres ton bazar, avant d'aller à l'école.

— Pas question. Allez, ouste!

— Ben quoi? Comme ça on travaillera mieux en classe.

— Bon, c'est bien pour pas être en retard. Voilà!

— Hoo!

L'exclamation de Jacky et Guy est bien plus fleurie et polyphonique, comme dirait le maître de chant. Mais ce sac de linge me coupe le souffle.

— Non! On touche qu'avec les yeux. Ça y est, vous avez votre comptant pour les méninges?

— Sûr, c'est meilleur que le thé Peyronnet. Dis, Juliette, ce soir, on pourra pour le petit trot de l'âne?

— Pas de gourmandise. On verra comment vous ferez vos devoirs. Allez, zou!

Le bruit de galoches se carapate. Qu'est-ce que c'est que ce « petit trot de l'âne »?

— Tu veux savoir, toi?

J'ai dû parler trop fort dans ma tête. Juliette me récure des yeux. Je bredouille un heu-non-moi-pas-du-tout.

— Tu as tort. Va être temps d'y penser. Ça te fait quel âge, toi?

Comment expliquer à Juliette, que je n'arriverai pas à retrouver mon âge, tant que sa blouse ne sera pas complètement boutonnée. Surtout là, sur son bazar. C'est sûr, le *Match* de la m'am n'aurait jamais pu contenir tout ça. Même en couleur.

— Tu sais, les garçons et les filles, c'est la nature.

« Juliette ! votre café est servi ! » Pourquoi est-ce que la m'am ne crie pas ça de la cuisine ? Je plaque le sac de linge en protection contre mon ventre. Déjà, je sens l'odeur du savon de Marseille qui s'approche.

— Juliette, votre café est servi !

Merci, m'am, de m'avoir déjà lu. Tu m'as sauvé. C'est moi le premier remonté. La table est débarrassée, essuyée, avec deux tasses de servies et une boîte de biscuits ouverte. Un de ces moments propres et calmes que la m'am aime tant. Juliette la rejoint.

— J'ai entendu que monsieur Roger venait parler aux enfants.

La m'am sourit en baissant les yeux. Elle tapote la main de Juliette.

— On verra. Buvez votre café tant qu'il est chaud.

Elles boivent en silence. C'est étrange, les filles. Comment elles font pour tout se dire sans presque de mots, alors que j'ai l'impression qu'elles parlent toujours ? Il y a un carillon dans la cuisine. Je l'entends pour la première fois.

A peine deux ou trois tic-tac et les tasses sont déjà rincées. La m'am claque dans ses mains.

— C'est pas le tout, mais y'a de la besogne. On va se mettre un peu de Tino.

Elle tire une valisette marron du buffet et l'ouvre. Un phono. D'une pochette papier imprimée en bleu, un 78-tours est sorti comme le *Régent* de son écrin. Torchon amoureux, coups de manivelle et la voix de Tino se vaporise dans toute la maison. De la cire d'abeille à nourrir meubles et parquet. « Tino, ça entre jusque dans les veines du bois. » La m'am et Juliette se mettent à chanter. Vu les gabarits, ça fait un peu Laurel et Hardy.

Je regarde la m'am, le chiffon à poussière à la main, le pas léger. Je comprends que le p'pa ait eu du mal à la suivre pour la valse.

Heureusement, en 39, Tino ne peut pas chanter « Bel amant, bel amour, Bel Ami. » Ça réveillerait le p'pa sur son lit d'hôpital et ferait apparaître le Dr Berkle dans la chambre.

— Par ici, toi, j'ai besoin d'un coup de main.

Juliette me réquisitionne et m'embarque avec elle de pièce en pièce. La tournée des grands-ducs ! C'est pour la venue du p'pa, ce festival de balais et serpillières ? « Tords-la bien avant de rincer. Après, tu passeras la paille de fer dans la première chambre. » Ça tombe bien, c'est ma spécialité. Et en rythme avec la musique. « Après, tu te mets aux vitres. » Au papier journal. Je sais. « Après, tu découpes des bandes pour les cabinets. »

D'après en après, la maison sent déjà bon l'encaustique et le mitonnage sur la cuisinière. La matinée a bien réduit. Moi, j'ai fondu et je sens un mélange crasse et Javel. Je croise la m'am au hasard de la poubelle. Elle a le sac à provisions à la main.

« Oh, là là ! Ne jette pas le marc. C'est bon contre les escargots, la cendre pour les arbres, ça pour les poules de la voisine, ça aux lapins et le canard, ça il aime. » A la fin, je me demande à quoi ça peut bien lui servir une poubelle.

— Juliette, je pars à la Ruche pour les courses. Il reste les épluchages.

Dans le secret de la buanderie, j'essaie de faire comprendre à Juliette que la m'am ne pensait pas à moi quand elle parlait des épluchages. « Retire tout ça ! » J'aimerais bien objecter que, faire remarquer que, arguer que. Mais Juliette n'a cure de formules d'opposition. Les manches retroussées en lavandière, elle m'a déjà plongé dans un baquet d'eau glacée et me savonne avec un pain plus anguleux qu'elle.

— Faut être propre, si on veut le petit trot de l'âne.

J'ai l'impression qu'elle me frictionne à la paille de fer. Et hop ! Elle me charge sur son dos. C'est ça, le petit trot de l'âne ? Et me débarde tout nu sur un lit de la chambre des enfants. Dans son berceau, Evelyne a les yeux grands ouverts. Juliette ferme la porte et tire les rideaux. Dans l'obscurité, j'entends un bruit terrifiant de dégrafage. Il filtre assez de lumière pour que je pense au maillot de Pudy. Que je pense à *Match* et au titre *La guerre (suite)*. C'est ce qui m'inquiète. La suite.

— Voilà, c'est ça. Au pas, d'abord. Au pas. Continue ! Respire. Souffle ! Au trot ! Au trot. Pas si vite. Souffle ! Souffle donc. Oh !... déjà le hi-han. C'est rien. C'est normal.

Evelyne, je t'interdis de rire dans ta layette.

Quand la m'am rentre des courses, j'astique les poignées de porte du couloir. Je n'ose pas aller l'aider. Ni la regarder. Sûr, c'est gravé sur mon front, le trot de l'âne. La m'am vient derrière moi. Tout contre. Elle renifle dans mon cou.

— Hum ! ça sent bon le savon de Marseille par ici.

Elle rit et va à la cuisine avec ses courses. Ce n'était pas seulement gravé sur mon front. Dans le cou aussi.

— Juliette, on se met à la popote. Les enfants vont bientôt revenir de l'école. J'ai préparé un clafoutis.

Je suis déçu. J'aurais préféré une tarte, pour rouler la pâte avec une bouteille et écraser les morceaux de sucre. Le réduire en poudre. Mon plus grand plaisir. Mais, avec sa recette de gâteau de guerre, sans beurre, sans œuf, sans farine, sans sucre, la m'am n'a plus besoin de moi.

Devant l'évier, la m'am et Juliette continuent leurs préparatifs. Tino chante. Toujours la voix en peau de chamois. Moi, je finis de mettre la table en les écoutant.

« Vous croyez qu'on a fait assez, Juliette ? Ça, je sais qu'il aime. J'ai eu du mal à en trouver. Ils commencent à exagérer sur les prix. Y'a des profiteurs. Faut pas non plus que ça fasse trop. C'est sans façon. On a quoi comme vin ? Il en boit pas. Non, pas de rond de serviette. On garde libre la place au bout de la table ? Oui, on se serrera. »

Je guette avec inquiétude une allusion entre elles au trot de l'âne. Rien ne vient. « Non, à droite, les couteaux ! »

Soudain une explosion. C'est dans la cour. La Ribambelle ! Elle débarque. Je suis soulagé. Je les embrasserais bien un à un. Ils me sauvent. On va m'oublier. Je vais pouvoir me fondre dans la troupe. D'autant que Juliette m'a rhabillé dans le coupon uni des garçons. Marinière, short, raie à gauche. Me voilà conforme. Manquent que les yeux bleus.

Après réflexion, je ne veux plus être fils unique.

— Les enfants ! Vous vous souvenez de qui vient nous voir ce midi ?

— Ro-ger !

Impressionnante, la version chorale de la Ribambelle !

— Vous serez bien sages. C'est important.

Suit une pluie de consignes que personne ne fait même semblant d'écouter. L'odeur qui vient du four a jeté tout le monde à table. Michel renifle. « Ça ne sent pas comme un lundi de tous les jours. »

La pendule se fait remarquer dans le silence. On attend. La m'am va de la fenêtre à la porte du four. Juliette et elle échangent des regards inquiets. « Ça va être trop cuit. » La m'am change sa serviette de place. La Ribambelle commence à se donner des coups de pied sous la table. « Madame Paulette, il faut faire manger les enfants. Ils vont être en retard à l'école. » « Encore une minute. Il va arriver. » La m'am a déjà rongé tout son rouge à lèvres.

La pendule insolente sonne.

Deuxième explosion. Dans la rue, cette fois. Une moto. Celle du p'pa. La Ribambelle se jette à la fenêtre. La m'am sur son bâton de rouge. Oh! Une expiration à embuer mes vitres toutes propres. La Ribambelle reflue et se précipite dans la cour. La m'am reste debout devant la fenêtre. Comme sidérée. Qu'est-ce qu'elle peut bien voir dehors qui lui fait ce regard? « Attention, Paulette! Z'yeux bouillus, z'yeux foutus! » Formule magique du p'pa pour arrêter les débordements de bleu dans les yeux de la m'am.

Je n'ose pas aller voir à la fenêtre. Si, j'ose. Et j'ai raison.

Là, dehors. Allongé dans le side-car de la moto, se prélasse. Un sapin! Un immense sapin qui sera de Noël. La Ribambelle piaille autour.

Immense, vraiment. Dès qu'il a été à l'intérieur, on a eu l'impression de s'être fait une cabane dans la forêt. Il a fallu pousser les meubles et le scier pour qu'il entre. Comment il va tenir debout? Le p'pa sort de son ploum un trépied pliant entièrement chromé, fabrication maison. Avec tube et système de serrage. « Impeccable, il va jusqu'en haut! »

Depuis, tous les sapins de Noël de la famille doivent toucher le plafond.

La m'am vient près du p'pa, avec cette manière de fabriquer un paravent qui les isole du reste du monde. N'importe où.

— Roger, il est très beau, ton sapin. Les enfants sont contents. Ça se voit. C'était une jolie demande. Dis-moi, où t'as trouvé un sapin pareil?

Le p'pa reste vague. La m'am n'insiste pas.

— Tu sais ce que j'aimerais, Roger?

Le p'pa sait qu'il peut tout craindre, quand la m'am dit ça.

— Une crèche! Une vraie, qui imite la grotte.

Le visage du p'pa a ce plissé soucieux des « études de faisabilité », comme il dit quand la m'am a envie de quelque chose. Le p'pa trouve toujours une solution. Ce sera du papier journal froissé peint à la gouache. Les images de guerre peuvent bien finir en étable.

— Et pour ta demande à la Charron, hier soir? Tu m'as pas raconté, Roger.

— Pas maintenant.

Le p'pa a toujours un plissé soucieux. Mais pas le même.

— Les enfants, on le décorera ce soir. Maintenant, il faut aller manger.

Plus personne n'a faim. Heureusement. Juliette fait de grands signes affolés à la m'am. Le repas a profité du sapin pour partir en fumée. Et ce n'est pas une formule. Le p'pa, la m'am et Juliette se précipitent dans la cuisine, ouvrent les fenêtres. « Restez où vous êtes, les enfants. » La m'am extrait du four une masse calcinée qu'elle passe carrément sous le robinet. « De toute façon c'est fichu. » Le p'pa et Juliette ventilent aux torchons, toussent, crachent, pleurent. On finit par se distinguer et même se voir.

— Les enfants, vous ne partez pas à l'école le ventre vide. On a sauvé des trucs. Allez, à table!

Ça rechigne. Mais la m'am fait des signes dans le dos du p'pa qui disent clairement que ça va barder pour nos matricules si on n'obéit pas illico presto. On se lance. Le p'pa dit que, lui aussi, il mangerait bien un bout avant d'embaucher. La m'am manque de s'étrangler. Elle essaie de le dissuader de s'empoisonner, avant de lui avoir demandé sa main. Mais non, il n'y a pas de raison. Il mangera comme tout le monde. Et même le premier. Dans son assiette atterrit timidement une tranche indéterminée de couleur indéfinissable, à l'allure résignée. Le p'pa goûte. La m'am, debout à côté de lui, se prépare à lui administrer un litre de thé Peyronnet, avant de mourir de honte.

— C'est bon. Très bon. Je sais pas si c'est une déformation de chaudronnier, mais j'adore ce léger goût... flammé.

Le genre de phrase qui fait manger brûlé toute une génération.

Dans l'euphorie, on a liquidé le plat et laissé les assiettes propres comme des hosties. On les a retournées pour le dessert. Ce sera fromage blanc-confiture sans fromage blanc. La m'am rayonne. Elle est debout à une extrémité de la table. On dirait que la nappe lui fait déjà une traîne de mariée. La Ribambelle en cavaliers d'honneur.

— Et l'école !

— On fait d'abord une photo.

Le p'pa sort un appareil de son ploum. C'est l'excitation générale. Coup de brosse, gant de toilette. On s'aligne devant la maison. « Ah non ! Pas avec la fumée qui sort par la fenêtre. » La m'am nous déplace d'un ou deux numéros. Croyant à l'incendie, la voisinée rapplique. Mélange des enfants. Dans cinquante ans, on s'y retrouvera plus entre les Bodin, les Michel, les Martin, les Destève. « Mais non, eux sont arrivés en 41. » « C'est qui lui ? » « Et moi, je suis où ? » « Tirez vos socquettes. Monique, passe derrière. Souriez. Dites : Mu-sso-li-ni ! »

Clic-clac !

On écrira derrière : *Vauzelles, 11 rue de l'Est. 18 décembre 1939.*

— Tiens, garde-moi ça.

Son Kodak ! Le p'pa me confie son Brownie Flash. Tranquille. Avec cette façon de trouver ça normal qui me fait aussitôt mesurer 1,80 m. En trois voyages, il emmène tout le monde à l'école en moto. Je me fais oublier dans le couloir. Quand le p'pa et la m'am se retrouvent seuls dans la cuisine, la m'am lui sert un café. Il faut au moins ça. Elle lui frôle la main et le fixe avec son bleu de porcelaine. Cette fois, il ne laisse pas ses yeux dans la tasse. Le p'pa la regarde. Ça dure, le temps infini du noir et blanc. Mon cœur s'arrête. Dommage que je ne sache pas me servir de l'appareil du p'pa, je me cacherais derrière le petit œil rouge pour les surprendre.

— Tiens, Paulette, je te rends ce que tu m'as donné.

Le p'pa tend à la m'am la feuille pliée du cahier de commissions. L'antisèche sur la Ribambelle.

— Tu as dû te tromper de page, Paulette. Il n'y a que la liste des commissions. Mais je les ai bien reconnus, quand même.

Ils rient.

— Maintenant, Roger, tu peux me dire où tu l'as eu, ce sapin ?

Le p'pa se penche à l'oreille de la m'am et lui dit. Elle le regarde. Admirative. Et voilà ! Un secret de plus entre eux.

Je préfère partir. Dans le couloir, je range l'appareil photo du p'pa dans son ploum. Il l'a accroché à une poignée de porte. Comme il le fait d'habitude, quand il rentre du travail. Dans la cuisine, j'entends le p'pa et la m'am.

— Dis, Roger, tu me racontes comment ça s'est passé, avec la Charron.

Et moi, qu'est-ce que je deviens maintenant ? Je sors de la maison. L'homme au pardessus est là. J'ai envie d'être consolé. Je le suis. En chemin il me raconte une femme jeune. Elle a perdu un garçon pendant l'Exode. C'est peut-être moi. On traverse le parc d'un château. La femme dort dans un haut fauteuil rouge, une photographie entre les doigts. Elle s'éveille. Me fixe longuement puis referme les yeux en agitant la photo. Non. Ce n'est pas moi. Je regretterai la balancelle sous le gros arbre et la voiture à pédales cabossée.

L'homme au pardessus me laisse rentrer seul. Je vais devant la chambre où Juliette range le linge dans l'armoire. J'ouvre la porte. Le cœur déjà au trot. « Pas si vite ! » Une masse blanche maculée me bouscule.

Docteur Berkle !

Il entre en trombe dans la chambre 119 de l'hôpital. Le p'pa se dresse sur le lit.

— Cette fois, messieurs, il faut y aller.

10

Un p'tit jardin sans tralala

Comment le héros, parti chercher de la ciboulette, aide sa mère à accoucher, avant d'être arrêté par les Allemands et emprisonné à cause d'une omelette.

5 novembre 1943

Je n'ose pas regarder le p'pa. Une deuxième salve d'adieux en cinq minutes, ça ferait bègue du cœur. Heureusement, le Dr Berkle bouscule le mouvement. Il me pousse hors de la chambre. Ne pas se retourner. Le p'pa comprendra. Avec la peau on se devine, tous les deux.

Dans le couloir, la cavalcade repart comme un choc d'auto-tamponneuse. Marcel et Louis ont repris leurs rôles de brancardiers. Moi, celui de fils éploré, même si l'Homme invisible qu'ils transportent n'est plus mon père. Jamais il ne porterait ce genre de chaussures à bouts fleuris. Il doit en falloir, des bons de textile ! Je ne peux pas m'empêcher de penser au p'pa que j'ai abandonné sur son lit, le visage brûlé, avec des morceaux de vie qui lui manquent. Mais il faut courir. Je commence à comprendre la m'am. « A cette époque, on n'avait ni le temps de se souvenir, ni le temps d'oublier. »

L'homme au Fly-Tox chasse toujours les mouches. Psuit-psuit ! On dégringole l'escalier C. Tellement raide que le brancard manque partir en luge. A mi-pente, on croise la m'am qui monte avec son rouge à lèvres de visite, ses gants, son chapeau sans voilette et tonton Florent, sa cantine d'Exode sur l'épaule.

Pas un regard échangé. Mais je suis rassuré. La m'am est arrivée.

Moi aussi. Louis me montre la trappe du conduit d'aération là-haut dans les moulures. Il n'espère quand même pas que je vais entrer par cette chatière ? Il n'espère pas, il pousse. Droit aux fesses. Me voilà tassé dans le boyau façon boudin à la sciure. Je serre dans la main une boîte que l'Homme invisible m'a confiée comme un trésor. La taille, écrin-de-bague-de-fiançailles. « Vous la déposerez devant la grille. Mon ami. » Il parle fleuri comme ses chaussures. En fait, il s'est contenté d'un geste. Mais j'ai traduit. Quel ingrat. C'est pour lui que je suis là, enchâssé dans cette gaine métallique, à plat ventre, un pieu enfoncé dans le nombril. Le 7,65 du p'pa ! J'ai oublié de lui rendre. A cause de moi, il se retrouve sans défense. Ma pire trouille en profite pour me tomber dessus, la Jaunasse, celle qui ne vient jamais sans la panique sur son porte-bagages. J'étouffe. Il fait sombre, moite. Je suis en eau. Je veux sortir.

Je vais hurler. Ce n'est pas normal, une trouille de cette teinte. M'am, tu vois bien qu'il s'est passé quelque chose à ma naissance. Dis-le-moi. Tu as été déçue, quand tu m'as vu ? C'était ton premier enfant de cette couleur. Serge, lui, était venu blond et bleu comme les blés. Café au lait, ça t'a fait un choc. T'as hésité, et je suis resté coincé entre les deux. Pas né. Pas pris. Réponds-moi, m'am. « Sors de ce tuyau ! Je supporte tes idioties depuis tout à l'heure, mais la dégelée va finir par tomber. »

Merci, m'am, pour l'ordonnance. Je pose l'écrin de fiançailles devant la grille. Je ne saurai jamais ce qu'il y a à l'intérieur. Ni derrière cette grille, modèle confessionnal. C'est chaud et parfumé. Un mélange de miel et de fleur d'oranger.

Au fait, m'am, le p'pa t'en a offert une ? « Une quoi ? » Bague de fiançailles. Je ne l'ai jamais vue. « Bien sûr. Mais Roger peut rien faire comme les autres. Il a fallu qu'il la fabrique lui-même, aux Ateliers. Avec sa manie des symboles, ç'a été toute une histoire. » Raconte-moi, m'am. « Pas question. Il faut d'abord que Roger finisse ses cinq demandes, sinon... » Je sais. « Ça porte la poisse ! » Et ta première alliance, m'am, tu l'as gardée ? Fais voir ta main. « Mais tu m'agaces ! Sors plutôt de là. »

Je reflue à reculons dans la gaine. « Scandale, gaine française en tulle français. » Un jour, j'étranglerai cette mémoire de réclame. Je me replie en m'éraflant les coudes et les genoux. M'am, je te préviens, ça va être un siège. Préparez les forceps. Je sens qu'on me tire. Qu'on m'extirpe. « Bien joué, gamin ! » Deux gifles. J'ouvre les yeux. Je crache un reste de dent de lait. Un hurlement crève le plafond.

C'est à l'étage au-dessus. Pas un hurlement. Un rire.

Marcel Robin, Louis et l'Homme invisible sur son brancard restent sidérés, le regard vers la voix céleste. Ils se demandent ce qui se passe. Moi je sais. Le rire, c'est la m'am. C'est le sien. La scène, je la connais. Elle me l'a racontée tant et tant.

Elle entre avec tonton Florent dans la chambre n° 119. Derrière le paravent, le Dr Berkle retire ses bandages au p'pa. « J'avais une de ces frousses. J'en aurais fait pipi dans ma culotte. » La m'am se prépare au pire. « Je voulais rien montrer à Roger. » Le p'pa aussi doit avoir peur. Son sourire à la barre fixe. Ce luisant d'oasis sur sa peau. Tout ça est peut-être disparu pour toujours. « C'est bête, les idées qu'on se fabrique dans ces moments-là. J'avais peur que ça lui fasse un bec-de-lièvre. Va savoir pourquoi. » Tonton Florent reste en retrait près de la porte. Il a des pieds si grands qu'on croit toujours qu'il attend depuis longtemps. « Si, docteur, je préfère voir. »

Et la m'am voit. Elle fixe le visage du p'pa. Muette. « Ça m'a coupé la chique ! » M'am, toi aussi tu pourrais soigner tes expressions. « C'était la première fois, que je voyais Roger comme ça. » Comment il était, m'am ?

« Blanc ! »

Comment ça, blanc ?

« Bah, blanc ! Son visage était tout blanc. »

C'est ce que ça fait sur un Noir, la peau brûlé ?
« Faut croire. Alors ç'a été plus fort que moi, j'ai
éclaté de rire. J'ai pas pu m'arrêter. Et plus il me
disait "Mais, madame ! Mais, madame !" et plus je
riais. »

M'am, pourquoi le p'pa t'appelait « madame » ?

A chaque fois que je lui pose cette question, la
m'am redescend de son souvenir, comme du
tabouret quand elle décroche les rideaux.

Au plafond, la m'am rit toujours. Rien, jamais,
ne pourra l'arrêter. Son rire emplit tout l'hôpital.
D'ici, il grimpe l'escalier, traverse le couloir, la
chambre n° 119, ouvre la haute fenêtre, franchit
les airs au-dessus de la cour et frappe aux carreaux
du pavillon Bricheteau.

Marcel et Louis empoignent le brancard. Je
comprends que le rire de la m'am est le signal
qu'ils attendaient.

— On y va. Le Rouge doit nous attendre avec
l'ambulance.

Il est là. Assis au volant. Tranquille. Il ne fume
même pas. Je m'aperçois maintenant, en montant
à l'arrière de la Juvaquatre, que personne ne fume
dans cette histoire. Marcel rappelle les consignes.

— Les gars, on reste calmes. Ça va bien se passer. On ne se sert des armes que si on ne peut pas
faire autrement. Le groupe du commandant
Roland attend notre passage à l'endroit convenu.
Le Rouge, c'est à toi de jouer, maintenant.

L'ambulance traverse la cour et s'arrête devant
la barrière. L'enrhumé inspecte vaguement.

— Vous le rembarquez déjà, votre client ?

— Ils veulent l'interroger à la prison de Nevers.

— Il y gagne pas au change. Ici, au moins, la cantine est bonne.

Les bouts fleuris ! Je reste en arrêt sur les chaussures de l'Homme invisible. Ils vont bien s'apercevoir que ce ne sont pas les mêmes qu'à l'aller. Le type de la guérite est trop occupé à son inhalation.

— Ça va. Vous pouvez y aller.

— Halte ! Brigadier, faut vérifier leurs papiers. C'est les ordres.

La voix qui jappe, c'est celle du type à l'imperméable. Lui il ne les manquera pas les bouts fleuris. Je me rassure sur la crosse du 7,65. Où est le cran de sûreté, déjà ? Se faire prendre pour une paire de chaussures !

— D'accord, les ordres, mais c'est la momie au pull bleu. Ils viennent d'arriver. On les a déjà contrôlés. Allez, c'est bon !

— C'est sûr, monsieur l'agent ?

— Allez ! je te dis.

La barrière se lève. Le Rouge démarre avec une lenteur à faire pipi dans sa culotte, comme dirait la m'am. Dans l'ambulance, on se retient jusqu'au coin de la rue. Après, c'est une explosion de bourrades, poignées de main et accolades. Louis est encore soufflé.

— Ben mon cochon, faut être gonflé. Le Rouge, quand t'as dit au flic « C'est sûr, monsieur l'agent ? » tu nous as tous fait vieillir de dix ans.

On serait le 5 novembre 1953. Ça me ferait cinq ans, déjà. Et à eux, rien de plus. Marcel, Louis, Le

Rouge, resteront à jamais jeunes comme aujourd'hui.

« C'est sûr, monsieur l'agent ? » A chaque imitation de Louis, les rires repartent.

— La tête du flic à lunettes ! Eh, les gars, vous saviez qu'Adolf en porte. Mais qu'il veut pas se laisser photographier avec. Coquet le Führer !

Rebelote à s'étouffer. Mais les rires cessent tout à coup. L'ambulance croise une Traction noire qui roule au pas vers l'hôpital.

— Les voilà ! Le groupe de Roland. Pile à l'heure. Nous, on reste en couverture.

Par la vitre, je les regarde passer au ralenti. Le passager avant tient un bouquet de fleurs jaunes sur ses genoux. Je les suis dans la lunette arrière. A la guérite, ils surgissent de l'auto. « Bougez pas ! On vous veut pas de mal camarades. » Ils chloroforment le type en imper et le binoclard. Ça peut arranger son rhume. « Vas-y mollo, j'ai deux gosses. » Un des gars reste à la guérite. La Traction repart. Traverse la cour et contourne le bâtiment. Il n'y a pas de crissement de pneus. Seulement les portières qui claquent. Une deuxième Traction. Une familiale grise passe la barrière de l'hôpital en trombe. Elle se gare derrière l'autre, juste au moment où un groupe d'hommes sort du pavillon Bricheteau. Ils se jettent dans les voitures comme s'il tombait soudain un orage. Les deux Tractions récupèrent à la volée le gars de la guérite qui lance une poignée de tracts par la portière.

Avant que le dernier ne soit retombé, ils marquent l'arrêt à côté de nous dans l'ambulance, à l'intersection avec le boulevard. On ne se regarde pas. Sur le volant, Le Rouge lève discrètement un pouce. L'autre chauffeur fait de même. Mon couroucou s'enflamme sous le 7,65. Rien que pour ce moment-là, j'ai bien fait de sauter en parachute.

En face, sur le boulevard, un panneau indicateur s'ennuie. Il propose, d'un côté, *Maison d'arrêt* et de l'autre *Ecole normale de jeunes filles*. Quelque chose m'intrigue sur ce panneau. Je crois savoir quoi, mais il faut que je vérifie.

M'am, je voudrais te demander. Les Allemands ont enfermé le p'pa à l'Ecole normale ou à la Maison d'arrêt? « Qu'est-ce que ça change? » Ça change tout, m'am. « Et pourquoi, ça? Une prison, c'est une prison. » D'accord, mais dans l'une on regroupait les « politiques » et dans l'autre les « droit commun ». « Et alors? » M'am, fais pas semblant de ne pas comprendre. Le p'pa était « politique » ou « droit commun »? « Il était "prisonnier"! Tu commences à m'agacer avec tes questions. » C'est de ta faute. Tu n'as jamais vraiment voulu me dire ce que vous vouliez faire du cuivre caché sous les tomates. « Quoi, le cuivre? » Est-ce que le p'pa sabotait les locomotives pour empêcher les Allemands de s'en servir, ou il récupérait les plaques de chaudière pour... « Pour quoi? » Ben. Pour les revendre. « Du trafic? Tiens, je préfère pas te répondre. » M'am, il paraît que tout le monde se « débrouillait », à cette époque. « Se débrouiller et trafiquer, c'est pas pareil. Toi qu'aimes le vocabulaire, tu devrais le savoir. » M'am, si les Allemands ont mis le p'pa avec les droit commun, ils avaient bien une raison. « Qui tu crois, les boches ou ta mère? » C'est pas une réponse, m'am. « Peut-être, mais c'est la mienne. Maintenant, j'ai de l'ouvrage. Ton père va rentrer de l'usine. Faut que je prépare le frichti. Si tu veux m'aider, va me cueillir deux bons kilos de tomates au jardin. Pas trop grosses. Bien mûres, mais encore fermes. J'ai du persil, prends-moi un peu de ciboulette. » Pourquoi tu m'expédies au jardin, m'am? Tu sais très bien que je ne vais pas reconnaître la ciboulette. « Mais si. C'est comme dans ton dictionnaire. En plus vert. »

Je cherche. *Ciboulette : n.f. famille des liliacées. Syn. civette.* D'accord, mais à quoi ça ressemble?

*

Pour descendre au jardin, je passe par la buanderie. Derrière la porte m'attend un soir d'été. Je commence à entrevoir l'idée de la m'am. Elle avait ajouté : « Tu verras, c'est un p'tit jardin sans tralala. » M'am a raison. On dirait même qu'il veut se faire oublier. Que personne de l'autre côté du mur ne puisse soupçonner sa présence. Que rien surtout ne déborde d'heureux à jalouser. Il fait comme s'il n'allait pas plus loin que l'ombre de la cabane à outils. Il est malin, ce p'tit jardin.

Pour les tomates aussi, la m'am a raison. Il y est, ce goût d'abricot. Ce qui veut dire que le cuivre des locomotives est toujours enterré en dessous. Les Allemands ne l'ont pas encore trouvé. Donc le p'pa n'est pas en prison. M'am, tu es certaine que c'est de la ciboulette que tu m'envoies chercher ? « Puisque tu ne veux pas me croire pour le cuivre, vaut mieux que tu voies par toi-même. »

Tu veux dire, m'am, que tu m'expédies au jardin le soir où les Allemands vont débarquer pour arrêter le p'pa ? Je laisse tomber mon panier. Il faut que je me sauve. Ils sont peut-être déjà dans la maison. Réfléchis. Si tu trouves le mouchard et que tu l'abats avant qu'il ne dénonce le p'pa, qu'est-ce qui va se passer ? Plus d'arrestation, de prison, de bombe, de sifflement. Le 7,65 est au chaud contre mon ventre.

Je furète dans l'obscurité, de buanderie en buanderie, pour retrouver la canadienne au passant arraché. Et tout à coup, je tombe sur quelque chose que je n'attendais plus. La cloche du père Murty ! Rouillée, sans battant. Suspendue à une potence métallique. La cloche du père Murty. Avec ce long fil de fer qui court jusque chez la m'am. Le père Murty l'avait installée quand la m'am était veuve et attendait Evelyne. « Paulette, si vous sentez que le bébé est là, vous sonnez la cloche et j'arrive. Ne vous inquiétez pas, Paulette, on reconnaît le moment où ça vient à une sorte de... » « Merci, père Murty ! Je vous rappelle que c'est mon neuvième accouchement. »

15 avril 1939, Eve, Evelyne

Un gamin d'une dizaine d'années débouche en courant dans le jardin.

— Mon p'tit Jacky, qu'est-ce qui se passe ?

— Père Murty ! Père Murty ! c'est ma mère.

— Quoi, ta mère?

— Il vient. Il est là.

— Qui ça?

— Le bébé. On voit sa tête. Il a plein de cheveux. Faut venir tout de suite, ma mère a dit.

Vlang! La gifle du père Murty ricoche sur tous les murs du jardin.

— C'est pas bien, ça, Jacky. Ça m'étonne de toi. Un aîné.

— Mais, père Murty, je vous jure.

— Jure pas, en plus. Ta mère, je l'ai vue y'a pas un quart d'heure en train d'arroser son carré de choux. Alors, file ou ce sera mon sabot.

Jacky se sauve. Je le suis. Il se tient la joue. « En plus, il était en train d'arracher des orties. J'ai eu la bouille enflée pendant trois jours. Dès que je prenais Evelyne dans les bras, je lui faisais peur, elle hurlait. »

Evelyne n'est pas encore là. Pour l'instant, c'est juste des cheveux. Quand on entre dans la chambre avec Jacky, la m'am sur le lit lui parle.

— T'en fais pas, mon trésor, je suis là, et le père Murty va arriver. Tu verras, il a les meilleures fraises de Vauzelles.

— Il a pas voulu me croire, maman. Je te promets.

— C'était bien la peine de m'installer une cloche. Tant pis, tu vas le remplacer, mon grand. Tu verras, c'est facile.

Comment ça, facile!

Ce 15 avril 1939, la m'am est en train d'accoucher de ma sœur Evelyne, seule, aidée de mon

frère Jacky, dix ans, et de moi, pas né, mais bientôt évanoui.

— Tu vois, mon grand, il vient tout seul, ce
petit ange. Tire doucement. N'aie pas peur. Tu as
déjà vu, à la ferme. Comme ça. C'est bien.
Qu'est-ce qu'elle a ta joue ? Faudra te faire des
compresses de thé Peyronnet. Ça peut s'infecter.

M'am, occupe-toi plutôt de toi ! Normalement,
tu dois avoir mal, souffler, grimacer, transpirer.
Pas sucer tranquillement des pastilles Vichy.

— Vous en voulez, les enfants ?

Non, merci. Moi, je veux juste m'évanouir, disparaître. Au lieu de tamponner le visage de la
m'am en l'éborgnant à moitié.

— C'est une fille ! Je t'ai expliqué, mon grand,
pour le cordon. On ne sent rien. Je te promets.
C'est bien.

Pourquoi Jacky me donne ce cordon à moi ?
C'est dégoûtant. Qu'est-ce que j'en fais, maintenant ? M'am, est-ce que tu te souviens que tu m'as
envoyé au jardin pour l'histoire du cuivre ? Et me
voilà avec un morceau de toi dans les mains. « A
qui la faute ? Qui a voulu parler de cette cloche ? »
La m'am se désintéresse de moi pour s'occuper de
ce petit bout de chose fripé.

— Mademoiselle, vous êtes une petite fille qui
a failli naître dans les choux. C'était moins une,
tout à l'heure. Comment on va t'appeler, toi, qui
es née toute seule ?

— Comme Eve.

— Eve, tu as raison, Jacky. Mais sa fête est le
14 mars. Trop près de mon anniversaire.

J'avais oublié tout ce qu'il fallait éviter, dans cette famille, pour avoir droit à un prénom.

— Evelyne, alors.

Je me mords la main. De quoi je me mêle?

— Evelyne. Pas mal. C'est comme Hélène, le 18 août. On a rien par-là, et ça sonne bien. Va pour Evelyne!

La m'am prend sur sa table de nuit un cadre avec le portrait d'un homme jeune. Elle en ôte le crêpe noir et le montre à Evelyne.

— Mademoiselle Evelyne, je vous présente votre papa. Je suis sûre qu'il vous trouve très jolie.

La brassière créole! Celle que grand-mère a donnée à la m'am. Il ne faut surtout pas oublier de la mettre dès le premier jour. Elle est où? Déjà sur Evelyne. La m'am y a pensé avant moi. Elle confie à l'oreille de Lilyne les secrets de Marie, Sidonie. Ce simple ruban madras donne l'impression qu'on a planté un palmier dans la chambre.

La porte s'ouvre brusquement. C'est le père Murty, rouge bien mûr, le souffle en sifflet. « J'ai entendu crier. » Il découvre Evelyne dans les bras de la m'am.

— Ben, merde, alors!

Et il tombe comme un coing, évanoui dans ses sabots, les lunettes à la main pour être à son avantage. « Coquet, le Führer! »

17 juillet 1943, la nuit du cuivre

Maintenant qu'Evelyne est née sans prévenir, je peux retourner cueillir des tomates pour la m'am. « Pense à la ciboulette. » Je retrouve mon panier dans l'allée. Les Allemands vont arriver. J'ai encore le temps d'abattre le mouchard et de tout arrêter.

Un volet grince derrière moi. C'est lui ! Il se prépare au spectacle. Tu as eu tort. Te voilà repéré. Je sors le 7,65, le canon chromé pointé vers le ciel. Cet idiot le confond avec un paratonnerre. Il gronde. Un orage soudain. Une bonne pluie, ça fera du bien aux salades. Pas ce genre de pluie.

« Les Allemands ! »

Ma trouille et moi, on en est sûrs. Ce n'est pas l'orage qui gronde, ce sont des camions de l'autre côté du mur. Dans la rue. Les moteurs énormes, le couinement des freins, les ridelles. Les soldats. Ça claque. Les bottes, les ordres. Des chiens. J'ai déjà leurs crocs dans la gorge.

Je cache le 7,65 sous une cloche de verre. « Plus ça se voit, moins on le voit. » Dicton en poche, panier à la main, je me précipite vers la maison. Qu'il est long ce p'tit jardin sans tralala ! Tant pis pour le mouchard ! Le 7,65 est un fruit qui mûrit lentement. Je reviendrai.

Le cœur comme un potiron, j'arrive dans la buanderie. Les fausses cartes qui sèchent ! Je rafle ce que je peux. La bonbonne en raphia. Je la bourre. Le bouchon et un coup de battoir. Au-dessus de moi, la maison tremble. Quand je débarque dans le couloir, les soldats sont déjà là. Immenses. Une véritable troupe.

« La première fois, ils ont rien trouvé. La deuxième, quand ils sont revenus, ils nous ont envoyé les méchants. » Qu'est-ce que tu racontes, m'am ? « Les nôtres à Vauzelles, c'étaient plutôt des gars de la campagne. Ils pensaient qu'à rentrer chez eux. Mais là, c'était ceux de Nevers. »

Devant les W.-C., un caporal s'échine sur la poignée de porte que j'ai tant briquée. A l'intérieur, Jacky joue la montre. « Mal au ventre ! Mal au ventre ! » En ce moment, il jette calmement dans la cuvette, cartouches, poudre et tracts. « Sans lui, on était fusillés sur place. » Où sont les frères et sœurs ? Je ne les entends même pas pleurer. Tonton Florent sort de la cuisine une poêle à la main. Il fait l'andouille. « Gut ! Gut ! Manger ? » Une baffe lui traverse le visage. L'omelette gicle sur la poitrine d'un officier. Le voilà décoré grand-plaque d'un ordre jaune baveux. Félicitations ! L'honoré traîne Florent dehors et m'attrape au col par souci de symétrie. Mon panier valdingue. Tonton, lui, ne lâche pas sa poêle.

Du perron, j'entends la voix de la m'am dans le jardin. Elle m'ouvre le corps en deux. « Allez-y, puisque vous avez des informations, comme vous dites. » Je voudrais seulement l'apercevoir. « Je peux bien lui donner ses cigarettes, à mon homme ! » Est-ce qu'ils t'ont battue, m'am ?

« Tout de suite, ils ont attaché les mains de Roger et l'ont emmené dans une voiture. Il a juste eu le temps de me dire de cacher son pistolet. Je l'ai embrassé. Je lui ai mis du rouge à lèvres. Ça l'a gêné. »

Pour le pistolet, m'am, c'est fait.

« Après, un type en ciré noir est arrivé. Il est allé dans le jardin, directement aux plants de tomates. Ils ont creusé et ils ont trouvé. Je peux te dire qu'ils en ont bavé, les gars. Ils étaient rouges comme des coqs ! Trois tonnes. Ça en fait des plaques. Et enfouies profond ! Crois-moi, on avait pas chômé. J'avais peur qu'ils lui fassent un mauvais sort, à Roger. Aujourd'hui, quand je le raconte, j'ai autant peur que ce soir-là. »

Moi aussi, je l'ai remarqué, ce type en noir qui rigolait, pendant qu'on nous embarquait dans un camion avec tonton Florent. Assis sur l'aile d'une Traction, il parle avec une femme, plutôt solide. Tranquille. Comme un soir d'été. Comme s'il n'y avait pas ce cordon de camions qui boucle l'îlot, ni de soldats, les fusils braqués sur les fenêtres, ni de fourmis qui transportent des plaques terreuses et des brassées de tomates. « Ils ont fait leur marché, les boches. On avait même l'impression que c'est ça qui leur faisait le plus plaisir. »

— Pourquoi elle est ici, la Charron ?

La question de tonton Florent stoppe net la conversation dans ma tête avec la m'am. Cette femme tout en gris, c'est donc mademoiselle Charron. Enfin, je la vois. Je l'imaginais plus bouledogue. Tonton a raison. Qu'est-ce qu'elle fait là ? Surtout avec ce type en ciré, affalé sur une Traction consentante.

A la fin de la guerre, il y a des Tractions qu'il

faudra fusiller, d'autres décorer, et tondre certaines.

La bâche du camion tombe. On part. On roule dans la nuit jusqu'à Nevers, pour finir dans une cour pavée où le camion manœuvre à l'étroit. Difficile de dire si je suis à l'Ecole normale ou à la Maison d'arrêt. Ni les couloirs, ni le réduit grillagé où on nous pousse avec Florent ne me le disent. Personne ne confisque sa poêle à tonton. Il est triste. Il lui parle.

« Tout ça, c'est pas juste ! On sépare pas des frangins. Quand la mère est morte après le père, la Charron a rien fait pour que je reste avec Roger. Lui, il est entré aux Ateliers, avec elle comme tutrice, et moi on m'a mis à la ferme. C'est pas logique. On nous sépare pas avec Roger. La mère nous avait fait promettre. Là, elle pourra rien, la Charron. Ils vont nous fusiller ensemble. Ce sera bien fait pour elle. »

Un soldat ouvre notre cage et me fait signe de sortir. « Non, pas toi ! » Tonton a sa lippe résignée. « De toute façon, c'est jamais moi. » Je suis conduit dans un couloir de bureaux, éclairé par des lumignons. On m'assoit sur un banc en face d'un comptoir en bois ciré. Un registre est resté ouvert dessus. On dirait une réception d'hôtel. « Non, merci, j'ai déjà réservé Chez Paulette. » J'attends. L'endroit est désert. Comme ces nuits d'été où tout semble chercher de la fraîcheur ailleurs. Je n'entends que de rares mouvements de véhicules dans la cour et des éclats de voix sans suite.

Une porte de bureau s'ouvre. Un homme apparaît en chemise blanche, les bras dans le dos, la tête affaissée sur l'épaule. Le p'pa ! Je me retiens de me précipiter. De lui enserrer la taille. « Leur fais pas ce plaisir. » Deux hommes en civil le soutiennent. Il passe devant moi, « un peu battu ». Le visage barbouillé d'un vilain rouge à lèvres. Tu lui en as vraiment mis beaucoup, m'am.

1/1 000 de seconde, le p'pa a son œil d'iguane amoureux. Celui que j'avais surpris sur la m'am, après son vol plané dans le tas de sable. « C'est rien. Ça impressionne, mais c'est rien. » Le 7,65 sous la cloche de verre me manque. Les deux civils descendent le p'pa, dans un escalier de librairie, derrière le comptoir. Ils lui ont laissé sa montre-bracelet. C'est idiot, mais ça me rassure. L'impression qu'on a juste à la remonter pour que la vie continue.

— Eh, le mouflet ! Tu peux partir. Cette dame s'est portée garante de toi. Tu as de la chance.

Le type au ciré noir a l'air de le regretter. « Cette dame » se tient droite devant moi. Mademoiselle Charron ! Il doit y avoir une erreur. Gardien, je ne la connais pas. « Suivez-moi, nous avons à parler, tous les deux. » Le ton est ferme, le pas énergique. Je trottine derrière elle à travers la cour pavée. J'essaie de comprendre l'endroit. Mais il fait trop sombre. J'ai froid. « Tenez, mettez ce chandail. Les nuits sont encore fraîches. » Je n'aurai pas le prix d'élégance, mais c'est gentil.

Nous marchons en silence dans un Nevers quasi désert. Et le couvre-feu ? Ça n'a pas l'air d'inquiéter la demoiselle Charron. Près d'un kiosque à musique, elle se décide à parler.

— Je suis très triste et déçue de ne pas avoir pu tirer Roger de cette vilaine affaire. Mais quelqu'un a mouchardé. Vous avez pensé que c'était moi, quand je parlais à ce commissaire. Vous vous trompiez. Vous vous trompez souvent, d'ailleurs. J'aime beaucoup Roger. Mais pas comme vous y faites allusion. Je me sens encore responsable de lui. Même aujourd'hui. Quand il est devenu orphelin, il avait dix-huit ans, il appartenait déjà aux Ateliers. Ce, pour dire que Florent a tort. Je ne pouvais pas être sa tutrice car il ne faisait pas partie des Ateliers. On en pense ce qu'on veut, mais c'est la règle, chez nous. Autre chose. En ce qui concerne cette « quatrième demande », celle que Roger devait faire auprès de moi, elle a eu lieu. Ce fut bien ce fameux soir du sabordage du Graf Spee, et non « naufrage ». A cette occasion, j'ai dit ce que je me devais de dire à Roger. Je suis restée dans mon rôle de tutrice, mais pas la règle à la main comme vous le prétendez.

M'am, je pensais qu'il n'y avait que toi qui pouvais espionner dans ma tête. Comment sait-elle tout ça ?

— La réponse est simple. De par ma fonction de surintendante (autre erreur de votre part. Je ne suis pas l'assistante sociale) tout ce qui arrive aux Ateliers me concerne et tout le monde, un jour ou l'autre, passe devant moi et se confie. Sans trahir le secret auquel je suis astreinte, il est vrai que, ce soir-là, j'ai mis Roger en garde. J'ai sondé sa volonté. Elle était forte et son désir sincère. Mais je lui ai demandé de réfléchir à un délai de convenance, qui pourrait coïncider avec le temps qu'il lui restait pour atteindre sa majorité.

« Délai de convenance », c'est la première fois que j'entends cette expression.

— Vous souhaitez que je sois plus claire ?

Inutile. En réfléchissant à la situation. La m'am veuve depuis à peine un an. J'aurais dû y penser tout seul. Je m'en veux.

— Et Roger a sagement accepté d'attendre sa majorité. Sans user d'artifices pour forcer mon consentement. Vous voyez ce que j'entends par artifices ? Voilà la vérité. Elle est simple, sans arrière-pensée de ma part. Quant aux doutes que vous exprimez à propos de cette affaire de cuivre. Croyez-vous que je serais là, ce soir, si j'avais douté de Roger ? Réfléchissez-y. Une voiture m'attend. Je ne voudrais pas que Max, le chauffeur qui a eu la gentillesse de m'accompagner, se couche trop tard.

Je n'avais pas remarqué la minuscule Rosengart blanche aux ailes noires qui nous suit.

— Henriette !

— Excusez-moi. Vous entendez Max. Il s'impatiente. Je dois vous quitter. Mais je crois que nous allons bientôt nous revoir. Bonsoir. Vous voilà revenu sur le boulevard devant ce panneau indicateur qui vous intrigue tant.

Ça n'a plus d'importance. Je suis des yeux la voiture de mademoiselle Charron. Elle disparaît dans les rues de Nevers.

*

— Gamin, tu écoutes au lieu de rêver dehors !
Marcel m'agite une feuille de papier devant les
yeux. L'arrière de la Juvaquatre a de nouveau été
transformé en salle des cartes. On roule. Je me
demande depuis combien de temps je rêve dehors.

— Les gars, on a sorti notre colis de l'hôpital.
Sauf pépin, la première phase de notre affaire est
terminée. Maintenant, le plus coriace commence.

11

Le Grand Cirque

*Comment le héros, en attendant un Spitfire,
reçoit en héritage le plus grand des secrets,
tue un homme, et reste coi devant Pierre
Clostermann.*

5 novembre 1943

Avec Marcel, ça n'en finit pas de coriacer.
L'ambulance roule en direction de Vauzelles.
Maintenant que j'ai terminé mon travail, j'espère
qu'ils ne vont pas me laisser trop loin de chez la
m'am. J'aimerais avoir des nouvelles du p'pa et
de Florent.

« Pour l'histoire du cuivre, lui, ils l'ont gardé
trois mois. L'officier voulait le faire passer au
peloton. Injure à l'uniforme allemand. T'imagines. Fusillé pour une tache d'omelette. »

Et le p'pa, pourquoi les Allemands ne l'ont pas
fusillé, m'am ? « Recommence pas. On croirait
que tu regrettes de pas être orphelin. Dénonce-le.
Ça ira plus vite. Je t'ai déjà dit mille fois. Ils lui

ont proposé *les balles ou les bombes.* "Paulette, si
je suis fusillé, ça fait pas un pli sur une bosse.
Tandis qu'avec les bombes à déminer, j'ai ma
chance, si je tombe sur un bon chien." On aurait
dit qu'il me parlait d'une partie de tarots. »

M'am, c'est dans cette prison qu'il a écrit la
dernière lettre d'un fusillé? « Seulement recopiée.
A cause de sa belle écriture. » M'am, ce n'est pas
ce que tu m'as raconté. « Ça nous regarde pas.
C'est sa lettre, à ce gars. Roger voulait pas qu'on
en parle. » Tu m'as dit que tu l'avais vue dans un
livre. « T'arrête avec ça, j'ai dit. »

— Toi, gamin, tu n'agites la lampe-tempête
que quand je te le dis. L'avion fera d'abord un
passage au-dessus du terrain.

Quel avion? Quelle lampe-tempête? Je ne
comprends rien. C'est quoi, ce nouveau plan étalé
sur la boîte à pharmacie? Ces deux traits rouges
parallèles que Marcel tapote de l'index?

— Ça, c'est la piste d'atterrissage. Là, autour,
en pointillé, ce sont les arbres.

Marcel est fou. Ils sont à peine à un ongle, sur
le plan!

— La piste, pour la longueur, ça passera. La
largeur, 12-15 mètres, c'est juste, mais on a pas
trouvé mieux dans le bois de Villers.

— Il devra pas se louper, le gars.

— Paraît qu'ils nous envoient un as de la
R.A.F.

— Un Anglais!

— Non, les gars, un ancien du groupe
« Alsace ». Un Français!

Il y a une exclamation. On croirait la retransmission d'une étape de montagne à la radio.

— C'est quoi comme zinc, Marcel ?

— Un Spitfire. Mais ça peut changer.

Un Spitfire ! Sûrement pas. Y'a pas la place. 234 mm d'envergure à l'échelle 1/43 pour 12-15 mètres de piste. C'est impossible. Ce sera plutôt un Potez. Lui, au moins, il a deux places. « Recommence pas avec tes avions ! » M'am, c'est justement ça que j'aime dans *Le Grand Cirque* de Pierre Clostermann. Tous les détails techniques. « *Le Grand Cirque,* c'est *Le Grand Cirque* ! Toi, c'est plutôt... » Je préfère abattre sa phrase en plein vol.

— Quand l'avion aura atterri, faudra pas traîner pour charger notre colis.

L'Homme invisible ne réagit pas. Drôle de gros bonnet. Pas une consigne. Pas un mot. Pas un grognement. Même pour dire « Du bon boulot, les gars. Bravo ! »

— Dès que l'avion a redécollé, on décroche. Terminé pour nous. On rentre à la soupe.

J'imagine le Spitfire qui s'envole. La civière sous l'aile, et l'Homme invisible qui n'agite même pas la main pour dire au revoir.

— Tu pourras... Euh !... Vous pourrez courir ?

Marcel parle au planqué-momifié, comme s'il était « au paragraphe de la mort », comme dit la m'am. Pourtant, je l'ai vu gaillard à l'hôpital. « C'est utile de te moquer de ma façon de parler ? » Au contraire, m'am. « Paragraphe de la mort », ça me plaît. C'est mieux qu'article. Il te reste plus de temps à vivre.

— Au retour, sur la route de Vauzelles, on se débarrassera de l'ambulance dans une ferme à Gros-Bourg et on rentrera chacun de son côté.

Et moi? Pas question de m'installer de force à la ferme. « La jeunesse française répond au S.T.O. : Merde ! » C'est dans *Libération*. Je suis d'accord. Je deviens réfractaire et je retourne me réfugier chez Paulette. Je veux des nouvelles du p'pa. Me glisser dans le lit contre Monique. « Arrête de me coller ! » Demain au petit déjeuner, j'aurai le plus gros numéro en Pyrex. A moi les tartines géantes à la double confiture. M'am, dis-leur de me ramener. Ou trouve-moi une course à faire. Je te promets, je serai plus efficace que pour la ciboulette.

« J'espère ! Cette fois, c'est juste quelques affaires d'enfant à prendre rue des Mûriers, chez la mère de Roger. C'est pas loin, au n° 12. Vas-y tout de suite. Moi je dois attendre Desprez, le moustachu de l'entretien qui vient réparer le volet de ma chambre. Il s'est encore dégondé. »

15 novembre 1938, le secret de grand-mère

« Pourquoi tu regardes mon ventre comme ça ? Tu n'as jamais vu de femme enceinte ? » Des femmes, si. Mais toi, m'am, jamais. Pourtant, c'est difficile d'avoir treize enfants sans être enceinte. Rapide calcul. $13 \times 9 = 217$. Soit : 9 ans, 9 mois ! Tu te rends compte, m'am. C'est comme si tu avais été 9 ans et 9 mois enceinte, sans t'arrêter. Presque mon âge. Moi, enceinte toute ma vie. T'imagines.

Je n'avais jamais remarqué avant que les « 9 » avaient la forme de fœtus rigolards.

Il n'est pas très gros, ton ventre, m'am.

— J'attaque le cinquième mois. C'est pour mi-avril. Ce sera une fille. C'est ce que la mère de Roger m'a dit. Elle se trompe jamais. Moi, au bout de neuf, je me goure encore une fois sur deux.

Ton neuvième enfant, m'am. C'est donc Evelyne. Encore elle ! Je viens à peine de la voir naître et la revoilà dans ton ventre. Je comprends mieux tout ce noir, sur toi. « Sa première layette. » Tu es veuve, m'am.

Je calcule. Le résultat s'affiche dans ma tête. Nous sommes donc sur le perron de la m'am, aux alentours du 15 novembre 1938.

— Tu m'écoutes ? Je t'ai dit, si la mère de Roger est absente, il y aura un paquet de préparé, devant chez elle. Tu le prends. C'est tout. J'irai la remercier demain. Il est 3 heures. Vas-y tout de suite, moi je dois attendre...

Je sais, m'am. Le volet dégondé.

Le paquet est là, devant la porte, enveloppé dans une feuille de journal. Noué par un ruban rose qui jure sur l'encre des manchettes. Je le prends. Il est léger. Qu'est-ce qui se passe, ce 15 novembre 1938, chez grand-mère ? La petite voix dans ma tête a l'air de savoir. Elle me met en garde. « Ça y est, tu as le paquet, maintenant. Va-t'en. » La porte a été laissée entrouverte. « Tu n'as plus rien à faire ici. » J'avance. « Pars, la m'am t'attend. » Je respire profondément. Je cherche le parfum de tilleul léger. « On ne s'introduit pas comme ça chez les gens. »

— Entre !

C'est la voix de grand-mère. Je pousse la porte. Juste assez pour me glisser. L'intérieur est toujours aussi sombre que la première fois où je suis venu. Mais ce n'est pas la même obscurité. Celle-là sent bon la soupe, la cire, et le poêle à bois.

— Ici.

La voix de grand-mère vient de la chambre du fond. Au milieu du couloir, je sens peser dans mon dos la masse de Jean, Jules, Joseph. Déjà trois ans que le fantôme du Boucher de Vauzelles hante la maison.

M'am, il paraît que Rosalie, la mère de grand-père, avait choisi ces prénoms pour qu'il ait trois machettes comme initiales. Tu aurais pu y penser pour moi. Au moins une, pour décapiter le mouchard et le contrôleur.

— N'aie pas peur. Approche.

Marie, Sidonie est couchée dans son lit. Plus pâle encore que la dernière fois. Adossée à un large oreiller. Elle est parée de son seul bracelet d'esclave. Le cou infini, les cheveux noués en une tresse lourde. Une princesse lasse. Au-dessus du lit, la coupe du Bateau-Sombre. Les Corps Noirs. Et le crucifix là-haut. « Approche. » Elle me prend la main. Elle a la fièvre. Ses yeux un peu moins.

— Tu diras à Paulette que dans les vêtements que je lui ai préparés pour sa petite, il y a une brassière créole. Une brassière magique qui protégera sa fille pour toute la vie et lui fera rencontrer un homme des îles qui lui donnera le bonheur, et une petite fille, à son tour. Et ainsi de suite pour des générations et des générations. Mais attention, le charme n'agit que si l'on met la brassière créole au bébé dès le premier jour ! Sinon... Moi, je n'ai pas écouté <u>Jules</u>. J'ai été bien punie.

Grand-mère, j'ai honte. Je m'aperçois tout à coup que je ne connais pas le prénom de la petite fille que tu as perdue.

— Par ma faute, j'ai bien fait souffrir ceux que j'aime. Ne dis rien. Moi je sais. Toi aussi. Tu as lu l'agenda de <u>Jules</u>. C'est vrai, ce qui est écrit. La boisson est la pire des sorcières. Mais je n'ai pas tous les torts. Ça n'a plus d'importance. On n'a pas trop le temps. Je vais mourir. Chut ! ne t'inquiète pas. Ne sois pas triste.

C'est pour ça que la petite voix ne voulait pas que j'entre.

— Je vais mourir avant que les enfants ne reviennent à la maison. Tu as vu, ils trouveront le 12 avenue des Mûriers tout beau. Propre. Quand tu partiras, ouvre grands les rideaux. Pour l'instant, décroche « Ça ! » <u>Jules</u> disait qu'on ne pouvait pas lui donner de nom.

Grand-mère me montre la coupe du Bateau-Sombre. Les Corps Noirs.

— Lis ce qui est écrit derrière. Ne dis rien surtout. Le nom que tu vois, c'est celui du bateau qui a amené d'Afrique le premier membre de notre famille. Ne le prononce même pas dans ta tête.

Ce pourrait être le prénom d'une femme.

— Il est moins le quart. Je vais mourir à

4 heures. Ça me console. J'ai l'impression d'être comme un goûter d'enfant. On ira jouer avec moi quand je serai partie. Donne-moi l'oreille dans laquelle ta maman te raconte. Ce que tu vas entendre, même Jules ne l'a jamais su. J'ai eu tort. C'est un secret qui me vient de mes parents. Quand je te l'aurai dit, il faut me promettre d'en faire une belle histoire.

Je promets. J'entends. Et je promets plus encore.

— Tu prendras la machette de Jules dans l'entrée. C'est son cadeau. Il en avait trois. Une pour chaque fils. Celle-là, c'était celle de Marcel. Pour lui non plus, je n'ai pas écouté Jules. J'aurais dû l'emmener de force chez le docteur. Tu sais, je l'ai aimé, cet homme. J'aurais dû mieux l'écouter même s'il ne parlait pas. Ce que je regrette le plus, c'est qu'il est parti fâché. Il ne faut jamais partir fâché. Le temps qu'on met à se réconcilier, c'est du Paradis en moins. Maintenant, tu dois y aller. Je vois déjà la barrière du pré où j'allais jouer quand j'étais petite, à Mauvezin, dans mes Pyrénées. Il neige. Il faut que j'aille à la maison. Je vais me faire gronder.

Grand-mère sourit. Elle ne me voit plus. Je le sais. Je devrais être triste, mais j'ai l'impression qu'elle regarde la petite fille qui se dépêche de rentrer. Qu'elle lui tend la main pour l'aider à passer sous la barrière. Il n'y a pas de quoi être triste. C'est simplement une petite fille qui retourne chez elle.

Je la laisse belle, le chapelet aux doigts. Un dernier baiser. J'ouvre les rideaux en grand. La maison se frotte les yeux. La table est mise jusqu'au rond de buis. Je réduis le feu sous le faitout. Le p'pa et Florent vont arriver. Le p'pa dénouera la tresse de grand-mère. Florent bordera le drap de lin blanc. Je sors. La porte se referme, 12 avenue des Mûriers.

Sur le perron, je prends le paquet noué de rose. Il y a une enveloppe glissée. « Pour toi. » J'ouvre. Sur la carte, l'encre est à peine sèche. « Je suis auprès de ma petite fille, de Marcel et de Jules. » Signé « Marie, Sidonie, ta grand-mère ».

Ma machette à la main, je pleure en zigzag toute l'avenue des Mûriers, des platanes, des catalpas, des peupliers, des paulownias, re-des-platanes, des aubépines et j'entre dans l'église engueuler le crucifix grandeur nature. Il a de la chance que je ne sache pas le créole.

5 novembre 1943, terrain d'atterrissage

— Les gars, arrêtez de fumer, le gamin a les yeux tout rouges.

— Marcel, c'est ma première de la journée.

— On arrive au bois de Villers. Faut se préparer.

Les phares de la Juvaquatre éclairent le creux d'un chemin. On a quitté la route depuis une bonne demi-heure, pour entrer dans un bois décharné. Le moteur a du mal. L'ambulance est chahutée. Louis descend ouvrir une clôture en barbelé. Il marche dans la lumière des phares et nous guide vers une sorte de clairière. L'ombre des

arbres est toute proche. 12-15 mètres de large,
pour la piste, c'est optimiste. Marcel descend. Je
le suis. L'Homme invisible reste sur le brancard.
Louis le rejoint. Je saisis furtivement l'image des
ailettes d'une seringue dans ses mains. Etrange.

— Il faut ramasser du bois. Même si la lune est
avec nous, on va baliser avec des feux. Gamin,
siphonne un peu d'essence dans le réservoir.

Ça, je sais faire. Il me donne un tube de caoutchouc et une bouteille. Ça ne manque pas. J'en
avale un jerrican. Pourtant le p'pa m'a montré. Je
n'ose pas trop cracher. C'est ma deuxième mission dans la Résistance et je m'étouffe déjà.
Quand j'aurai fait mes preuves, je voudrais
empoisonner des chiens policiers, saboter un
transformateur électrique, couper une ligne à
haute tension et faire dérailler un train avec des
oreilles-de-cochon. Le p'pa en fabriquait aux Ateliers.

— On en met un coup, les gars. L'avion sera là
dans moins d'une heure. Le Rouge, éteins les
phares, on va bousiller la batterie.

On s'active en ligne, façon braconniers sous la
lune. J'aurais dû prendre ma machette au lieu de
ce 7,65 qui m'encombre le short. « J'en ai
emmené des filles par ici, pour la feuille-à-
l'envers. » « Et moi, donc ! Heureusement que ça
cause pas, la mousse. » « Ni les écureuils. Je me
souviens d'un qui pourrait me faire chanter
comme un merle jusqu'à la fin de mes jours. » Ils
rient. Je n'essaie pas de démêler les voix. « On en
emmènera d'autres, après cette garce de guerre. »
« J'espère que l'écureuil aura été fait prisonnier. »

Ils pouffent. « En attendant, le colis pourra dire qu'il nous en a fait baver. »

Je sais ce que tu vas dire, m'am. Si je ne relève pas cette phrase. Si je ne te demande pas pourquoi tu répètes souvent « La Charron nous en a fait baver, avec Roger », tu vas encore croire que ce que tu me racontes ne m'intéresse pas.

« Toi, pour t'intéresser, il faut être un Spitfire ou une Rosengart. Désolé, je ne suis que ta mère. Je retourne à la cuisine, faire brûler quelque chose. » La m'am claque la porte.

Dans la clairière, ça fait un bruit de bois mort. Marcel, Louis et Le Rouge s'immobilisent Ils écoutent. « Bougez pas, j'ai entendu marcher. » Le silence reste tranquille. Je rassure mon 7,65. « Sûrement un lièvre. » « Plutôt un chacal. Depuis qu'on parachute ici, des types traînent pour récupérer de la camelote, dès qu'ils sentent un coup. Allez, on se remet au travail. »

Je pense à la m'am en colère. « Il ne faut jamais partir fâché. » Tu as raison, grand-mère.

Je toque à la porte de la cuisine. Allez, m'am. Je te demande pardon. « Laisse-moi. J'ai de l'ouvrage et j'attends le moustachu de l'entretien pour le volet. » Encore lui ! Je trouve qu'il vient souvent ce type. Et toujours pour le volet dégondé de ta chambre. Tu aurais pu trouver mieux comme prétexte. « T'es jaloux, ma parole. » Elle éclate de rire. On est déjà moins fâchés. « Qu'est-ce que tu vas imaginer ? C'est à cause de Roger. » Tu essaies de me faire croire, que c'est à cause du p'pa que tu vois le type de l'entretien tous les jours! « Oui, parfaitement. A cause de Roger, et de la Charron. »

Bien joué, m'am, le regroupement des deux sur le même hameçon « Qu'est-ce que tu crois. Moi aussi, j'apprends. »

J'écoute le ciel. Pas de Spitfire en approche. Voyons comment la m'am se tire de son histoire de pêche.

« Comment tu crois qu'on a fait, avec Roger, pour se voir entre le Graf Spee et le Prince de Galles? » Je ne comprends pas, m'am. « Mais si, le naufrage du Graf Spee. 17 décembre 39 : Roger se déclare. 25 octobre 41, notre mariage : lancement du Prince de Galles. » La m'am me montre la coupure de *Match*. « *Le cuirassé HMS Prince of Wales part pour Singapour.* » « Notre histoire avec Roger, ça ressemble à un transatlantique. Mais en fait, c'est plutôt un sous-marin. »

La m'am sent que je ne comprends rien.

« Je veux dire qu'entre les deux dates, on a été 680 jours à se cacher avec Roger. 680 jours en plongée! »

Difficile d'imaginer que des parents doivent se cacher. Des parents, ça se rencontre, ça se fréquente, ça se marie. Et on nait. Quatre verbes et c'est tout.

« Tu as oublié le verbe "aimer". »

Excuse-moi, m'am.

« Et comment on fait, pendant 680 jours, quand il faut que ça reste secret? Que personne doit savoir? Tu peux même pas avouer. Quand ça me brûlait trop la bouche, je me remettais du rouge à lèvres pour éteindre. J'en ai usé des bâtons à me taire. Certains se doutaient. Alors ils essayaient. "Quand même, Paulette, toi et Roger. A nous, tu peux bien le dire." A personne. Alors que toi, tu veux crier. Oui, je suis avec Roger ! Que tout Vauzelles le sache. La nuit, je rêvais qu'on marchait dans la rue Centrale. Tous les deux. On regarde personne. On fait comme si de rien n'était. Et il me donne le bras. Tu imagines, le nombre de secrets qui se promènent dans les rues ? Les secrets, c'est comme les microbes, si on les voyait, la vie deviendrait impossible. »

Pas très poétique, mais j'essaie d'imaginer.

« Parfois, avec Roger, on était à cinq centimètres l'un de l'autre. Aux Ateliers, dans la Cité-Jardin. Une fois à la Ruche ouvrière. Je faisais la queue. Je sens qu'on me tripote à la taille. Je prépare mon épingle à chapeau. Toi mon gars, tu vas pas le regretter. Je me retourne. C'était Roger ! J'ai failli m'évanouir. Ils ont tous cru que j'étais encore enceinte. Mais, avec lui, ça aurait pu. Rien qu'à me regarder. Un jour, je l'ai prévenu. Roger, fais attention à tes yeux, ici, personne croira à l'Immaculée Conception. Hep-hep ! toi, je te vois venir avec ton nez de fouine. Tu peux compter sur tes doigts, ton frère Serge est arrivé pile à l'heure. »

J'ai déjà vérifié, m'am.

Le Spitfire laisse encore un peu de ciel à la m'am. Ce qu'elle raconte doit l'intéresser.

« Le pire, pendant ces 680 jours, c'étaient les chacals. Les types qui te tournent autour parce que t'es seule. Que t'es veuve. Que t'as besoin de ton travail pour nourrir tes gosses. » M'am, tu penses au contrôleur? « Celui-là, si Roger avait su. Il l'aurait tué. Déjà que le grand-père avait failli. » Quel grand-père, m'am? « Le père de Roger. Jean, Jules, Joseph, l'Ebène-de-Macassar, comme ils l'appelaient aux Ateliers. Il avait toujours sa machette sur l'établi. Manie de Martinique. Les moulins à cannes. Il disait que si un homme se fait prendre par la machine, on doit pouvoir lui trancher la main. Sinon, il y passe entier. Le contrôleur voulait pas de cette machette. "Elle est pas réglementaire." C'était manière de chercher des noises. "Ou tu la fais disparaître. Ou je la confisque." Et chaque matin, elle était sur l'établi à narguer le contrôleur. Ça devait arriver. "Je t'avais prévenu." A peine il touche la machette que ton grand-père le saisit au kiki, le lève comme une quille et le colle contre la roue du transbordeur. Tout l'atelier Chaudronnerie regardait ailleurs. "Ça va! Ça va! Tu peux la garder ta machette." Mais c'est qu'il est allé se plaindre, ce péteux. Direct aux pontes de la direction. Convoqué, Jean, Jules, Joseph. Renvoyé sur-le-champ. Et là, si t'as jamais vu un atelier entier laisser tomber les outils, d'un coup. T'as rien vu. "Si notre camarade n'est pas réintégré, on reprend pas le travail." Avec les gars de la C.G.T. ça rigolait pas. Ils ont pas hésité, les pontes. "Incident sans gravité" qu'ils ont dit. Et le contrôleur s'est plus jamais approché de la machette. Mon Dieu, ce que c'était beau quand ils ont tout lâché! C'était comme en 36, pour un seul homme. »

Et pour un Noir, m'am! « Il avait beau faire

deux mètres, l'Ebène-de-Macassar, ce jour-là, personne voyait sa couleur. »

J'aurais bien aimé qu'une histoire de la m'am m'emmène en 36. Mais les souvenirs, c'est eux les patrons.

Dis-moi, m'am, quel rapport entre l'histoire de grand-père avec le contrôleur et la tienne, avec ce type ? « La machette ! C'est pour ça que ça m'a fait un drôle d'effet de voir que tu en avais une toi aussi. Mais ce serait trop long à te raconter. Il va bien finir par venir au rendez-vous, ton Spitfire. »

*

Ce n'est pas le retard de l'avion qui inquiète le groupe. Cette fois, on a tous entendu le bruit de pas dans les bois. Il y a bien un chacal dans le secteur. Marcel fait des signes. On se déploie. Moi, vers l'ambulance. D'accord. Je prends le 7,65 à la main. C'est vrai, je ne sais pas m'en servir. Mais, dans le noir, ça ne se voit pas. J'arrive à l'arrière de la Juvaquatre Le brancard est vide ! Bravo. C'est moi qui devais surveiller l'Homme invisible. Pas loin à chercher. Il est tout près, appuyé à un arbre. Fatigué. Il abaisse le canon de mon arme. Pardon. Et tapote sa poche de pantalon pour de l'aide. C'est vrai qu'avec ses mains bandées. Des cigarettes anglaises. C'est pour ça qu'il ne parle pas. Il est anglais, l'Invisible Man. Il y a aussi un briquet. Bizarre, j'ai l'impression de le connaître. La momie fume avec une odeur de femme. Il me tend la cigarette. Il n'a pas l'air d'aimer. Je le comprends. C'est pire que l'essence siphonnée.

Ça fait tousser les femmes. Je crois que je vais arrêter après celle-là.

— Qu'est-ce que vous foutez? C'est pas le moment d'en griller une. On va se faire repérer. Toi, faut retourner à la clairière.

Marcel aide l'Homme invisible à s'allonger sur le brancard. Il lui parle à l'oreille. Marcel doit connaître l'anglais.

— C'est foutu, il ne viendra pas, ce zinc.

Personne n'a envie de répondre à Louis. C'est déjà assez, cette nuit, ce silence dans le ciel, et ce chacal qui tourne autour de nous. Je me sens comme une veuve avec neuf enfants. Sauf que moi, j'ai un 7,65 en main.

*

Viens, m'am, on va s'occuper de lui. « De qui tu parles? » Du type qui te tournait autour aux Ateliers. Le contrôleur qui a voulu te coincer dans les toilettes. J'ai le pistolet du p'pa. « T'es fou! D'abord, j'ai pas besoin de toi pour me défendre. Tu veux rejoindre Roger en prison? Ce type en vaut pas la peine. » Regarde, m'am, ce qu'il t'oblige à faire. Récurer les tinettes avec une brosse pourrie. A genoux. « T'en fais pas. J'en ai vu d'autres. Attention, cache-toi. Le voilà! »

Je m'enferme dans un W.-C. Vu les graffitis prétentieux, on est chez les hommes.

— Alors, ma mignonne. On frotte. On a pas changé d'avis. On fait sa difficile. Pourtant, paraît qu'on fricote avec le fils du gorille qu'a voulu me tuer. Dis pas non.

Je ne crois pas que j'oublierai la voix au miel de vidange de ce type.

— Oh, la belle vue ! Ne bouge pas. Exactement comme j'aime.

Vloug ! Ça c'est un bruit de brosse pourrie en pleine face pourrie, avec chute de corps avarié sur carrelage lavé-rincé à quatre pattes. M'am me l'a racontée tant et tant, cette scène. Mais que c'est bon à entendre !

— Là, ma mignonne, tu peux dire adieu à ton boulot, à ta baraque et à tes gosses. Direct chez les sœurs qu'ils vont te les mettre.

Je m'expulse des W.-C. et je me jette sur l'affalé pour lui notifier mon refus d'une éducation religieuse décrétée dans ces conditions. Moi, il ne me voit pas. Je suis trop petit, trop mince, trop grêle, mais le 7,65 lui remplit les yeux. Il se protège avec cette main que grand-père aurait dû trancher au ras du bracelet-montre. Le contrôleur, rencogné sous un lavabo, les yeux débondés, sanguignole, la braguette comme un tronc d'église. Trop tentant. J'y plonge mon offrande nickelée. Du droit canon. Il veut hurler mais il ne se souvient plus des paroles. Pan ! Trou de mémoire.

— Toi, si tu touches encore une fois à ma mère...

— Arrête ! il vaut pas la peine, je t'ai dit.

La m'am m'arrache, me tire, me prend dans ses bras, m'embrasse le salé des yeux, de la bouche et du front. Je tremble. « C'est rien. C'est rien. Il m'a pas touchée. Je te jure. Sauve-toi vite, ou ils vont te prendre. » Juste l'achever, m'am. « Là ! Là ! Calme-toi. Ecoute ! Là-haut. C'est ton Spitfire. Il arrive. Va. Faut pas que tu le manques. Tu verras, c'est le dernier modèle. »

*

Dans la clairière silencieuse, je regarde autour de moi. Rien dans le ciel. M'am, il est joli ton mensonge. Je tremble encore. J'étais certain d'avoir appuyé sur la détente. M'am, il faudra toujours que tu sois là, quand j'aurai envie de tuer quelqu'un.

« Avant que tu fasses une bêtise, je vais t'éclairer pour le moustachu de l'entretien. » Celui du volet de ta fenêtre qui se dégondait par enchantement ? « Justement, t'as dit le mot "par enchantement". Je te raconte ? »

Tu peux, m'am, j'y crois plus au Spitfire.

*

« Pendant 680 jours, on a pas pu se montrer en public, avec Roger. Mais il y avait le privé. Là, elle y pouvait rien, la Charron. Sauf qu'elle avait prévenu. Si une fois. Une seule, Roger rentrait à son hôtel, après minuit. Elle le faisait renvoyer des Ateliers. D'ici à l'hôtel, il y a 154 pas en prenant par l'avenue des Sycomores. Roger partait au premier coup de minuit et arrivait avant le douzième. » M'am, c'est Jesse Owens en Cendrillon que tu me racontes. « Tu peux vérifier. Bien sûr, certains soirs, on se laissait surprendre et Roger devait sauter par la fenêtre en catastrophe. C'est là qu'il dégondait le volet. Toujours le gauche. Le lendemain, le moustachu de l'entretien venait. Et à chaque fois, il lâchait avec son sourire vicieux de pince à linge : "Dis donc, Paulette, t'as pris un sacré coup de vent, hier soir." » Et tu lui mettais pas ta godasse quand il te disait ça? « Avec les hommes, si on le faisait à chaque fois on marcherait pieds nus. »

Je relace mes chaussures. Il faut que je vérifie cette histoire de 154 pas, pendant les douze coups de minuit. Sans réfléchir, je saute par la fenêtre de la m'am. « T'es pas fou, toi ! » Elle essaie de me retenir par le bras. Me déséquilibre. De justesse, je me rattrape au volet, le gauche. Il saute et dégringole sur le trottoir. Maintenant, j'ai compris. 680 fois « T'es pas fou, Roger ! » ça en dégonde, des volets.

Dans l'obscurité, je reste accroupi en position de départ. Je guette le premier coup de minuit.

*

Tong ! Un choc contre la carrosserie de la Juva-quatre.

Le chacal ! Je viens de repérer son ombre qui contourne l'ambulance par l'arrière. L'Homme invisible est seul à l'intérieur, sans arme. Il faut que je le prévienne. Excuse-moi, m'am. Je reviens.

Marcel, Le Rouge et Louis sont trop loin, occupés aux feux de balisage. Mes genoux hésitent. Décide-toi. Je consulte le 7,65. Qu'est-ce que tu ferais, toi? Il a l'air sûr de lui. Nous le suivons, mes genoux et moi. Accroupi à la Mohican, je longe le flanc de la Juvaquatre. Le chacal est de l'autre côté. Je me glisse à l'intérieur de l'ambulance. Comment dire en anglais à l'Homme invisible qu'un chacal s'approche? Chut! C'est tout ce que je trouve. Il se redresse, assis sur la civière. Je me colle contre lui, façon protection rapprochée de moi-même. Soudain, l'ombre du chacal s'encadre dans la porte arrière. La lune éclaire son fusil de chasse pointé sur nous. « Attendez, pour tirer, de voir le blanc de ses yeux. » Pas le temps. J'appuie, j'appuie. Mais rien ne vient, qu'un cliquetis de jouet. M'am, je suis à une seconde de la chevrotine. Si tu as quelque chose à m'avouer, ou des courses à me demander, c'est le moment. Le canon du 7,65 flageole. Soudain, l'Homme invisible donne un coup sec au cul du chargeur.

— La voix de son maître!

J'appuie, j'appuie. Même pas. Une fois suffit. La détonation m'arrache l'épaule.

Et le ciel et la terre et le Saint-Esprit, avec. Le sol gronde, les airs s'embrasent, l'ambulance tremble. La nuit entière est dévorée par le rugissement au-dessus de ma tête.

Le Spitfire!

Je saute de l'ambulance, les yeux plantés dans la nuit. Je vois à peine la trace du feu d'identification. Au sol l'ombre du chacal n'est pas là. Ni elle, ni son corps. Pourtant, je suis certain d'avoir tiré. Tant pis. Je ne pense qu'au Spitfire qui n'est plus qu'un grondement. Le Rouge arrive à l'ambulance en courant. Il ne me dit rien. Avec le bruit, il n'a pas dû entendre le coup de feu. Il allume les phares. Les feux balisent déjà la piste.

« Amène-toi avec la lampe-tempête ! » L'Homme invisible me la tend. Il est debout et fonce déjà vers la clairière.

Dès que j'aurai une minute à moi, je m'étonnerai de tout ce qui se passe.

Pour l'instant, j'allonge la foulée vers le bout de la piste. Le bruit impatient du Spitfire tourne haut dans le ciel. Marcel agite les bras au-dessus de sa tête. C'est le signal. Je balance la lampe-tempête. Lentement, en encensoir. Comme attiré par un appât, le grondement du moteur fond sur la clairière. Tout à coup, je le vois. Face à moi. Pleine lune. Sa dérive en étendard. Un passage de reconnaissance au-dessus des arbres. Que sa course est belle ! Le pilote bat des ailes. Il disparaît. Je le suis à l'oreille. Le Spitfire vire et revient en approche terrain.

A l'intérieur, le pilote récite sûrement par cœur la procédure. « Ouvrir le radiateur en grand, couper les gaz, pousser l'hélice au petit pas, ouvrir le cockpit, lever le siège et amorcer la prise de terrain. »

Brusquement, le Spitfire apparaît dans la lueur des phares de l'ambulance. Un temps de suspension, une incertitude, et un choc métallique au sol. L'empennage tangue, le fuselage godille, se récupère. L'avion fonce vers moi et ma lampe-tempête. Je vais être décapité par l'hélice. Au moins, j'aurai vu un Spitfire de près.

L'avion s'arrête en dérapant. Je suis toujours vivant. Mon cœur bat plus vite que le moteur. Je regarde vers le cockpit. Le pilote s'extrait et se laisse glisser au sol. L'homme est encore plus

grand que celui de *Match*. Il relève ses lunettes sur
son casque. Qu'est-ce qu'il est jeune ! Il me regarde
amusé. « C'est vous le responsable de l'opération,
je suppose. » Je reste pétrifié. Il me tend la main.
« Vous avez un baby pour moi, je crois. Lieutenant
Pierre Clostermann, du 125 Anfield. » Il sort un
gros cahier d'ordonnance. « Excusez-moi, il faut
que je note tout de suite, sinon j'oublie. C'est pour
raconter à mes parents plus tard. Ils sont à Brazzaville. » Il a raison ! Il faudrait toujours noter
comme si ses parents étaient à Brazzaville. « Et
vous, vos parents ? » Je postillonne tous les syno-
nymes de balbutier. Moi ? Les miens ? Plutôt à
Vauzelles.

Marcel, Louis et l'Homme invisible arrivent en
courant. Ils me sauvent. Quand le pilote voit surgir la momie dans la lumière de la lampe-tempête.
Il éclate de rire. « Qu'est-ce qui se passe, ici, c'est
le grand cirque ? » Il le note sur son cahier. Marcel
l'entraîne à l'écart et lui explique. « O.K., j'ai
compris. Astucieux. Très honoré. » Il serre la
main de la momie. « Faut pas tarder. Désolé, vous
devrez vous plier. Les gars ont fait du bon boulot,
mais ce ne sera pas le Carlton. » Marcel et Louis
aident l'Homme invisible à se glisser dans la carlingue. Au passage, la momie m'effleure la nuque.
Je frissonne.

Le bruit mange le temps. Tout va très vite.
Quand le Spitfire décolle au ras de l'ambulance,
j'ai envie de le rattraper. Hé ! J'ai plein de questions encore. Mais il vire à plat sur la lune pour
bien se découper dans ma mémoire. Et il y reste.

Tu as vu, m'am, j'ai rien dit, des couleurs, du

type de camouflage, de la cocarde, des lettres-codes, mais j'ai tout, là, en décalcomanies dans le cœur.

Marcel et Louis se congratulent. On rejoint Le Rouge à la Juvaquatre. Je cherche à l'arrière des traces du chacal. Rien. Pendant qu'ils finissent d'étouffer les feux, je patrouille dans l'obscurité. A une dizaine de mètres en léger contrebas, je bute dans la crosse d'un fusil, puis sur un corps. Le chacal. Il est mort. Pourtant, je ne suis pas effrayé. Ce n'est rien. Une erreur. Je vais arranger ça. Je le fouille. Un portefeuille. Je le glisse dans mon short.

« Où t'étais passé ? » On monte dans l'ambulance. Il y a un grand vide à la place de l'Homme invisible. La Juvaquatre repart. Elle aussi en a gros sur le cœur. « Il s'est débrouillé comme un chef, le gamin. On va le prendre avec nous. » Moi, je veux bien. Je me demande comment ça s'utilise, les « oreilles de cochon ». Un cahot me fait retomber en tape-cul. « La voix de son maître. » La formule du p'pa ! Je l'entends. La même que celle que l'Homme invisible a utilisée pour débloquer mon pistolet, avec le geste du p'pa « au cul du chargeur ».

Quel imbécile je suis !

Comment j'ai fait pour ne pas comprendre plus tôt ? Tous les indices me reviennent. Mais surtout, le rire de la m'am qui découvre à l'hôpital que le p'pa est blanc. « Mais, madame ! Mais, madame ! » C'est normal qu'il l'appelle comme ça, puisque ce n'est pas le p'pa.

Bravo l'instinct. Tu commences par confondre

ta mère avec une autre femme et maintenant, tu n'as même pas compris que sous les bandages de l'Homme invisible il y avait ton père !

J'ai honte de moi, mais je suis fier de lui.

L'homme dans le Spitfire qui vole en ce moment pour Londres, c'est le p'pa !

12

La noce

Comment le héros, tente de sauver le mariage de ses parents, avec une fille de ferme, un percheron, un cœur gravé et une ellipse.

5 novembre 1943

Quand les phares de l'ambulance éclairent le porche d'entrée de la ferme du Gros-Bourg, j'ai encore le vol du Spitfire plein la tête. Le Rouge entre sans ralentir dans la cour. La Juvaquatre traverse tout droit et va se buter au fond d'une grange, contre un mur de bottes de paille. Les portes se referment derrière nous. Une lampe-tempête arrive. Le Rouge coupe les phares. « Pas de pépin ? » « Pas de pépin, père Taloc. »

Et le chacal ? Depuis la clairière, personne dans l'ambulance n'a parlé de lui ni du coup de feu. Sans le portefeuille de ce type sur mon ventre, je me demanderais s'il a existé. On sort de la grange. C'est donc là que travaille tonton Florent. Dans cette odeur de fumier. « T'as bien un nez de la ville, toi. » Je ne relève pas ce que dit la m'am. En fait, je me demandais ce que sentait la fille de la ferme. Celle qui plairait bien à tonton, mais qui a des vues sur le p'pa. J'essaie de ne pas y penser trop fort. Je ne voudrais pas que la m'am se fâche.

— Vous buvez un canon ?

— On s'éternise pas, père Taloc. Juste un coup sur les mains et on y va.

Il y a un ouistiti en porcelaine fleurie au-dessus de la table de cuisine et un tue-mouches qui affiche complet. Chacun s'essuie la bouche et repose son verre. « La femme vous a préparé un cageot. » « Fallait pas. » J'appréhende la minute qui vient. « Bon, c'est pas le tout. Faut y aller. Merci pour tout, père Taloc. Qui c'est qui ramène le gamin ? » Gêne autour de la nappe. « C'est pas mon chemin. Ni le mien. Moi je vais à l'opposé. »

J'en étais certain. Marcel, Le Rouge et Louis vont m'abandonner sur place. Je ne suis sur le chemin de personne.

— Moi, je peux le ramener, si vous voulez.

La fille de la ferme ! Elle réussit son entrée. Chandail de laine sur la blouse, tablier gris, et bottes en caoutchouc. Les seize ans bien formés. Pas de parfum de fumier. C'est donc elle qui-a-des-vues-sur-le-p'pa.

— Ça me gêne pas, j'ai fini à l'étable. J'irai avec Célestin.

Tout le monde fait semblant de trouver que c'est gentil, mais que vraiment, tout de même, c'est loin, c'est tard, c'est froid, mais que bon, si ça lui fait plaisir, alors, d'accord, mais fais bien

attention et va pas m'attraper froid, on a du travail, demain.

En biais, je détaille la fille. Elle a le bleu des
yeux qui ne va pas avec le reste. On a l'impression
qu'il va s'abîmer dans cette cuisine. Je suis
content que ce Célestin nous accompagne.

Marcel, Le Rouge et Louis me disent au revoir.
« C'est promis pour le prochain déraillement, on
pensera à toi. » Leurs vélos passent sous le porche
avec ce cliquetis clairet qui contient tant de
regrets. Je ne sais pas pourquoi. Des bouts de
lumière disparaissent dans la nuit. Je pense au mot
« catadioptre ». Pas le temps de mieux cadrer
l'image.

— Tu montes !

Eberlué, je regarde la fille de la ferme, là-haut.
Elle est grande pour son âge. Surtout perchée sur
cette montagne blanche. Un cheval ! Un percheron
immense. Je dis percheron, mais c'est peut-être un
boulonnais, ou un ardennais. En tout cas immense.
D'un blanc fantôme. C'est donc ça, Célestin ?
« Qu'est-ce que tu attends ? » Le père Taloc me
propulse par la taille et la fille me récupère avec
une poigne de maréchal-ferrant. Nous voilà mon-
tés à cru, moi devant, elle derrière, ses seize ans
bien formés collés à moi. Elle sent le trèfle coupé.

Le père Taloc donne à sa fille une lampe-
tempête au bout d'une perche. « Allez ! » On dirait
le percheron mené par une carotte lumineuse. Il
avance au rythme des questions.

« Moi, c'est Maryvonne. Toi, c'est comment ?
T'es d'où ? Je l'ai entendu, l'avion. Tu y étais ? Ça
devait être excitant. J'aime bien ta couleur. C'est

caramel ou cassonade ? Florent, notre commis, est plus sombre que toi, et son frère Roger, entre vous deux. Tu sais que tous les percherons naissent noirs. C'est après qu'ils deviennent blancs. Le mien, il est de Mortagne. Florent et Roger, eux, sont de la Martinique. J'ai regardé sur une carte. Y'a pas grand de terre. J'aime bien Roger. Un beau gars. Et travailleur ! C'est un homme comme ça qu'il faut à une femme pour tenir une maison. Moi, le père me laissera les Pâtureaux pour m'installer. »

Si la m'am entend ce moulin à paroles, ça va être la scène de ménage. Et à cru.

Où est-elle en ce moment ? Peut-être restée à l'hôpital de Nevers à côté du faux Homme invisible, histoire de donner le change tant que le p'pa n'est pas revenu de mission. M'am, tu aurais pu me mettre au courant pour le p'pa. « Pour que t'aies encore plus peur. » Qu'est-ce qu'il va faire à Londres ? « J'ai jamais rien su des voyages de Roger. » Tu n'as pas essayé de chercher un peu ? « Tu sauras qu'on lit *Barbe-Bleue* aux petites filles, pour que plus tard, elles ne fouillent pas dans les affaires de leur mari. » Et les chaussures à bouts fleuris, qu'est-ce qu'elles sont devenues ? « Allez, sauve-toi d'ici. Il reste encore une ronde à l'hôpital. C'est bizarre, on dirait que tu sens le cheval. »

Pas le cheval, m'am, le percheron pommelé. Je sais tout de lui, du sabot aux oreilles en passant par le paturon, le boulet et le chanfrein. Une tonne et demie de masse. Trois fois la bombe du p'pa à désamorcer. Le double en traction. Mais ce qui m'étonne le plus, c'est qu'il naisse noir et devienne blanc. T'imagines, m'am, si c'était pareil pour nous? Ça en changerait des choses. « A condition que ça marche aussi dans l'autre sens. »

Sur cette montagne, j'ai l'impression d'être perché sous la lune. Régulièrement, Maryvonne me montre des étendues d'obscurité. « Ça, c'est à nous, ça aussi. » C'est la première fois que je rencontre quelqu'un qui possède un paysage. Une véritable série de cartes postales. Quand Maryvonne parle, on a envie de coller un timbre dans le ciel.

« Tu joues au fôtballe? Je vais te montrer les Pâtureaux, tu me donneras ton avis. On va couper par la friche. Je l'ai montré à Roger, il m'a dit que c'était un bon terrain. »

*

— Tu es allé aux Pâtureaux, Roger?

La m'am a ses sourcils de combat. Le p'pa le sent. Aussitôt, il veut devenir l'Homme invisible, le vrai. Mais la cuisine paraît minuscule quand on veut échapper à la colère de la m'am.

« Alors, t'y es allé? » « Ben oui, pardi. » Tassé sur lui, le p'pa cherche où est le danger. D'où va venir l'orage. « T'y es allé avec la Maryvonne? » Il ne voit ni la nuée ni la grêle. « Pardi, oui. » Elle s'abat. Des grêlons comme des œufs de pigeons amoureux. « Pardi! Et tu dis pardi! Ça c'est le bouquet. Tu vas voir pardi! » La m'am empoigne l'annulaire de sa main droite et tire dessus à s'en arracher l'épaule. « Paulette, fais pas ça ! » La m'am s'échine mais n'y arrive pas. « Aide-moi donc, Roger ! » « A quoi ? » « A retirer ta bague, pardi. »

La bague ! La bague de fiançailles du p'pa. Celle que je n'ai jamais vue. Celle qu'il a dessinée et fabriquée lui-même, pour la m'am. « Tu connais Roger, avec ses symboles. Il voulait un brin d'un métal clair et un brin sombre qui s'enlacent en anneau pour ne faire qu'un sur la pierre. Des dizaines d'échecs. » « C'est au dernier enlacement que ça casse ! » Il a fini par réussir. Mais il ne voulait la montrer à personne avant moi. « Il lui faut des yeux bleus à cette bague », qu'il disait. « On en a » qu'elles lui répondaient, les filles de l'Atelier. « Oui, mais pas les siens. »

La m'am biche quand elle raconte sa bague.

Moi, il va falloir que je continue à l'imaginer. La m'am vient de réussir à l'arracher de son doigt et fait mine de la jeter par la fenêtre. Le p'pa ne réagit pas. C'est sa technique pendant une colère de la m'am. Il réduit la voilure, affale, plis du front, sourcils, commissures, épaules et doigts de mandarin. Jusqu'à n'être plus que frêle esquif.

— Ah c'est comme ça, pardi, tu t'en moques !

La m'am va à la cuisinière, prend le crochet, fait sauter un rond, jette la bague aux brins enlacés, se retourne, croise les bras et fixe le p'pa qui ne bouge pas.

Le p'pa et la m'am restent impassibles, mais on sent le mercure monter dans les deux tubes. On approche de la température de fusion. Tout à coup, en même temps, le p'pa et la m'am se précipitent sur le foyer de la cuisinière. Qui ressort la chose incandescente avec la pince ? La passe sous le robinet et la jette brûlante sur le dessous-de-plat en faïence ? Peu importe. Personne n'a jamais revendiqué ce moment de faiblesse. Le p'pa et la m'am horrifiés se penchent sur le désastre. Irrécupérable, la bague aux brins enlacés. Qui, alors, prononce cette phrase familiale fameuse ? « Comme ça, au moins, c'est plus clair, on est tous les deux noirs. » Alors, qui c'est, m'am ?

« Tu sais, en matière de bons mots, il y a plus d'adoptions que de naissances. »

*

« On y est aux Pâtureaux. Alors, comment tu le trouves, comme terrain ? » Je n'ai pas envie de répondre à cette briseuse de ménage, fondeuse de bague. « Roger a dit que ça ferait un bon terrain d'entraînement pour leur nouvelle équipe de fôtballe. »

Je n'écoute pas ce que vient de me dire Maryvonne. Pourtant c'est important. Heureusement, mon cerveau a des cases-écluses qui se remplissent quand je suis ailleurs. Suffit d'ouvrir les vannes au retour. « Nouvelle équipe de fôtballe. » Je me souviens, maintenant, de cette histoire de club concurrent de la Vauzélienne. Le p'pa l'a monté avec son copain Raymond Charvy, pour enquiquiner les gars des Ateliers. C'était comment leur tenue, m'am ? « Maillot lie-de-vin, short et chaussettes comme-on-peut. Ils voulaient rouge, mais ils ont raté la teinture. » « Ça m'en a salopé des lessives ! »

P'pa, tu aurais pu en parler plus tôt de cette équipe. Ça sauvait ta bague de fiançailles. « Quand j'ai raison, j'ai pas à expliquer. » Avec tes maximes de chaudronnier, il reste de beaux jours à la scène de ménage.

« Pourquoi tu parles comme ça ? On a jamais eu de scène, avec Roger. Juste des chamaillettes, des bisbilleries, des guirlandages, des asticoteries. Et encore. » J'aime bien tes petits mots, m'am. Ils donnent presque envie de se disputer.

Maryvonne saute du percheron. « Viens, je vais te montrer ma cabane. » Le temps de désescalade et Maryvonne a disparu. Je la retrouve accroupie. Un peu de terre dans la main. Elle l'émiette, la roule, la respire, la goûte. « Tu vois, la terre a mal. Ce n'est pas vrai, ceux qui disent qu'ils font la guerre pour la terre. »

Sa cabane de branchage mériterait d'être en haut d'un cerisier. Elle pose la lampe et s'assoit sur un lit de camp kaki. « Viens à côté de moi. » Elle a la même voix que Juliette dans la buanderie. Mon short a l'air de s'en souvenir. Il a même beaucoup de mémoire. « J'ai montré la cabane à Roger. Toi, tu la trouves comment ? »

*

« Roger, tu es allé dans la cabane avec cette fille ! » « Quelle fille, Paulette ? » « Tu le sais bien. La Maryvonne du Gros-Bourg. Dis que c'est pas vrai. » « Je dis pas le contraire. » « Ah ! tu avoues. »

Je suis inquiet. Un mauvais pressentiment. Cette scène de ménage ne ressemble pas aux autres. D'habitude on les voit venir. C'est facile. Il suffit de repérer le mot savonnette, celui qui déclenche l'avalanche. Chez nous, on l'appelle la goutte d'étincelle. M'am, ça vient d'où ? « Quoi ? » L'expression « goutte d'étincelle ». « Est-ce que je sais ? Tu crois que c'est le moment ? Je suis pas assez énervée ? » Ça viendrait pas du p'pa qui disait « la goutte d'eau qui met le feu aux poudres » ou « l'étincelle qui fait déborder le vase » ? « Ça se peut. »

Par exemple, m'am, si tu dis « beau gars » ou « sacré valseur », est-ce que c'est une goutte d'étincelle, pour le p'pa ?

Ça, oui, alors !

« Roger, je dis seulement que, ça, c'est un sacré valseur. Pas plus. » Alors le p'pa s'en va. Pas un mot. Il fonce sur sa moto ou dans sa voiture. Ça dépend de l'époque. La m'am se noue les doigts. Ça peut durer des jours. « Je veux bien du gruyère frais. » Signe de calumet de la paix.

La m'am, toi aussi tu as tes gouttes d'étincelle. « Moi ? »

« Paulette, j'ai dit seulement que tu réussissais, encore mieux, le lapin. "Encore", j'ai dit. » Alors la m'am s'enferme à la cuisine. Le p'pa attend. Ça peut durer plusieurs minutes. « Tu veux du gruyère frais dans ta soupe ? » Signe de calumet de la paix.

C'est ce qu'on fume le plus, chez nous.

Mais cette fois, c'est du sérieux. Question de silence. Rien à voir avec le canevas habituel. Le p'pa est parti de chez la m'am, sans prendre son petit linge tout frais repassé. « C'est ça, retournes-y dans ta cabane ! »

*

Maryvonne se rapproche sur le lit de camp.

— Roger a dit qu'elle était trop petite, ma cabane, pour faire un vestiaire.

Tu entends, m'am, cette Maryvonne et les Pâtureaux, c'est seulement une histoire de terrain et de vestiaire pour leur équipe de football lie-de-vin. Maryvonne resserre son marquage. Elle se colle à moi.

— D'habitude, les garçons essaient de m'embrasser.

Sûrement. Je voudrais bien être poli. Mais je pense à la m'am et au p'pa. Avec leur chagrin, chacun chez soi. La m'am va nettoyer la maison en double. « Quand je suis "fâchetée" avec Roger, je brique et je casse. Tout me quitte des mains. » Le p'pa, lui, dans sa mansarde de poète maudit à l'hôtel des Apprentis, écrit une lettre à la m'am. Il essaie. « Paulette. Chère Paulette. Ma Paulette. Paulette, ma chérie... »

M'am, rends-moi ma feuille ! « Je t'avais prévenu. Si tu t'avises d'inventer les lettres de Roger, je les déchire. » La m'am jette les morceaux dans la cuisinière. Tu as tort, m'am. Je m'étais appliqué.

Maryvonne me prend les mains comme une

diseuse de bonne aventure. Elle les palpe. Ce qu'elle écrase, c'est ma ligne de chance. « Tu as des mains de fille. Tu m'embrasses pas ? Franchement, tu trouves que je sens ? »

C'est toi, m'am, qui lui a mis cette idée dans la tête avec ton « nez de la ville » ? « Moi ? Je la connais pas, ta Maryvonne. » « Tu te fâches comme ça avec le p'pa pour une fille que tu ne connais même pas. » « Si je la connaissais, je me fâcherais pas. Je me déplacerais. » J'imagine le « déplacement ». M'am, tu vois bien qu'il n'y a rien. Entre le p'pa et toi, c'est un simple quiproquo. « C'est pas parce que tu mets "simple" devant un mot compliqué que ça arrange les choses. » M'am, va voir le p'pa. Tu le connais. Il viendra pas. « Ça, Roger, il est pas seulement têtu comme un Tarbais, il est fier de l'être. Contre ça, tu peux rien. » Essaie, m'am. « Pourquoi c'est toujours moi ? » Là, p'pa, je ne peux pas te défendre. « Les hommes, "avant", c'est eux qui viennent, et "après" c'est toujours nous. On croirait qu'on doit payer leur premier geste toute notre vie. Si c'est comme ça, on va le faire, nous, le premier geste. »

Maryvonne, s'il te plaît, n'écoute pas la m'am. Laisse ta main où elle est.

« Mais je le comprends, Roger. Qu'est-ce qu'il va s'encombrer la vie d'une femme comme moi ? Regarde le tableau : déjà neuf enfants, veuve, sept ans de plus que lui, pas la plus belle du canton, ni la plus riche, qui fait tout brûler, même sa bague de fiançailles. Et qu'est pas fichue de lui dire comment elle était belle sa bague et comme j'étais fière qu'il l'ait faite rien que pour moi. »

T'entends, p'pa ? Arrête avec ton brouillon de lettre. Ça ne sert plus à rien. La m'am ne veut pas qu'on la lise.

« Roger, je me mets à sa place et la Charron a pas tort. Des meilleurs partis, il peut en trouver deux douzaines chaque matin rien que sur le chemin des Ateliers. » Mais puisque c'est toi qu'il veut, m'am. « Ça lui passera. Il est jeune. Tu te rends compte, il n'a que vingt ans. Et dans vingt ans, nos sept ans d'écart compteront double. Je veux pas le voir tourner la tête sur une coursière de l'usine. Ça me servira à quoi de lui dire "Roger, je t'avais prévenu !". Avec la Maryvonne, il est tranquille question âge. En plus elle a du bien et des hanches. Elle lui fera des petits solides aux yeux bleus. Ça, on peut pas lui enlever, ils sont bien bleus. On voit à travers. » « M'am, je croyais que tu ne la connaissais pas. » « Peut-être vue une fois à la fête des fleurs. Je me souviens plus bien. »

Sur le bord du lit de camp, j'essaie d'évaluer les hanches de Maryvonne. Tu n'as pas honte ? On croirait que tu choisis un berceau, au cas où les parents resteraient fâchés. Maryvonne, ma future mère ! Pas question. Elle vient de poser ma main de fille sur sa cuisse de femme. Il faut que je l'arrête. C'est de l'inceste. De l'inceste d'avant. Comment on peut appeler ça ? Du proto-inceste ? Du pré ? De l'anté ? Il faut vite que je trouve la formule. Ce soir, ma main semble plus rapide que mes mots.

M'am, aide-moi. Réponds vite avant l'irrémédiable. Est-ce que tu veux être ma mère, oui ou non? « Moi, je veux que Roger soit heureux. Si c'est avec elle, c'est avec elle. Mais pour moi, il aura toujours son couvert de mis à la maison. »

Ecoute donc, p'pa, au lieu de recopier cette lettre. Je toque à la fenêtre. Il est assis à sa table. Appliqué, le buvard sous la main. Je toque de nouveau. Il ne m'entend pas. Parfait. Je sais ce qu'il me reste à faire.

Et on l'a fait, avec Maryvonne.

D'après le dico, cela prit la forme d'une ellipse. « Une courbe plane convexe avec deux axes de symétrie. » Ce fut, ce 6 octobre 1941, dans la cabane de branchage des Pâtureaux du Gros-Bourg.

Le p'pa glisse sa lettre dans une enveloppe. Il écrit dessus « Paulette » avec un « P » majuscule comme un flamboyant. Il sort de sa chambre.

« Je te ramène chez toi. » Le percheron fantôme a l'air moins immense. Je monte derrière Maryvonne. Elle me confie les rênes. Célestin fait semblant de m'obéir et va son chemin. La nuit, la lune, les ombres, tout le monde a l'air au courant pour Maryvonne et moi. Je me sens fier comme sur un éléphant de maharadjah. « Tu voudrais faire quelque chose qu'on a jamais fait pour moi? » Je frémis. Maryvonne m'explique à l'oreille. Je respire. On a eu la même idée, mais certainement pas pour la même raison.

Le p'pa descend l'escalier qui va à sa chambre. Il sort de son hôtel. D'ici, il lui reste exactement 154 pas pour arriver chez la m'am.

Avec Maryvonne, nous sommes en vue de chez la m'am. Perché sur Célestin, la maison me paraît comme seule au fond des bois, abandonnée, avec son volet dégondé tombé de la fenêtre comme une larme. « J'ai pas voulu que le moustachu le répare tant que Roger serait pas revenu. »

Le p'pa est dans l'avenue des Sycomores. Il va bientôt s'engager dans l'avenue de l'Est. Celle de la m'am.

— Sur celui-là. Tu veux bien ?

Maryvonne me montre du doigt l'ombre d'un cerisier géant. La nuit, tous les arbres sont des cerisiers. Mais celui-là, c'est vrai. Etrange, il est exactement en face de la fenêtre de la m'am. De plain-pied dans un coin de pré, de l'autre côté du sentier des Meuniers. Elle ne doit voir que lui quand elle ouvre ses volets, le matin.

Le p'pa débouche au coin de la rue de la m'am, sa lettre à la main. Il ressemble à un messager.

Je suis presque certain de savoir qui est ce cerisier. Je saute du percheron avec la lanterne. « Prends ça. » Maryvonne me tend un couteau à virole. Avec ce genre de lame on a plus l'impression d'égorger un arbre que de graver des initiales. « Ça, personne ne l'a jamais fait pour moi. »

Je m'approche du cerisier.

Le p'pa n'est plus qu'à quelques pas de Chez Paulette.

Ouvre ta fenêtre, m'am ! Mais ouvre donc. Regarde, juste devant toi. Le cerisier. Tu vois, Maryvonne n'est pas amoureuse du p'pa. Elle est avec moi, on a fait une ellipse ensemble. Regarde !

Je vais graver nos initiales dans l'écorce. Pour montrer à la m'am, j'éclaire le tronc du cerisier.

Et je le vois.

Toi que je cherche depuis si longtemps.

Tu es là. Pas plus fier que ça. Marqué bien creux. Comme au fer.

Le cœur gravé par le p'pa !

Celui pour la m'am. Celui avec leurs deux initiales. « P » et « R ». Exactement en face de sa fenêtre, pour que chaque matin la m'am le voie quand elle ouvre ses volets.

Mais le cœur est vide. Les initiales ont disparu. Effacées. On dirait un cœur sans préférence. Un cœur à prendre.

Je n'arrive pas à imaginer que le p'pa et la m'am sont fâchés à ce point. Qu'est-ce qui s'est passé, m'am ? Réponds-moi vite, le p'pa est presque sous ta fenêtre. Vous avez eu honte ? Vous avez trouvé ça cucul-la-praline ? Tu n'aimais plus, le p'pa ? « Raconte pas des choses comme ça. Même pour rire. » Faut bien que je te fasse réagir. « C'est Roger qui les a effacées, nos initiales. » Qu'est-ce que tu avais fait ? « Mais rien. C'était la nuit du Graf Spee. Il avait fait sa cinquième demande. Moi, j'avais dit "oui", pardi. Il était peut-être un peu ému. » Et alors ? « Il a gravé les initiales à l'envers. » La tête en bas, m'am ? « Mais non, il a gravé "R.-P.". »

« Roger et Paulette » au lieu de « Paulette et Roger ».

« Tu peux pas savoir comment il avait honte. Il a pas dégondé de volets pendant plusieurs jours. Moi, je m'en fichais bien de l'ordre. Il y a tellement d'hommes qui te laissent passer devant juste pour se rincer l'œil derrière. Pas Roger. Mais ça le minait. Un soir, il est retourné avec moi effacer les initiales. Comme il était beau, ce cœur lisse. On est restés devant comme deux bêtas. Et on l'a adopté. Comme un gosse. »

Et après, m'am, qu'est-ce qui s'est passé ? Tu ne veux pas me répondre ?

La m'am ne répond pas. Elle apparaît.

11, avenue de l'Est, Paulette vient d'ouvrir sa fenêtre.

J'entends lointaine la voix de Tino Rossi qui lui souffle des mots d'amour. Le p'pa et elle se regardent le temps d'une chanson, avec couplets et refrains. Puis le p'pa lui donne sa lettre. La m'am la prend, une main sur le cœur, comme dans un film muet, pour dire « Oh, c'est pour moi ? ». Elle disparaît dans sa chambre et laisse Tino seul à sa fenêtre. Elle doit lire assise sur le bord de son lit. M'am, qu'est-ce qu'il t'écrit ? « Laisse-moi tranquille. » Je regarde juste par-dessus ton épaule. « Je te préviens. Si tu essayes de lire les lettres de Roger, je les brûle. » Non, m'am, promis. Je préfère savoir qu'elles existent quelque part.

Sur le trottoir, le p'pa se met tout à coup à valser sur Tino. Doucement. « Je ne savais pas qu'il dansait si bien, le Roger. » Moi non plus, Maryvonne. Lui encore moins. « Je sais pas ce qui se passe, quand Paulette n'est pas là, j'y arrive. Dès qu'elle est dans mes bras, c'est comme si on m'avait laissé la ficelle entre les sabots. »

— C'est ça, ton cœur ?

Maryvonne a l'air déçue. C'est le moment de

lui avouer que l'ellipse avec elle, c'était seulement pour dire à la m'am : Tu vois, ce n'est pas de ton Roger que Maryvonne est amoureuse, c'est de moi.

— Je trouve que c'est une très bonne idée, ce cœur. Comme ça, quand on se fâche, c'est moins grave. Et les arbres souffrent pas.

Maryvonne remonte sur Célestin. Elle récupère son couteau à virole et la lanterne. « Rendez-vous au mariage ! » Le percheron s'éloigne et redevient noir.

Quand je me retourne, la m'am est à sa fenêtre perchée, le p'pa en dessous. La lettre entre les deux. On dirait le corbeau et le renard. Sauf que dans la fable, ce n'est pas la m'am qui tombe dans les bras du renard.

« T'es pas folle Paulette ! »

La m'am grimpe sur la fenêtre, enjambe l'appui, saute, se bute, vacille, se rattrape, dégonde le deuxième volet et tombe.

Le p'pa s'en saisit et dit...

Rien.

Le p'pa ne dit rien. Il la regarde. C'est sa seule phrase.

Quand le p'pa tient la m'am dans ses bras, c'est vrai qu'on a l'impression que la ficelle lui ligote le cœur. Tino chante. La m'am ne bouge pas. Je suppose que ce genre d'immobilité veut dire « oui ». Oui pour la vie. Le p'pa aussi suppose.

Le cœur lisse gravé dans le cerisier les regarde s'enlacer. Il est fier d'eux. Il les aurait choisis s'il avait dû. A les voir ainsi, il lui monte une sève d'octobre. L'envie de leur servir de piste de danse.

D'attendre et de deviner le moment exact où ils vont s'élancer.

25 octobre 1941, le mariage d'après

Monsieur, vous ne trouverez pas de parquet de cerisier dans tout Vauzelles. « Eh bien, on se mariera ailleurs. »

Alors, m'am, ça veut dire que c'est décidé, vous vous mariez ! « Si Roger daigne arriver. » Donc, vous n'êtes plus fâchés. Mon stratagème a fonctionné. Merci, Maryvonne. Merci Célestin. Je n'arrive pas à y croire. Les parents vont se marier. Sauf bombe de 500 kilos sur l'église, je vais exister. J'ai envie de hurler. Paulette et Roger vont se marier !

« Ça fait déjà trois quarts d'heure que ça devrait être fait. Je lui ai pourtant dit à Roger. Essaie d'être à l'heure, au moins une fois dans ta vie. Fais-le pour moi. Mais non, c'est plus fort que lui. Même le jour de son mariage. »

Le p'pa se marie ! Je regarde autour de moi. On est où, ici ? Une salle vide, avec quelques chaises paillées en conversation à l'écart d'une table nue sous un portrait du maréchal Pétain de travers. La m'am porte son tailleur unique. Le bleu marine des baptêmes, communions, distribution des prix et mariages, avec son bibi de cérémonie. Pourquoi ? J'ai un doute tout à coup. Quel jour sommes-nous ? Sous le maréchal, le calendrier répond 25 octobre 1941.

L'anniversaire du p'pa. Ses vingt et un ans. Sa

majorité. La date de son mariage. Tout se remet en place d'un coup. Les gants de la m'am, son sac à main. Celui « juste pour faire beau » qu'on n'a jamais pu ouvrir à cause du fermoir cassé. Et le p'pa qui est en retard comme d'habitude.

Incroyable. Je suis là, pile, le jour du mariage de mes parents. Je les quitte tout juste réconciliés, et je les retrouve presque mariés. M'am, j'ai eu raison de te parler d'ellipse. Tu les réussis bien.

« Paulette, qu'est-ce qu'il fait Roger ? Je ne vais pas pouvoir attendre. J'ai un autre mariage, derrière. Un marin. Je peux pas lui griller sa perm'. » « Encore un quart d'heure, Paul. Après j'irai le chercher. Et là, tu peux me croire, il va m'entendre, le Roger ! »

Ah non ! Vous n'allez pas recommencer. Pas de scène de ménage en pleine salle des mariages. Je vais retrouver le p'pa. Je laisse la m'am seule au milieu des chaises qu'elle commence déjà à ranger.

En face, devant l'école des filles, le prochain mariage attend. Pas nombreux, avec de grosses fleurs en papier aux revers pour faire foule. Le marié est en tenue d'apparat, blanc marine. La mariée en sourire assorti. Du perron de la mairie, je balaie l'avenue Centrale. Elle est déserte. Un samedi à 14 h 50, bizarre ! Un jeune soldat allemand est en faction devant l'école des garçons. Il a plus l'air puni que sentinelle. « Envahit ses petits camarades. Cent lignes et au piquet ! » Où peut être le p'pa ? A gauche, l'église. A droite, l'hôtel des Apprentis. Je n'hésite pas. Je cours vers l'église.

Le p'pa est assis sur les marches du parvis, dans son costume bleu nuit, ses chaussures sans couture brillent à se briser comme du verre. Il a la tête dans les mains. Mon cœur, lui, se brise pour de vrai. Qu'est-ce que je vais faire, s'il est en train de pleurer ?

Tu ne veux plus, p'pa ? Tu as réfléchi. Tu n'as plus envie de marier la m'am ? Alors, il faut aller lui dire. Tu verrais comme elle est belle. Comme elle t'attend. Tant pis. Tu vas nous manquer. Moi, j'allais avoir tellement de souvenirs avec toi. Il faudra que j'en trouve ailleurs. La m'am mariera bien quelqu'un. Les gars ne sont pas fous. Ils ne vont pas la laisser passer. Je devrais m'habituer à un inconnu. Parce que je te préviens, moi, je ne change pas de mère. Toi, tu fais comme tu veux, mais moi je reste avec la m'am. Et pas le droit de me faire avec une autre femme !

Allez, p'pa, décide-toi. Il te reste deux minutes avant le mariage d'après. Celui de 3 heures.

Je m'approche de lui. Je l'entends marmonner, toujours la tête dans les mains. « 117 ! 116 ! 115 ! » Eh, p'pa, qu'est-ce que tu as ? Déjà une bombe à retardement dans la tête. Ça t'a pris tôt ce sifflement ? « 54 ! 53 ! » J'ai envie de le secouer par les épaules. J'ai l'impression de voir le p'pa devenir fou, sans rien pouvoir pour lui. « 13 ! 12 ! » Je cherche de l'aide autour de moi. Personne. Et le curé, alors ? Vauzelles est déserte. Je n'aurais jamais dû venir ici. Je suis puni. « Deux ! Un ! Zéro ! »

Le p'pa se dresse, les bras au ciel, avec les yeux et le sourire qui brillent comme ses chaussures.

— 3 heures ! Il est 3 heures !

P'pa, calme-toi. Qu'est-ce qui t'arrive ? M'am, tu ne m'avais jamais parlé de cette crise de folie. J'en ai marre des secrets de famille.

— Il est 3 heures. Je suis né !

Le p'pa se sauve en courant comme s'il devait annoncer la nouvelle à toute la ville. 3 heures ! C'est ça, qu'il attendait. Son heure de naissance. L'heure pile. Pour avoir vraiment vingt et un ans. « Sinon ça porte la poisse ! »

« Tu sais bien, qu'à Roger, il faut pas lui souhaiter son anniversaire avant l'heure. Paulette, qu'il m'a dit, tu comprends, je pouvais pas me marier avant d'être né. »

Le temps de me souvenir des manies du p'pa, il est déjà arrivé à la mairie. Quand il entre dans la salle, avec ce contre-jour avantageux qu'il porte toujours sur lui, la m'am renonce à se « fâcheter », comme elle dit. Elle lui sourit. Ils se regardent. Tissent un fil de soie entre eux. Rien que pour eux. Mais moi, je le vois. La m'am tend la main. Le p'pa la prend avec ses doigts de mandarin et l'effleure de ses lèvres. Je manque m'affaler dans la paille des chaises. Un baisemain ! Un vrai. Personne ne me croira. « Tu as les alliances, Roger ? » Il a. Dans un écrin d'aluminium mat qu'on dirait en velours d'Ispahan. « Roger, et les témoins ? » « Heu, bien sûr. » Il palpe ses poches comme s'ils pouvaient être là. D'évidence, ils n'y sont pas. Le p'pa se précipite dehors. Si la m'am avait à la main un bouquet rond de blanches-de-loup, elle le jetterait par terre de rage. En voyant repartir le p'pa à cette vitesse, je me demande où est Ispahan.

Certainement en face. Devant l'école des filles. Car les deux témoins qui reviennent avec le p'pa sont le marin d'apparat et la mariée en sourire. « C'est notre tour, après. Ça nous entraînera. »

Le maire réapparaît avec un sac à commissions qui paraît lourd.

— Tout le monde est là?

Le p'pa et la m'am répondent « Oui ». Eux aussi s'entraînent. Je sursaute. Comment ça, « oui »! Il n'y a personne dans cette salle des mariages. Où est la Ribambelle des frères et sœurs, les amis, les voisins, la Cité, tout Vauzelles et les autocars en procession, de Mauvezin, Tarbes, Toucy, Fourchambault, Garchizy, et ailleurs. Dans la famille, on n'a jamais vu de mariage à moins de cinquante. Alors, pourquoi vous? « Tu sais, avec Roger on s'est mariés entre deux témoins. »

Pourquoi pas entre deux gendarmes? Ce n'est pas juste. On s'assoit. Le maire reste debout devant sa chaise Louis Quelque chose, blanche à velours or. Il se tourne vers la fenêtre et siffle dans ses doigts. C'est le bouquet. Bravo pour la solennité de l'instant. Il pose son lourd sac à commissions sur la table. En plus, il va y avoir piquenique.

Arrêtez! Je n'en veux pas de ce mariage à la sauvette. Eux qui se sont toujours sacrifiés pour celui des frères et sœurs. On annule tout. On le reporte. Le temps de s'organiser.

Avec une vivacité de transformiste, le maire

décroche le portrait du maréchal Pétain, le glisse sous sa chaise, sort du sac un buste de Marianne en plâtre, le pose sur la table et enfile une écharpe tricolore froissée.

— On peut y aller. Toi, va surveiller l'entrée.

Pourquoi moi? Toujours, moi. Un œil dehors, sur le soldat puni qui rêvasse, je laisse traîner une oreille. Je ne veux pas manquer le « oui » de la m'am et du p'pa. Etre là, au mariage de ses parents, sept ans avant d'être né, et ne même pas pouvoir regarder. Quel gâchis! Pourtant, je sens dans mon dos tous les petits riens d'émotion. J'écoute à peine la litanie des articles du code. J'attends une phrase. Une seule. Que j'ai entendue mille fois et que je redoute. Mon short risque de ne pas tenir.

« Si quelqu'un veut parler, qu'il le fasse ou se taise à jamais ! »

Dans mes cauchemars, à cet instant, mademoiselle Charron surgit dans la salle. Elle porte une armure en cuivre de chaudière et chevauche un cheval noir à ailes blanches qui crache de la vapeur par les naseaux. Elle plante son épée devant le buste de Marianne et dit : « Moi ! Je m'y oppose. » Ces nuits-là, je me réveille en sueur et orphelin.

Là, je ne dors pas, mais mademoiselle Charron vient quand même de surgir devant moi. Cette fois, je ne la laisserai pas faire. Je sens le 7,65 bouillir contre mon ventre. « Calmez-vous. Toujours ces envies de meurtre. Tenez, vous donnerez ce cadeau de ma part, à Paulette et Roger. » Elle me tend une boîte en acajou marine. La taille d'un étui à cigarettes. « Vous remarquerez que je ne l'ai pas emballée. Je sais que vous allez l'ouvrir. »

Elle repart et disparaît dans sa voiture. Tu vois, m'am, qu'elle avait bien une Rosengart.

J'ouvre la boîte, pour vérifier si ce n'est pas une méchanceté déguisée en cadeau. Souvent, les cadeaux aiment se déguiser. Non. Il est beau, le présent de mademoiselle Charron. Et drôle, surtout. J'en souris. Assez longtemps pour rater le « oui ».

« Mes félicitations à tous les deux. »

J'en pleurerais. J'ai manqué le « oui » du p'pa et de la m'am ! Le « oui », l'hésitation, la voix tremblée, le chat dans la gorge. J'ai raté tout ça, et leur baiser, et le livret de famille perdu aussitôt par le p'pa.

Les deux témoins passent devant moi. Le marin est triste. « Je me demande si on ne devrait pas réfléchir encore un peu pour notre mariage. » « Mais, chéri, on a retenu le restaurant ! » Le maire range Marianne dans le sac à provisions et raccroche Pétain de travers.

Le p'pa et la m'am traversent la salle. Je me poste à la sortie de la mairie. Je suis la haie d'honneur, la foule, et le tapis rouge à moi tout seul.

Les jeunes mariés apparaissent. On voit les volées de cloches sur leur visage. Dieu, que ça carillonne ! Soudain, ils restent sidérés sur place. Incrédules. La m'am est prise d'un rire d'hôpital. Devant eux, une haie en vrai. La Ribambelle ! Les huit au complet. Un coupon à fleurs pour les filles. Uni pour les garçons. Ils jettent en l'air du riz et du bonheur. Du riz couleur de ciel. De larges poignées qui ne retombent jamais. « C'était la guerre, les restrictions, on pouvait pas se permettre de gâcher. Alors, les gosses faisaient semblant. Et nous aussi, avec Roger. On courait en se protégeant pour leur échapper. Qu'est-ce qu'on a ri ! Le pire, c'est que le soir, on en a retrouvé partout sur nous, du riz. » C'est incroyable, m'am. « Tu sais, le bonheur, t'as pas besoin de le lancer en l'air pour qu'il retombe. »

Le p'pa et la m'am se réfugient sur le side-car que Lulu vient de ranger devant la mairie. « C'est normal, Bénoune, c'était à moi de te conduire. » Le side-car est vert repeint à neuf et fleuri comme une prairie. C'est la ruée des embrassades. Ça piaille, ça craille. Il en nait du monde sur le trottoir. Les copains d'ateliers, de sport, des copines, Juliette avec Evelyne et Josette dans les bras, des voisins, des passants, et la noce d'après réconciliée : « Allez, on embrasse la mariée. » Le soldat puni n'ose pas.

— Qu'est-ce qu'on fait maintenant, Roger ?
— C'est la surprise, Paulette.

Le noir et blanc d'Amédée

Comment le héros, écoute la voix de Tino Rossi, se transforme en ballon rouge et voit ses parents danser sur une île.

25 octobre 1941

Rien de plus terrifiant que le mot « surprise » prononcé par le p'pa. Heureusement, pour détourner l'inquiétude générale, un homme à cheveux blancs arrive en vélo, droit comme un amiral sur sa dunette. Une Légion d'honneur bat sur son cœur. Il porte un trépied dans le dos et, sur le porte-bagages avant, un bel appareil en bois précieux avec un soufflet de cuir brun et l'objectif qui brille comme un jour d'argenterie.

— C'était moins une, Amédée.

— Excuse-moi, Roger, je me suis trompé, je suis allé avenue des Ormes. Je croyais que la mairie était là.

— Oui, mais pas pour nous.

Amédée ne demande pas d'explication.

— Après, je suis passé à l'église.

Un ange passe. Le p'pa sait que la m'am aurait aimé. Pas pour la galerie, mais seulement pour le Bon Dieu. Lui faire plaisir. « A l'église, Il y a toujours un bébé qui pleure, en pleine cérémonie. Il aime bien ça. C'est comme si on avait invité un de ses anges. » Mais la m'am avait renoncé. Le p'pa voulait écrire une lettre à Pie XII. On se demande bien pourquoi. Aujourd'hui tout le monde s'en moque, le ciel est là.

— Roger, tu veux toujours qu'on le fasse ?

— Je l'ai promis à Paulette.

Après une phrase pareille, rien à redire. Amédée le sait. Il faut le faire. Mais quoi ? Le p'pa et la m'am échangent un clin d'œil. Mariés depuis cinq minutes et déjà complices de vingt ans. A ce rythme, ils en seront vite aux noces d'or.

« Tout au long de notre premier jour, avec Roger, à chaque instant, on se disait à l'oreille "Deux heures de mariage : Noces de duvet !" "Cinq heures de mariage : Noces de pétale !" "Neuf heures : Noces de chaume !" Et quand on ne trouvait pas de mot, on disait simplement "Noces de !" Et ça suffisait. »

— Tu as tout ce qu'il faut, Florent ?

Tonton montre sa cantine d'Exode au p'pa, avec un clin d'œil. Elle est prête à exploser. Moi aussi, j'ai un secret dans la boîte en acajou marine. Mais personne ne veut cligner de l'œil avec moi.

Le cortège se met en mouvement derrière la moto conduite par Lulu. Le p'pa est assis sur le tan-sad, et la m'am dans le side-car décoré en prairie. On dirait une princesse dans sa pantoufle de vert.

Je cours à côté, la boîte d'acajou marine à la main. Je la donne à la m'am. « C'est pour nous ? » Elle l'ouvre, a un temps d'arrêt et rit. « C'est de la part de la Charron, je parie ? » Qui d'autre, m'am, pourrait vous offrir une minuscule paire de volets en bois vernis, avec des gonds en or ?

On contourne l'église par l'avenue des acacias et des aubépines. Ça pique par ici. J'aperçois le curé sur le parvis qui fait ses gestes à lui. Je quitte le cortège en douce. « Mon père, s'il vous plaît, vous rendrez le portefeuille à la mère de ce garçon. Vous lui direz qu'elle ne s'inquiète pas. Son fils ne peut pas être mort. Je l'ai tué, mais je ne suis pas encore né. Alors, ça ne compte pas. » Le curé me considère étrangement. Je lui fais un clin d'œil. « Vous pourrez toujours dire que c'est un miracle ! »

Ça y est, je l'ai placé mon clin d'œil.

Je rejoins le cortège. Le photographe sur son vélo mouline pour prendre de l'avance. Amédée a l'air de savoir où on va. Peut-être manger. J'ai surpris un bout de conversation entre le p'pa et Juliette. « Pour le repas, monsieur Roger, j'ai préparé comme vous m'avez dit. On est bien d'accord, de l'entrée jusqu'au dessert, tout doit avoir un goût de brûlé. Mais moi, je vous préviens, je sais pas le faire aussi bien que madame Paulette. »

La noce va et la Cité-Jardin la salue à son passage.

Tonton Florent, sa cantine d'Exode sur le dos,

parcourt le cortège en tous sens, en répétant comme pour rassurer « J'ai pris la musique ! J'ai pris la musique ! ».

Maryvonne surgit, juchée sur son percheron encore plus fantomatique de jour. « Tu montes ? » Elle me hisse sur Célestin. « Où ils vont par là ? Tu sais, toi ? Lulu, le beau gars copain de Roger, m'a demandé de lui transporter ce fauteuil. C'est quoi ? » Je reconnais la chaise Louis Quelque chose du maire.

On tourne dans l'avenue des Platanes. Je sais que le p'pa pense à ses parents. Le 12, avenue des Mûriers est tout proche. On pourrait voir Marie, Sidonie et Jean, Jules, Joseph debout sur leur perron. Lui avec sa machette. Elle son odeur de tilleul. Ils y sont p'pa. Moi, je les vois. Regarde comme ils sont fiers.

« Qu'est-ce qu'ils vont faire aux réservoirs ? Il n'y a rien que des champs, par-là. Ça, c'est à nous. Et ça aussi. » Oui, Maryvonne, mais pas ça. Pas ce qui vient de surgir devant la noce. Les châteaux d'eau !

Du side-car, la m'am les regarde.

— Roger, tu crois que je vais y arriver ?

— Je t'aiderai.

Le cortège reste figé. Soudain silencieux. Personne n'ose comprendre. Lulu desserre sa cravate. « Si tu veux mon avis, Bénoune, c'est un coup à devenir veuf à peine marié. » Le p'pa descend de la moto et s'accroupit près de la m'am.

— Lulu a raison, Paulette. Tu préfères qu'on laisse ?

— Roger, tu m'as promis de m'emmener voir

la Martinique et d'y faire notre photo de mariage. Avec cette guerre, c'est pas demain qu'on va pouvoir s'offrir le voyage. Et après, on en aura des choses à faire. Les promesses ça ronge, si on les tient pas. Alors on le fait. Elle est bien là-haut, la Martinique?

Le p'pa lève les yeux sur le château d'eau.

— Oui, Paulette, elle est là-haut. Mais ça monte sacrément.

— Puisque tu as dit que tu m'aiderais.

Amédée s'approche, l'appareil en bois précieux dans les bras.

— Alors, Roger, qu'est-ce qu'on fait?

— On y va.

Il y a un hourra! dans la noce. On se croirait au moulin de Valmy. Juliette tend un chandail vert bouteille à la m'am. « Prenez ça, madame Paulette. Il va faire froid, là-haut. Laissez-moi votre sac. Je vous le garde. »

Maryvonne saute du percheron. Elle va rendre la chaise à Lulu, avec des gracieusetés qui me font penser que c'est sur lui qu'elle a des vues, maintenant. « Tais-toi donc! Tu veux que j'aie des histoires avec ma Geneviève? » Je reste seul sur le cheval blanc, pas rassuré, mais pas peu fier. Amédée tient la bride comme un flambeau. Ça mériterait une photo. Une gravure, même.

Tonton Florent est déjà parti en éclaireur sur l'échelle métallique, sa cantine sur le dos. On le suit. Le photographe avec son appareil et Lulu, la chaise blanche qu'il porte comme une hotte de vitrier. La m'am va gaillarde et bleu marine. Le p'pa veille derrière elle. Moi, je ferme la montée, embarrassé du trépied.

En dessous, la noce rapetisse. On va bientôt pouvoir tous les faire tenir sur le gâteau de mariage.

Quand j'arrive en haut du château d'eau, je retrouve la trouille et le vertige que j'y avais laissés. Et aussi l'envie de redescendre. Florent et Lulu sont déjà en train d'essayer de hisser à la verticale la toile sur le cadre en tasseaux. « Hé, gamin, donne-nous un coup de main. »

Amédée installe son appareil sur le trépied. « Plus à gauche, la toile de fond ! Là, parfait. » Je passe la tête pour essayer de voir le p'pa et la m'am. On dirait qu'ils visitent.

— Tiens garde-moi ma médaille.

Amédée me confie sa Légion d'honneur. Me voilà décoré devant les parents.

Le p'pa prend la m'am par les épaules. « Viens, je vais te montrer. » Il approche avec la m'am tout près du bord. Se place derrière elle. La serre contre lui. Les bras autour de sa taille. P'pa, arrête ! Pas si près. Tu vas la faire tomber !

« N'importe quelle femme devrait avoir été tenue, au moins une fois, au-dessus du vide, par son homme. Elle saurait. »

Amédée gesticule et rouspète « Le drapé ! Soignez-moi le drapé. Là, à droite, on dirait une serpillière. »

Devant le vide, le p'pa murmure à l'oreille de la m'am. Elle lui répond les yeux au loin. « Regarde, Paulette, là, c'est La Charité. » « On y a dansé. » « Et après, Pougues. » « Le bal du lilas. » « Là, on voit Fourchambault. » « Tu t'étais fâché contre un militaire. » « Chut ! Vois, Garchizy, et tout là-bas... la Martinique ! »

Le temps d'une saute de vent, le p'pa et la m'am font le voyage, avec au retour, une lueur de périple dans les yeux.

« Paulette ? » Le p'pa s'arrête sur le ventre de la m'am, comme si ses mains venaient de trouver un trésor. « Dis-moi, Paulette... Est-ce que ? » La m'am lui prend l'oreille aux secrets. « C'est vrai ? C'est sûr ? » Le p'pa saisit la m'am et la soulève. Une bourrasque prend sa part de leur plaisir. Le bibi de la m'am s'envole, au moins jusqu'à Fort-de-France.

On dit qu'aujourd'hui, encore, les jours de mariage, il roule sur la Savane.

Je mets du temps à réaliser que la m'am vient d'annoncer au p'pa qu'elle attend un enfant. Mon frère Serge. J'avais pourtant compté et recompté sur mes doigts. Serge pourra toujours prétendre qu'il a été conçu pendant un voyage à la Martinique.

Le vent se lève. La m'am frissonne. « Paulette, mets la veste de laine de Juliette. » « Roger, ce vert et ce bleu ! » Amédée rassure. « Avec le noir et blanc, y'a plus de couleurs. » La m'am n'est pas convaincue. « Regarde, Roger, en plus je suis sans chapeau et complètement décoiffée. On dirait une folle. » « Mais non, je vais mettre ma tête comme ça. »

Amédée les immobilise.

« Oui, c'est bien. La pose est bonne, vous deux. Ne bougez pas. Roger, on ne voit pas ton alliance.

Les gars derrière, relevez le tombé du drapé. Pas tant. Qu'est-ce que vous fichez ? »

Il n'a qu'à venir derrière la toile, Amédée, il verrait. Lulu, au ras du vide, qui soutient le cadre à bout de bras tandis que Florent, grimpé sur ses épaules, soulage l'ensemble d'une main, assure le drapé de l'autre, et le retombé du pied, pendant que moi, arc-bouté, je maintiens la toile tendue. Voilà, ce qu'on fiche.

Amédée s'impatiente.

« C'est à qui cette tête ? Florent, arrête de faire l'idiot ! Les mariés, ne riez pas comme ça ! » « On rit pas, on cherche un prénom. » « Un peu de sérieux. Allez, on reprend la pose. Le pied gauche bien en avant. Lulu, t'y mets pas, toi aussi. Si ça continue, je vous plante là. »

Et ça continue. Florent perd l'équilibre, embarque la toile peinte et le drapé qui s'écroulent sur le p'pa et la m'am. L'appareil se retrouve les trois fers en l'air et le photographe empêtré dans son voile. « Roger, je crois que je vais faire pipi dans ma culotte. » « Paulette, pas ici. » C'est pire. « Je t'assure, Roger, je crois que ça y est. »

On va droit au désastre. Pas de photo de mariage du p'pa et de la m'am. L'album vide pour toujours.

Alors, le p'pa va à la cantine de Florent, sort le gramophone, et un disque de sa pochette à encre bleue. Il tourne la manivelle et va se placer face à la m'am. Ils se prennent les mains, la taille, l'épaule. Chacun regarde au loin. Immobile. La demi-tête réglementaire entre eux. Quand l'aiguille tombe, le temps s'ouvre en deux. La voix de Tino

Rossi monte. « Y'a que Tino pour calmer Paulette. » Il raconte une histoire trottinante. *Dans les salons au temps de Maupassant.* Le p'pa et la m'am ne bougent pas et soudain s'élancent. Exactement sur *Bel amant, bel amour, Bel Ami.* Sous leurs pas le sol luit comme un parquet de cerisier.

Le cœur gravé doit être fier d'eux.

Le p'pa et la m'am tournent. Je sais que je vais craindre pour eux jusqu'à ce que leurs mains se séparent. Craindre qu'un pas accroché, un regard échangé, ne les fasse revenir, sans qu'ils le veuillent, de là où ils sont partis.

Mais jamais.

Quand leur danse s'arrête et qu'ils reviennent au monde, le décor se remet en place comme en un claquement de doigts. La toile, le drapé, la chaise. Leurs mains gauches, ce pas avancé, cette inclinaison des visages.

« Parfait, ne bougez plus ! »

Amédée escamote l'obturateur.

Je regarde la lumière du p'pa et de la m'am s'arracher d'eux et s'engouffrer dans l'objectif, traverser la nuit du soufflet de cuir et frapper à la porte de verre.

Sels d'argent, c'est à vous que je parle ! Recueillez chaque grain d'eux. Un à un. Que j'aie l'impression à jamais que le sable sur le bout de mes doigts, c'est eux. Que les miettes sur la table, c'est eux. Que le cristal du sucre, les grains de poussière qui valsent dans la lumière, c'est eux. Qu'ils sont en toutes les choses les plus infimes.

Le p'pa et la m'am, regardez-moi une dernière

fois dans les yeux. Non, ne sois pas triste, m'am.
Je suis au fond de l'objectif. Là, le petit clin d'œil
sombre. C'est ça! Vous m'avez vu, tous les deux.
Je le sais.

A bientôt.

Maintenant, je peux me laisser partir. Vous
vous souvenez, ce ballon que j'avais perdu au
retour de chez un photographe? Celui qui m'avait
coupé le poignet et que le p'pa n'a jamais voulu
payer. « Il aura besoin de ses deux mains, mon
fils. On n'a rien d'autre, nous. » J'ai longtemps
fait un cauchemar. Ce n'était pas le ballon rouge
qui s'élevait, mais moi. Sur le perron de notre
maison, vous deveniez de plus en plus petits,
jusqu'à disparaître.

Je vous vois ainsi sur le toit du château d'eau.
Comme dans une île au-dessus des terres. Le noir
et blanc d'Amédée s'est piqué en vous. Avant
qu'il ne vous prenne pour toujours, faites-moi un
dernier signe de la main. Le ballon m'enlève.
Bientôt il sera trop tard. Comme j'aimerais, les
parents, vous faire venir jusqu'à moi...

Table des cartouches

Comment le héros, du sommet d'un château d'eau, s'embarque pour la Martinique et en ramène l'odeur de tilleul de sa grand-mère.

Comment le héros, assiste impuissant au naufrage du Graf Spee, et surprend, à son corps défendant, les mille mots du cri amoureux.

Comment le héros, se voit initié à la Malédiction des Cinq Mains et réalise les vertus mnésiques de la soupe au potiron.

Comment le héros, se trouve entraîné par des maquisards dans un coup de main aventureux pour sauver l'Homme invisible.

Comment le héros, devenu l'aîné de sa famille, voit, une nuit, sa sœur l'entreprendre et la bonne l'initier au trot de l'âne.

Comment le héros, parti chercher de la ciboulette, aide sa mère à accoucher, avant d'être arrêté par les Allemands et emprisonné à cause d'une omelette.

Daniel Picouly
dans Le Livre de Poche :

L'Enfant léopard   n° 15074

16 octobre 1793. Dans sa cellule de la Conciergerie, Marie-Antoinette se prépare à mourir. Au-dehors, un ultime complot s'est formé. Il ne reste que douze heures pour sauver la reine. Pendant ce temps, dans ce Paris tumultueux de la Révolution, on traque un mystérieux enfant léopard. Certains pour le protéger, d'autres pour le tuer. Mais qui est cet enfant léopard si convoité ? Est-il vrai qu'il est le fils caché d'une grande dame du royaume, voire de la reine elle-même ? Difficile à croire. Et pourtant... C'est à une folle cavalcade romanesque derrière ce mystère que nous invite Daniel Picouly. Les intrigues s'entremêlent, les péripéties se bousculent comme chez Alexandre Dumas. Les deux inspecteurs noirs qui recherchent l'enfant, dans un étrange Harlem derrière le Luxembourg, sont tout droit sortis de l'univers de Chester Himes. L'occasion de se souvenir que Dumas lui-même était métis. Ce roman joyeux, aussi fantaisiste qu'érudit, et qui trace un émouvant portrait de Marie-Antoinette, mère assassinée, étrangère devenue bouc émissaire, a valu à son auteur le prix Renaudot 1999.

Composition réalisée par EURONUMÉRIQUE

IMPRIMÉ EN ESPAGNE PAR LIBERDUPLEX
Barcelone
Dépôt légal Édit. : 29325-02/2003
Librairie Générale Française - 43, quai de Grenelle - 75015 Paris.
ISBN : 2-253-15416-4